Gisela Opitz

Das Lagunenbad

Gisela Opitz

Das Lagunenbad

Thriller

© 2024 Gisela Opitz

Verlag: BoD · Books on Demand GmbH,
In de Tarpen 42, 22848 Norderstedt

Druck: Libri Plureos GmbH,
Friedensallee 273, 22763 Hamburg

ISBN: 978-3-7460-2699-2

Erster Teil

1

Auf das Klingelzeichen öffnete niemand. Das war ungewöhnlich, denn vor dem Haus stand das Auto der Ehefrau und vor der Garage der Wagen ihres Mannes. Da die Tochter keinen Schlüssel zum Hause ihrer Eltern besaß, ließ die herbeigerufene Polizei die Haustür öffnen. Ihnen bot sich folgendes Bild: Im Wohnzimmer lag die Ehefrau leblos in einem Sessel, auf ihrer Stirn klaffte eine große Wunde. Der Ehemann lag einige Meter entfernt auf dem Parkettfußboden neben dem Couchtisch, ein Jagdgewehr neben sich. Auch sein Gesicht war blutüberströmt. Die Vermutung lag nahe, dass der Mann erst seine Frau und dann sich selbst erschossen hatte. Sein Motiv? Verzweiflung des Mannes über den Entschluss seiner Frau, ihn zu verlassen. Das jedenfalls gab die gemeinsame Tochter an. Was erst später ans Licht kam: Hinter der Verzweiflungstat verbargen sich weit mehr Gründe.

Drei Jahre zuvor kamen an einem Abend im Sommer des Jahres 2005 der Bürgermeister der Stadt Hasserodt, Udo Mardhorst, und seine Ehefrau Inge, ebenfalls Kommunalpolitikerin und Mitglied des Stadtrats, von einer Veranstaltung ihrer Partei nach Hause.

Nachdem sie im Flur des Einfamilienhauses ihre Mäntel abgelegt hatten, verharrte Inge einen Moment vor dem schmeichelnden Licht des Spiegels und betastete behutsam ihre dunkelbraune schulterlange Frisur. Während sich ihr Mann im Bad wusch, streifte sie rasch die eleganten spitzen Schuhe mit den Bleistiftabsätzen von den Füßen, huschte in die bequemen Hausschuhe und tauschte im Schlafzimmer, in dem schon die Rollläden heruntergelassen waren, das weinrote Kostüm gegen den weichen hellgrauen Hausanzug.

Das Ehepaar beschloss, den Tag mit einem Glas Wein zu beschließen. Beide liebten es, den Tag besinnlich ausklingen zu lassen. Inge, das halbvolle Glas in der Hand, lehnte sich auf der Couch zurück, Udo zündete sich eine späte Zigarre an, setzte sich zu seiner Frau und legte den Arm um ihre Schulter. Eine Weile saßen sie schweigend nebeneinander, dann sagte Inge: „In unserer Stadt ist doch eigentlich überhaupt nichts los. Ein Hotel, zwei Cafés, ein Kino, ein Museum, zwei Schulen, ein Kindergarten, ein Freibad, ein Krankenhaus, ein kleiner Tennisverein, ein Fußballclub und ringsum Acker, dörfliche Idylle und Wald, Wald, soweit das Auge reicht. Wir sind ein unbedeutendes, farbloses Provinznest, wie es tausende im Lande gibt. Nichts Besonderes. Udo, das muss sich ändern! Hier muss ein Publikumsmagnet her! Irgendetwas Großartiges, damit endlich Leben in die Bude kommt! Weißt du, was hier fehlt? Ein Erlebnisbad, ein Wellnessbad! Das schönste und größte im Lande, eins mit karibischem Flair, so richtig exotisch, das ganz viele Badegäste von weither anlockt."

„Das wäre schon was", pflichtete Udo ihr nach einigen Überlegungen bei.

Seine Frau schien schon ganz in dieser Idee aufzugehen. „Wir holen die Südsee in unsere Stadt."

Udo küsste seine Frau auf die Wange. „Eine kühne Idee, aber sie passt zu dir. Du hattest ja schon immer einen Hang zum Extravaganten. Deshalb habe ich dich geheiratet und es bis heute nicht bereut."

Inge richtete einen prüfenden Blick auf ihn. „Du nimmst mich wohl nicht ernst?"

Udo wiegte bedenklich den Kopf hin und her. „Und wo soll das Geld dafür herkommen? Du kennst doch unseren Etat und unseren Finanzminister."

„Glaser ist Stadtkämmerer und nicht Finanzminister, wenn er das auch gerne wäre, der kleine Angeber", entgegnete Inge.

„Du solltest mal deine Verführungskünste bei ihm spielen lassen. Vielleicht macht er was locker", witzelte Udo.

„Der wird doch gar nicht gefragt. Auf uns Stadträte kommt es an. Ich bin überzeugt, dass die meisten in unserer Fraktion für den Vorschlag stimmen würden. Und du musst gleich morgen den Ministerpräsidenten kontaktieren. Ihr wart ja Studienfreunde. Das kann uns jetzt nützlich sein. Der soll uns die fehlenden Mittel besorgen."

Udo küsste seiner Frau galant die Hand. „Ich finde deine Idee famos, mein Schatz."

So war die Idee eines Wellnessbades geboren. Von da an wurde das Projekt „Wellnessbad" zum Lebensinhalt von Inge und Udo Mardhorst, ja geradezu zur fixen Idee der beiden. Sie reisten herum im In- und Ausland und besichtigten unzählige Vorbilder, brachten Tüten und Koffer von ihren Reisen mit, alle vollgepackt mit Prospekten, Grundrissen und Fotos, saßen jeden Abend und jedes Wochenende gemeinsam über dicken Ordnern, unter dem Tisch zärtlich Händchen haltend, und berieten sich. Es war ganz so, wie in der Anfangszeit ihrer politischen Karriere, in der sie sich in alle Themen, die sie für wichtig hielten, regelrecht verbissen. Sie lebten nur noch für das Bad wie begeisterte Eltern für ihr einziges Kind. Das reichte aus, um eine knappe Mehrheit im Stadtrat für das Projekt zu gewinnen. Die Landesregierung übernahm dank Udos Beziehungen den Hauptanteil der Kosten und bewilligte Mittel in Höhe eines dreistelligen

Millionenbetrages. Ein Architektenwettbewerb wurde ausgeschrieben, ein Stardesigner für die Inneneinrichtung gefunden, und alles lief seinen vorgeschriebenen Gang. Der Stadtkämmerer bekam Wutausbrüche wegen der Kosten. Auch das gehörte dazu, brachte die einmal getroffene Entscheidung für das Projekt aber nicht ins Wanken.

Das Ehepaar Mardhorst konnte den ersten Spatenstich kaum erwarten. Doch kaum schien alles in trockenen Tüchern, gab es eine böse Überraschung. Das Landesamt für Archäologie hatte auch ein Wörtchen mitzureden und entdeckte unter der zukünftigen Baustelle Erstaunliches.

„Ein Dinosaurierskelett?", fragte Inge.

„Reste einer mittelalterlichen Stadtmauer."

„Das wird den Baubeginn um Jahre verzögern. Schade!", meinte Inge resigniert.

„Das Land hat schon den ersten Teilbetrag vom Zuschuss überwiesen. Was macht man mit zehn Millionen, die man hat, aber gerade nicht ausgeben kann? Hast du einen Vorschlag, Inge? Eine Stadtmauer kann sehr lang sein."

Nach einem Weilchen riet Inge ihrem Mann, den Betrag nicht etwa an das Land zurückzugeben, sondern ihn bis zum Baubeginn bei einer Bank anzulegen. „Sonst sehen wir das Geld vielleicht nie wieder."

An einem der folgenden Abende erhielt das Ehepaar Besuch von seiner Tochter Ilona. Bei ihrem Erscheinen verdüsterte sich das Gesicht des Bürgermeisters. „Ich sehe schon von weitem, was los ist. Fristlos oder diesmal mit Kündigungsfrist gefeuert?", fragte er mit drohender Stimme.

Ilona zog langsam den Mantel aus und setzte sich ihm gegenüber. „Ich bin von alleine gegangen", antwortete sie leise.

Ihr Vater warf die Zeitung beiseite, in der er bis jetzt gelesen hatte. „Aha! Bist dem Rausschmiss zuvorgekommen!" Ilona schwieg trotzig. „Mein liebes Kind! Die wievielte Stelle war das? Wenn ich nicht irre, die dritte in anderthalb Jahren. Das ist rekordverdächtig. Hast du etwa vor, in diesem Stil so weiterzumachen?"

„Mir hat der Job keinen Spaß gemacht", murmelte Ilona.

„Dir wird nie ein Job Spaß machen", schrie ihr Vater.

„Ich konnte das Schimpfen der Leute dort nicht mehr ertragen. In diesem Büro hatten alle immer schlechte Laune, und alle zogen übereinander her."

„An jeder Stelle, die du anfängst, hast du etwas auszusetzen."

„Papa, um die Wahrheit zu sagen: Ich bin für Bürojobs nicht geschaffen. Ich kann nun mal nicht den ganzen Tag am Schreibtisch sitzen und als Ersatzbefriedigung paffen wie ein Schlot, so wie du." Sie starrte eine Zeitlang mit trauriger Miene vor sich hin. „Ich möchte lieber einen

Beruf, in dem ich mit Menschen zu tun habe und nicht mit blutleeren Akten. Büroberufe sind nichts für mich."

Ihre Mutter ersparte sich diesmal ihre Schimpftiraden. Sie hatte eine Idee. „Etwas mit Menschen machen? In dem geplanten Bad könntest du etwa als Physiotherapeutin arbeiten. Würde dir das Spaß machen? Müsstest halt noch mal für einige Zeit die Schulbank drücken."

Ilonas Miene hellte sich augenblicklich auf. Je mehr sie über den Vorschlag nachdachte, desto mehr gefiel er ihr. Sie umarmte ihre Mutter und küsste sie dankbar auf die Wange. Hatte die etwa doch Interesse an ihrer Tochter? Das wäre in der Tat etwas ganz Neues. Ihre Mutter kümmerte sich seit jeher nicht sehr um sie. Es schien ihr gleichgültig, was ihre Tochter über sie dachte. Ilona beschwerte sich als Kind vor Freunden immer, dass ihre Mutter kaum Zeit für sie habe und nur mit ihrem Beruf verheiratet sei. „Sie ist meine biologische Mutter, führt eine Doppelehe, eine mit meinem Vater und die andere mit der Politik, ansonsten ist sie unsichtbar." Ihre Mutter war ihr fremd. Was hatte die bloß dazu bewogen, in eine politische Partei einzutreten und sich um Dinge zu kümmern, die sie nichts angingen? Ihr eigenes Kind dagegen übersah sie. Als Ilona anlässlich eines Schüleraustausches auf einem Fragebogen nach ihren Eltern gefragt wurde, antwortete sie ohne Zögern: „Keine."

Ihre Mutter hingegen hatte schon mit vierzehn jeden Nachmittag nach der Schule vor dem Spiegel im elterlichen Schlafzimmer posiert, in den knallroten hochhackigen Schuhen ihrer Mutter, an denen ihr hinten die Hacken abstanden, in betont selbstbewusster Pose, und lernte dabei die Reden von prominenten Politikern auswendig. Der Spiegel war ihr begeistertes Publikum. Schon in der Schule bewunderten alle ihr Rednertalent. Und Inge liebte ihre Stimme. Sie schaffte es durch unermüdlichen Fleiß, ihrer viel zu hohen, schwachen Stimme ein wohltönend dunkel gefärbtes, tiefes Timbre zu verleihen. Ihre Eltern machten sich anfangs über sie und ihren grotesken Ehrgeiz lustig. Sie hielten es für die Laune einer gelangweilten, exzentrischen Jugendlichen. Ihrem Vater war nicht recht, dass sie bei Diskussionen immer das letzte Wort haben musste. Ihr Eifer und ihre Hartnäckigkeit zahlten sich hingegen bald aus. Ein Klassenkamerad nahm sie einmal mit zu einer Parteiveranstaltung. Daran fand sie Gefallen und trat in die Partei ein. Sie meinte herausgefunden zu haben, dass Politik viel mit Psychologie zu tun habe, studierte dieses Fach und wurde Psychologin in einer Nervenklinik. Nachdem ein verwirrter Patient sie mit einem Messer angegriffen hatte, entschloss sie sich, ganz in die Politik zu gehen.

Inges Vorschlag veränderte auf der Stelle alles. Das Wellnessbad als Rettungsanker und Hoffnungsschimmer! Ein lohnenswertes Ziel! Sogar Ilonas Vater schien bei dem Gedanken einigermaßen versöhnt. Er erhob sich von seinem Schreibtischsessel, warf die Zigarre in den Aschenbecher, zog seine Lederstiefel an, setzte den Hut auf und ergriff sein Fernglas: „Ich fahre mit Dirk in den Forst. Wartet nicht mit dem Essen auf mich."

„Dass du keine Stelle länger halten kannst als ein halbes Jahr, Ilona", sagte Inge bekümmert, nachdem Udo gegangen war. „Lebenstüchtigkeit und Durchhaltevermögen scheinen nicht gerade deine Stärke zu sein. Was macht eigentlich der junge Mann, mit dem du befreundet bist? Der müsste doch längst mit seinem Studium fertig sein! Was hat der noch mal studiert?"

„Jura."

„Wann ist er denn endlich fertig?"

„Er will ganz sicher gehen, dass er das Examen besteht. In letzter Zeit ist er allerdings viel unterwegs, arbeitet mal als Reiseleiter und Fremdenführer oder am Wochenende auch mal als Türsteher. Zurzeit ist er Sargträger bei einem Bestatter. Er muss Geld verdienen. Sein Vater schickt ihm kein Geld mehr."

„Recht hat er! Das würde ich genauso machen!" Inge richtete einen vernichtenden Blick auf ihre Tochter. „Wenn du dich so billig zurechtmachst, dann kommen auch nur billige Typen! Dein Äußeres macht einen verdammt ungepflegten Eindruck, meine Liebe! Diese Frisur! Zum Weggucken! Gefällt dir das so? Und die schlampigen Klamotten, in denen du rumläufst! Männer achten nun mal bei einer Frau auf das Äußere. Gib diesem verkrachten Studenten den Laufpass! Der hat keinen guten Einfluss auf dich."

„Ich finde ihn interessant", gab Ilona ablehnend zur Antwort. „Alles, was ich weiß, weiß ich von ihm."

„Ach, was!", wetterte ihre Mutter. „Such dir einen, der etwas taugt!"

2

Revierförster Dirk Mardhorst hielt den Geländewagen an. Er und sein Bruder Udo stiegen aus und begutachteten die gefällten Baumstämme beiderseits des Waldweges.

„Dein Revier liegt doch wirklich in einer herrlichen Gegend. Du bist zu beneiden", sagte Udo.

Auf ihrem Weg zum Hochsitz streiften sie dicht herabhängende Äste. Einsam und unwegsam wurde das Gelände und immer schwerer zu passieren.

„Im letzten Jahr sind mehrere Rothirsche mit ihrem Harem hierher übergesiedelt", berichtete Dirk gut gelaunt. „Sie haben sich hierher zurückgezogen, weil es in diesem Forstabschnitt ganz ruhig ist. Schön, dass du die neue Umgehungsstraße im Stadtrat durchgesetzt hast." Er ging voran, sein Bruder folgte. „Zerkratz dir nicht deine

Brillengläser an den Sträuchern. Es wird hier in diesem Waldstück gleich noch dichter."

Schweigend stapften sie eine Zeitlang durchs Unterholz.

Ganz plötzlich, versteckt im Dickicht, tauchte eine kleine, einsame Jagdhütte auf mit verschlossenen Fensterläden, malerisch verkommen, der Anstrich verblichen, eine halb eingestürzte Veranda davor.

Dirk bog wild wuchernde Äste beiseite und schloss die Tür und die Fensterläden auf. „Hier trinken wir Jäger hin und wieder einen nach der Jagd, in letzter Zeit allerdings eher selten."

„Sehr spartanisch, aber irgendwie gemütlich", bemerkte Udo und ließ seinen Blick über die einfache Einrichtung wandern, bestehend aus einer Eckbank, vier Stühlen und einem großen viereckigen Tisch, alle aus rustikal derbem, schmucklosem dunklen Holz. Eine nackte Glühbirne hing lang von der niedrigen Decke herab. In einer Ecke stand ein kleiner Schrank mit Türen aus altmodisch verziertem, gelbem Glas.

Dirk stieß die Fenster auf. Ein frischer Windhauch strömte in den dunklen Raum.

Udo öffnete eine Seitentür: ein Plumpsklo und ein winziges Waschbecken wurden sichtbar.

„Komm, setz dich her", sagte Dirk, holte aus dem Schränkchen eine Flasche Kognak und füllte zwei Gläser. Eine Weile saßen sie einander schweigend gegenüber.

„Ich habe nicht vor, hier in diesem Revier alt zu werden", sagte Dirk unvermittelt.

„Tatsächlich? Hier ist es doch so schön!", antwortete Udo verwundert.

„Nur auf den ersten Blick", meinte Dirk. „Für einen Außenstehenden. Mein Chef will sich bei den Vorgesetzten im Ministerium lieb Kind machen und hat zugestimmt, dass eine der Försterstellen gestrichen wird. Also müssen ich und mein Kollege diese Stelle in Zukunft mitvertreten, ohne dass wir einen Cent mehr kriegen. Ich bewerbe mich schon die ganze Zeit woandershin – ohne Erfolg."

„Mit welcher Begründung weisen sie dich ab?"

„Das sagen sie dir doch nicht. Aber trink aus, wir müssen uns auf den Weg machen. Gott sei Dank ist endlich wieder Vollmond."

Nach kurzem Weg erreichten sie den Hochsitz, auf dem sie die halbe Nacht schweigend nebeneinandersaßen und das äsende Wild beobachteten.

„Wenn du etwas Geduld hast und bis dahin keine andere Stelle in Aussicht, könnte ich dir ein Angebot machen", sagte Udo auf dem Heimweg. „Ich würde dir die Stelle des Geschäftsführers in unserem zukünftigen Wellnessbad geben."

„Würde ich dankend annehmen." Sie hatten den Geländewagen erreicht und fuhren zum Forsthaus. „Du solltest auch den Jagdschein machen, Udo", meinte Dirk.

„Und zu meinem Geburtstag lade ich dich zu einem Rundflug über unseren Wald ein. Du musst dir mal das ganze Gebiet von oben angucken. Da fühlst du dich nicht mehr als Ameise, sondern als Falke."

3

Der erste Spatenstich! Endlich! Im Rathaus wurde dieses Ereignis gebührend gefeiert. Bürgermeister Mardhorst und Ehefrau Inge luden aus diesem Anlass zu einem festlichen Umtrunk ein. Politische Freunde und Gegner aus allen Fraktionen kamen, Stimmengewirr und Gläserklingen erfüllten den Saal und die Flure. Udo demonstrierte die Grundrisse des zukünftigen Bauprojekts und berichtete unter Lachen von der vorangegangenen Bürgeranhörung und den seiner Ansicht nach skurrilen, durchweg undurchführbaren Änderungsvorschlägen einiger Anwohner.

Der heiteren Gruppe näherte sich ein kleiner, schmächtiger Mann in einem unscheinbaren grauen Anzug und einer ebenso unspektakulären Seitenscheitelfrisur: der Stadtkämmerer Glaser. Wie immer, wenn er mit Personen sprach, die ihn an Körperlänge weit überragten, stellte er sich auch jetzt besonders aufrecht vor dem hochgewachsenen Bürgermeister auf, blickte ihn mit bleicher, versteinerter Miene von unten ins Gesicht und bat ihn auf ein Gespräch unter vier Augen. Mardhorst entschuldigte sich mit kurzen Worten bei den umstehenden Gästen und folgte seinem Stadtkämmerer in dessen Büro. Ihn beschlich ein ungutes Gefühl, als Glaser die Tür hinter ihm schloss.

„Verfolgst du die Börsennachrichten?", fragte Glaser mit stechendem Blick.

Udo runzelte die Stirn. „Wieso?"

„Ist dir nichts aufgefallen?"

„Nein!"

„Es raschelt im Blätterwald."

„Was willst du damit sagen?"

„Ich hab dich gewarnt, aber du wolltest ja nicht hören."

„Wovon redest du überhaupt?"

Glaser stieg auf ein Wandpodest, um mit Mardhorst auf gleicher Augenhöhe zu sein. „Die Wertpapiere, die wir von der Davesta-Bank gekauft haben, befinden sich seit einer Woche im freien Fall."

„Was sagst du da?", flüsterte Udo verschreckt und wurde ganz bleich.

„Das heißt, dass das Finanzprodukt, das wir erworben haben, wahrscheinlich bald nichts mehr wert sein wird."

„Dann müssen wir die Papiere sofort abstoßen."

Glaser lachte verächtlich. „Du glaubst doch nicht im Ernst, dass sich die Banker auf eine Rückabwicklung einlassen. Die werden natürlich auf die Einhaltung der geschlossenen Verträge pochen, knallhart. Und wenn doch, dann nur gegen horrende Ausgleichszahlungen."

Udo rang nach Atem. „Aber wir haben uns doch beraten lassen!", schnaufte er.

Glaser wurde hitzig. „Ich habe dir damals gesagt, dass wir nicht zu schnell in das Geschäft einsteigen sollten. Es ist wichtig, beim Geldanlegen die verschiedenen Risiken sorgfältig gegeneinander abzuwägen. Wir hätten uns mehr Zeit lassen sollen und noch weitere Auskünfte von unabhängigen Finanzberatern einholen müssen. Du aber hast mich zur Eile gedrängt und ich habe dir nachgegeben. Wir haben überstürzt abgeschlossen, noch bevor wir dieses Finanzprodukt wirklich verstanden haben. Das Anlagepaket hat sich aus faulen Hypotheken zusammengesetzt. Das weiß ich erst jetzt. Beim Kauf konnte ich nicht gleich alles richtig einschätzen. Wir beide waren für solche komplizierten Geschäfte nicht erfahren genug, hätten mehr Zeit gebraucht für eine tiefergehende Analyse dieses Produkts. Aber schnell, schnell musste es ja bei dir gehen!" Böse funkelten Glasers Augen, die unaufhörlich auf Udos bleiches Gesicht gerichtet waren.

„Dann hat uns der Anlageberater falsch beraten", schrie Udo. „Den werde ich haftbar machen. Den zerre ich vor Gericht." Es entstand eine Pause, dann frage Udo: „Aber wie lange wird es dauern, bis so ein Urteil ergangen ist? Bis dahin heißt es doch für uns: Baustopp! Eine weitere Verzögerung will ich auf keinen Fall." Er richtete einen ratlosen Blick auf den Stadtkämmerer. „Der Anlageberater hat uns von diesem Fonds ja geradezu vorgeschwärmt.

Daran erinnere ich mich noch genau. Jedenfalls steht für mich fest, dass er uns bei dem Vertragsabschluss falsch informiert hat."

„Am Ende gewinnt nur die Bank, die kassiert Provision. Wir dagegen sind die Gelackmeierten", bemerkte Glaser voller Zorn. „Wir hätten einfach mehr Zeit gebraucht, um alle Risiken abzuwägen und uns dabei von anderer Seite ausführlich und sachkundig beraten lassen müssen."

„Wir gehen gleich morgen zu der Bank und verlangen, dass der Vertrag rückabgewickelt wird", bekräftigte Mardhorst entschlossen.

Inge steckte den Kopf durch die Tür und fragte ironisch nach dem Grund dieser Geheimniskrämerei. Sie merkte gleich, dass irgendwas im Busche war.

Glaser verließ den Raum und Udo berichtete ihr hastig von dem Gespräch mit ihm. Er war sehr aufgeregt. „Dass mir so was passiert! Ich bin womöglich auf Schrottpapiere reingefallen! In den Zeitungen wird bald stehen: ´Bürgermeister verzockt Millionen Steuergelder!` Diese Blamage überlebe ich nicht!"

„Glaser hat genauso einen Anteil daran, dass ihr diese Wertpapiere gekauft habt, und ihr habt euch ja, wie es jeder macht, von einem Fachmann beraten lassen", sagte Inge beschwichtigend.

„Darauf kannst du nichts geben", sagte Udo. „Glaser sieht die Schuld natürlich nur bei mir, wirft mir vor, ich hätte ihn zur Eile gedrängt und ihm nicht genügend Zeit zur Prüfung gelassen. So wird er es auch vor dem Stadtrat und der Presse darstellen und sich damit reinwaschen wollen."

„Jetzt warte erst mal ab! Eure Wertpapiere können sich auch ganz schnell wieder erholen. Das geht immer rauf und runter."

„Lass uns wieder zu den anderen gehen, wenn mir auch in diesem Moment nicht gerade zum Feiern zumute ist."

4

Der donnernde Motor des Helikopters dröhnte Udo schmerzhaft in den Ohren. Er wollte seinen Bruder nicht enttäuschen, gab seinem Wunsch nach und stieg in den Hubschrauber, der dem Forstamt gehörte, in dem sein Bruder tätig war.

Dirk wollte ihm aus der Luft die Schäden zeigen, die auf das Konto von Kyrill gingen, der anderthalb Jahre zuvor durch den Forst gefegt war. „Sieh mal da hinten, die riesige Schneise quer durch den Wald! Eine einzige Schneise der Verwüstung! Kyrill hat die Stämme kreuz und quer durcheinandergewirbelt wie Streichhölzer." Dirk, der das Flugzeug steuerte, wies mit dem Kinn auf die Waldgebiete, die besonders schwer in Mitleidenschaft gezogen waren.

„Da drüben, ein Wald aus lauter Baumskeletten", bemerkte sein Bruder kopfschüttelnd.

„Dieser Wald war in den letzten Jahren vom Borkenkäfer befallen, da hatte der Sturm leichtes Spiel", erklärte Dirk. „Das alles aufzuräumen, wird das Land eine schöne Stange Geld kosten."

Bei diesen Worten seufzte Udo auf. Sein Gespräch bei der Davesta-Bank am Vormittag fiel ihm ein.

Dirk wandte den Kopf nach links. „Da drüben auf der Wiese haben sich vor einer Woche zwei Hirsche ein Duell geliefert, von dem man noch in hundert Jahren reden wird. Es ist ja Brunftzeit. Überlebt hat keiner von ihnen den Zweikampf. Ihre Geweihe haben sich dermaßen unglücklich ineinander verhakt, dass sie am Ende nicht mehr voneinander loskamen", erzählte Dirk. „Als wir am nächsten Morgen in den Forst kamen, lagen beide unrettbar zusammen verknotet mit heraushängenden Zungen und verkeilten Geweihen hier auf der Wiese, sie waren an Erschöpfung eingegangen."

„Das sind schon Abenteuer", antwortete Udo abwesend. „Ich beneide dich darum. Meine Abenteuer sind weniger romantisch. Ich habe eine Mordswut, kann ich dir sagen. Ich erzähle dir alles, wenn wir wieder festen Boden unter den Füßen haben."

Nachdem der Helikopter gelandet und im Hangar untergebracht war, stiegen die Brüder die knarrende Holztreppe zu Dirks Arbeitszimmer im Forstamt hinauf, das mit Geweihen aller Größen geschmückt war.

Dirk öffnete den Kleiderschrank, um seine Försterjacke hineinzuhängen. Sein Bruder bemerkte dabei das Jagdgewehr, das Dirk in einer Schrankecke aufbewahrte.

Der Förster braute einen schnellen starken Kaffee, goss in die zwei nicht zusammenpassenden Kaffeetassen ein und setzte sich seinem Bruder gegenüber. Er wartete darauf, was Udo ihm an Neuigkeiten mitzuteilen hatte.

Udo hatte scheinbar Mühe, seine Gedanken zu ordnen, dann stürzten die Worte aus ihm heraus. „Dirk, das Wasser steht mir bis zum Halse. Du weißt doch, dass ich die erste Überweisung vom Land für den Bau des Bades bei der Davesta-Bank angelegt habe, wegen der Verzögerung des Baubeginns." Es tat ihm gut, sich vor seinem Bruder alles von der Seele zu reden. Dirk nickte und nahm einen Schluck Kaffee. „Der Stadtkämmerer hat mich vor ein paar Tagen darauf aufmerksam gemacht, dass der Wert des Finanzpakets, das wir von der Davesta gekauft haben, in der Hoffnung auf eine ordentliche Rendite, zurzeit fahrstuhlartig in den Keller gehen würde." Udo strich sich ratlos mit der Hand über das glattrasierte Kinn. „Die Davesta hat uns diese Wertpapiere vorbehaltlos als risikoarme Geldanlage empfohlen. Aber jetzt: ein horrender Abwärtstrend."

Dirk riet ihm, die Papiere sofort abzustoßen.

„Sie sind nichts mehr wert, wir würden nur noch einen lächerlichen Preis dafür kriegen und diese Papiere will auch niemand mehr kaufen. Ein rapider Verfall! Der Wert tendiert gegen Null. Unser eingezahltes Geld ist futsch. Vielleicht sind diese Papiere inzwischen schon ganz vom Markt verschwunden." Udo wurde grau im Gesicht vor Kummer und rang die Hände. „Ich habe mich bei einer anderen Bank nach diesen Papieren erkundigt. Die haben mir gesagt, dass diese Papiere von Anfang an aus faulen Krediten bestanden haben. In Finanzkreisen sei das bekannt gewesen und auch die Davesta habe genau Bescheid gewusst. Es sieht ganz danach aus, dass die Davesta sie so schnell wie möglich abstoßen wollte. Das hat man mir in der anderen Bank hinter vorgehaltener Hand gesagt. Ich bin überzeugt, dass die Davesta-Banker wussten, dass sich das Geschäft für uns als Fiasko entpuppen würde, weil der rasche Wertverlust für Insider voraussehbar war. Das hatte der Anlageberater der Davesta vor uns verheimlicht." Er richtete einen flehenden Blick auf seinen Bruder. „Dirk, ein Riesenverlust ist eingetreten und eine Riesenblamage." Sein Kinn begann zu zittern, er schluchzte. „Du kannst dir gar nicht vorstellen, was ich für einen Zorn auf diesen Kerl habe. Der hat uns einfach so übern Tisch gezogen."

„Zeige die Bank vor Gericht an, mach sie haftbar für den Betrug, verlange Schadensersatz in Höhe der eingetretenen Verluste", riet Dirk aufgebracht. „Wie hat er sich denn überhaupt vor euch herausgeredet?"

„Er hat alle Schuld von sich gewiesen und uns, den Vertretern der Stadt, die Schuld für das Desaster in die

Schuhe geschoben, hat uns vorgeworfen, wir wären geldgierig, hätten mit den Papieren jede Menge Cash verdienen wollen. Aber er hat uns vorher nicht ausdrücklich darüber aufgeklärt, dass mit dem Kauf ein hohes Risiko verbunden sei. Blieb dabei, dass wir selbst Schuld hätten. Ich sage dir, diese Papiere waren von Anfang an so konstruiert, dass die Davesta gewinnen sollte, die Risiken tragen sollten die Steuerzahler. Dass die Bank einen Dummen suchte, der ihr diese faulen Hypothekenpapiere gutgläubig abnahm, bestritt er vehement. Die Papiere seien solide finanziert gewesen. Für einen drohenden Wertverlust habe es beim Abschluss des Geschäfts keinerlei Anzeichen gegeben. Glaser und ich sind überzeugt, dass der Mann lügt. Eine Rückabwicklung der Verträge lehnte er kategorisch ab."

„Udo, steck den Kopf nicht in den Sand. Nehmt euch einen Rechtsanwalt, der sich mit Bankgeschäften auskennt, und verklagt die Bank."

„Der Stadtkämmerer Glaser wäscht natürlich seine Hände in Unschuld, der Feigling. Er hält mir vor, ich hätte darauf gedrängt, das Geschäft möglichst schnell abzuschließen. Aber ich bin nach der Gemeindeordnung verpflichtet, öffentliche Gelder, die nicht gleich verbraucht werden können, mit passablen Renditen anzulegen." Er starrte eine Zeitlang düster vor sich hin. „Weißt du, der Glaser wird aus diesem Desaster für sich politisches Kapital schlagen. Ich bin mir sicher, dass er schon lange auf den Bürgermeisterposten spekuliert. Und die Opposition wird das sofort an die große Glocke hängen und meinen Rücktritt fordern. Bei den knallen dann die Sektkorken, wenn die das erfahren."

„Dieser Kerl hat euch doch absichtlich falsch beraten", warf Dirk dazwischen. „Das willst du auf dir sitzen lassen? Dem würde ich es heimzahlen."

„Angebrüllt habe ich den Kerl. Glaube mir, der hatte Angst, der hat gezittert vor Angst, als ich ihm mit einer Schadensersatzklage gedroht habe. Er beteuerte immer wieder, die Verluste seien nicht abzusehen gewesen, der Heuchler. Die Bank wollte diese Papiere aber bestimmt ganz schnell abstoßen, um nicht selber damit Verluste zu machen. Du kannst dir vorstellen, wie entsetzlich das alles für mich ist."

Dirk dachte eine Weile nach. „Dass der Stadtkämmerer dich als Schuldigen hinstellen wird, glaube ich eher nicht", sagte er darauf. „Der sitzt ja selber mit im Boot. Der kann sich nicht damit rausreden, dass ihm keine Zeit geblieben sei zur genauen Überprüfung. Diese Zeit hätte er sich nehmen müssen, wenn er Zweifel hatte."

Wieder trat eine längere Pause ein. Dann sagte Udo: „Wie lange es aber dauern wird, bis uns ein Gericht Schadensersatz zuspricht, wenn überhaupt. So sicher ist das vielleicht gar nicht. Wenn du mich fragst: Das Geld ist futsch, das schöne Geld, und mein Ruf als angesehener Bürgermeister der Stadt Hasserodt verspielt." Er senkte den Kopf und vergrub das Gesicht in seinen massigen Händen. „Am liebsten würde ich mir `n Strick nehmen."

5

„Du bist zu beneiden, Onkel Dirk. Was hast du für einen romantischen Arbeitsplatz!", rief Ilona schwärmerisch. Dirk hatte sie und ihren Freund Tobias zu einem Rundflug über sein Revier eingeladen. „Wie hübsch, da hinten der See mit der kleinen grünen Insel drin. Fehlen nur noch die Palmen drauf."

„Von außen sieht es vielleicht sehr romantisch aus", erwiderte Dirk Mardhorst trocken. „Das Einzige, was daran beneidenswert wäre, ist meine relative Freiheit gegenüber anderen Berufsgruppen. Ich kann auch mal vom Schreibtisch aufstehen und in den Wald fahren, aber sonst? Massig Stress mit dem Chef."

„Mensch, Herr Mardhorst, Sie dürfen über die Wipfel schweben und kriegen sogar noch Geld dafür", rief Ilonas Begleiter begeistert aus. „Traumhaft, der Blick von oben! Bäume, Bäume, Bäume. Wie ein dichter grüner Teppichboden! Sagenhaft! Dürfen wir mit Ihnen heute Nacht mit auf den Hochsitz?"

„Heute Nacht könnt ihr nichts sehen", erklärte Dirk. „Wenn Vollmond ist, lade ich euch ein, mitzukommen."

Dirk brachte den Helikopter zur Landung und schloss ihn im Hangar auf dem Gelände des Forstamts ein.

Eine Woche später fuhren Ilona, Tobias und der Förster in dem forsteigenen Geländewagen zu einem der zahlreichen Hochsitze.

„Ihr müsst euch aber mucksmäuschenstill verhalten, sonst verjagt ihr mir das Wild, und dann nehme ich euch nicht mehr mit", schärfte Dirk ihnen ein.

Er stapfte los, die beiden anderen folgten im Gänsemarsch durchs Unterholz. Lange arbeiteten sie sich durch das unwegsame Waldgelände. Wie im Märchen tauchte aus dem Nichts zwischen wucherndem Gestrüpp die versteckte Jagdhütte auf.

Dirk entriegelte das Vorhängeschloss und die Fensterläden, trat in den Raum und öffnete die Fenster. Das Pärchen folgte ihm ins Dämmerlicht der Hütte. Ein frischer würziger Tannengeruch wehte von draußen herein.

Ilona blickte sich um: „Einfach himmlisch!" Sie flehte ihren Onkel an, ihr und ihrem Liebsten zu erlauben, die Hütte zu benutzen und ihr einen Schlüssel dafür zu geben.

„Der ist nur für die Forstleute", sagte Dirk mit listigem Lächeln. „Fremde dürfen da nicht rein! Wilde Partys und Sexorgien werden hier drinnen nicht gefeiert!"

„Schade", sagte Ilona übermäßig enttäuscht. „Ein so verschwiegener romantischer Ort."

Dirk lachte. „Genau richtig für kuschelige Stunden zu zweit. Stimmt`s oder habe ich recht?"

Er schloss die Tür und die beiden winzigen Fenster und führte seine Begleiter zum wenige Meter entfernt stehenden Hochsitz.

Trotz der hellen Nachmittagssonne drang nur spärliches Licht in die Jagdhütte und beleuchtete matt das Luftmatratzenlager des Pärchens, das sich eine Woche später dort einfand, um sich unbeobachtet in der Abgeschiedenheit des dichten Waldes zu lieben.

Ilona warf die Decke beiseite und zündete sich eine Zigarette an.

Tobias verlangte, dass sie die Zigarette ausmachen solle. „Sonst lässt uns dein Onkel nicht mehr in die Hütte."

„Ich lüfte gut, bevor wir gehen", antwortete Ilona abwesend und fragte nach einer Weile: „Wann machst du endlich dein Examen? Du studierst doch schon so lange!"

„Habe das Studium aufgegeben", entgegnete Tobias gleichgültig.

Ein Ruck ging durch Ilona. „Ist das dein Ernst?" Tobias nickte. Darauf wurde sie sehr energisch. „Man macht zu Ende, was man mal angefangen hat, egal, wie!"

„Ilona, es hat mir keinen Spaß gemacht. Ehrlich gesagt, es hat mir fürchterlich gestunken. Das war fremder Ballast in meinem Hirn. Ich sollte immer nur nachbeten, was mir andere vorbeteten."

Ilona wurde immer zorniger. „Und das hast du erst nach zehn Jahren gemerkt?"

„Es kam nie auf meine eigene Meinung an. Die war immer völlig unwichtig. Naseweises anonymes Gequatsche war das alles. Ich konnte nichts damit anfangen."

„Und was willst du jetzt machen?", fragte Ilona aufgebracht.

„Weiß noch nicht", antwortete Tobias einsilbig. „Irgendwas. Irgendwas Technisches! Das liegt mir mehr."

„Irgendwas, irgendwas!", schimpfte Ilona. „Was soll bloß mal aus dir werden?" Sie rauchte schweigend und gedankenvoll vor sich hin. „Wenn es wenigstens mit dem Bad voranginge. Ich bin mir sicher, dass mein Vater dir über seine Beziehungen einen Job in dem Bad verschaffen könnte. Als Hausmeister, Haustechniker. Sie überlegte eine Zeitlang und sagte: „Du müsstest noch eine Ausbildung machen zum Elektriker oder Elektroniker." Sie seufzte bitter. „So was Blödes! Ob das Bad jemals gebaut wird, ist allerdings höchst fraglich."

„Techniker in einem großen Wellnessbad, das wäre schon interessanter als immer nur fremde Texte von irgendwelchen Klugscheißern nachzubeten!", sagte Tobias. „Warum gibt es denn mit dem Bau Schwierigkeiten?"

„Mein Vater hat sich verzockt. Die Bank, bei der er den Zuschuss vom Land bis zum Baubeginn angelegt hat, hat ihm Schrottpapiere dafür angedreht. Ein paar Millionen futsch, wie ich gehört habe. Das Geld war für den ersten Bauabschnitt vorgesehen."

Tobias richtete sich auf. „Und wo ist das Geld geblieben?"

„Weiß der Geier. Jedenfalls weg! Die Wertpapiere, die er von der Bank gekauft hat, um das Geld zwischenzeitlich anzulegen, sind nicht mehr das Papier wert, auf dem sie gedruckt sind. Ein Riesenschaden für die Stadt! Die Papiere bestanden aus wackeligen Hypotheken. Der Anlageberater der Bank hat ihnen Traumrenditen vorgegaukelt, obwohl die Papiere nach Insiderwissen von Anfang an faul waren. Davon ist jedenfalls mein Vater überzeugt. Die Bank hat gewusst, dass mein Vater und der Stadtkämmerer diese Geschäfte nicht auf Anhieb richtig durchschauen konnten, weil sie nicht genug Erfahrung hatten in diesen Dingen, die wohl auch ziemlich kompliziert waren. Das hat die Bank für ihre Zwecke schamlos ausgenutzt, um sich eigenen Schaden vom Halse zu halten. Die hat meinen Vater und den Stadtkämmerer hinters Licht geführt. Der Bankberater hat sie auch nicht informiert, als die Kurse stetig in den Keller gingen. Mein Vater hat eine Wut im Bauch, sag ich dir."

„Das ist Betrug. Dieser Anlageberater ist ein Betrüger! Mensch, da kann man doch was machen!", polterte Tobias. „Dein Vater und der Stadtkämmerer sollen sich einen cleveren Anwalt nehmen und die Bank auf Schadensersatz verklagen."

„Das hat mein Vater auch vor: Sie verklagen wegen vorsätzlich falscher Beratung zum Vorteil der Bank und zum Nachteil der Stadt. Aber man weiß ja, wie lange es dauert, bis es zu einer Gerichtsentscheidung kommt. Das kann Jahre dauern und in manchen Fällen haben die Gerichte auch gegen die Bürgermeister oder Stadtkämmerer entschieden. Das jedenfalls hat mein Vater berichtet. So lange bleibt alles beim Alten, nichts geht voran." Ilona starrte gedankenvoll vor sich hin. „Du kannst dir vorstellen, wie verzweifelt mein Vater ist, dass ausgerechnet ihm das passieren muss. Er sieht das als persönliche Niederlage an. Meine Mutter macht sich große Sorgen um ihn. Er fürchtet, wegen des verpatzten Millionendeals aus dem Amt gejagt zu werden. Das Wellnessbad war das Lieblingskind meiner Eltern. Sie hatten auch schon einen klangvollen Namen dafür: „Lagunen-Bad". Der Bankberater ist fein raus. Der wird sich vor seinen Vorgesetzten und Kollegen brüsten, was für einen guten Job er für die Bank gemacht habe. Der wird sich am Jahresende über eine hübsche Bonuszahlung freuen."

Tobias wurde zornig. „Na, dem würde ich ja die Bonuszahlung versalzen. Das würde ich mir nicht gefallen lassen."

„Die Banker lachen höchstens über meinen Vater." Sie zog wieder gierig an ihrer Zigarette. „Den Anlageberater würde er am liebsten umbringen."

„Weißt du", sagte Tobias nach einer Weile, „mir fällt dazu was Nettes ein: Vielleicht sollte man den Kerl kidnappen und seine Bank erpressen, damit sie das verzockte Geld ausspuckt."

„Sie würden sofort auf meinen Vater kommen."

„Du glaubst doch nicht, dass dein Vater und der Stadtkämmerer die Einzigen sind, die von der Bank über den Tisch gezogen wurden. Derartige Verluste werden Hunderte, wenn nicht Tausende erlitten haben. Dein Vater ist kein Einzelfall. Jeder von ihnen hätte einen Grund, es dem Mann heimzuzahlen und erst recht seinem Brötchengeber."

„Aber eine Entführung?" Ilona zog bei dem Gedanken fröstelnd die Schultern hoch.

„Man muss es nur geschickt machen und gut vorbereiten." Er ließ seinen Blick in der Jagdhütte umherschweifen. „Die Hütte hier, die ist so schön abgelegen. Die würde keiner entdecken. Die eignet sich doch prima für eine Entführung. Man könnte den Entführten hier ganz versteckt unterbringen, bis das Lösegeld gezahlt wird."

Ilona schüttelte den Kopf. „Du hast doch gehört, was mein Onkel uns eingeschärft hat. Die Hütte gehört den Jägern und wir dürfen uns hier nur zeitweilig mit seiner ausdrücklichen Genehmigung aufhalten."

„Und alles immer schön sauber und ordentlich hinterlassen", spottete Tobias. Er strich abwesend über ihren goldbraunen Arm und dachte nach. „Wir müssen deinen Onkel mit ins Boot holen."

„Er wird das nicht mitmachen", sagte Ilona. „Warum sollte er sich in eine Sache einlassen, die gefährlich ist und von der er nichts hat. Dieser Ort ist nicht sicher vor den Jägern."

6

Förster Mardhorst öffnete den Kleiderschrank in seinem Dienstzimmer, um sein Gewehr zu holen. Zu seiner Verwunderung fand er es nicht. Er suchte das ganze Zimmer ab, das Gewehr blieb verschwunden. Das beunruhigte ihn sehr. Er überlegte, wer den Raum zuletzt betreten hatte. Gestern war sein Bruder, der Bürgermeister, bei ihm hier erschienen, um ihm seinen frisch erworbenen Jagdschein zu zeigen.

Dirk rasselte die Treppe runter, warf sich in den Geländewagen und fuhr zum Hause seines Bruders. Er klingelte und rief nach ihm. Niemand öffnete, was Dirk noch mehr beunruhigte. Er ging um das Haus herum und entdeckte einen schmalen Lichtschein im Keller des Einfamilienhauses.

Dirk hieb gegen das Kellerfenster. Unten bewegte sich etwas, das Gesicht seines Bruders tauchte auf, hinter ihm das eines Mannes, den Dirk als den Bauunternehmer Loberg erkannte, einen der Jagdpächter.

Udo erschien an der Terrassentür und öffnete sie.

„Mensch, wo ist mein Gewehr?", fuhr Dirk seinen Bruder an.

Udo schwieg und nagte an seinen Lippen.

„Du wolltest doch nicht etwa Dummheiten machen, Udo?"

Dirk trat ein. Udo schloss die Terrassentür und die Brüder standen sich eine Zeitlang stumm gegenüber. „Herr Loberg ist da, komm mit runter", murmelte Udo.

Die beiden Männer betraten den Kellerraum, der zu einer kleinen Bar umfunktioniert war. Auf einem der Barhocker saß unter bläulichem Deckenlicht der Bauunternehmer. Er und Dirk begrüßten sich kurz mit Handschlag.

„Wo ist mein Gewehr?", fuhr Dirk erneut seinen Bruder an.

Udo holte es von einem Regal und reichte es ihm wortlos hin.

„Das passiert nicht noch mal, mein Lieber!"

„Vergiss mal schnell die dummen Gedanken, Udo. Man soll sich nicht unterkriegen lassen", sagte Loberg und schlug Udo aufmunternd auf die Schulter. Loberg war breit, kräftig, untersetzt, mit Ringerschultern, hatte kleine springende Pupillen, die aus geschwollenen Lidern weinselig zu den Brüdern herüberfunkelten. Er seufzte. „Ein herber Schlag ins Kontor! Ich habe wegen eurem Vorhaben andere Aufträge abgelehnt, lukrative Aufträge, weil ich eurem Bad den Vorrang gegeben habe." Er blickte eine Weile den Brüdern trübselig ins Gesicht. „Ich werde nicht umhinkommen, deshalb in nächster Zeit Leute zu entlassen. So wie`s jetzt aussieht. Gezwungen sein, über kurz oder lang sogar Insolvenz anzumelden. Ich sage die Wahrheit." Wieder ließ er einen tiefen Seufzer vernehmen. Dann brauste er unerwartet auf. „Festsetzen lassen müsste man diesen Strolch von Bankberater!" Sein Gesicht überzog sich mit einem bedrohlichen Cholerikerrot, das gleich darauf einem listigen Lächeln wich. „Ich wüsste schon, wie man denen das Geld unterm Hintern wegzieht, aber dazu braucht es ganze Männer, Mut, Entschlossenheit. Ich bin umgeben von lauter Feiglingen und Schwächlingen. Jetzt kann nur noch ein Befreiungsschlag helfen, sonst geht alles den Bach runter. Geld oder Leben, das ist die Devise!"

„Was heißt das: ´Geld oder Leben`?", fragte Udo schwerfällig.

„Dass wir die Bank mit ihren eigenen Waffen schlagen müssen!"

Udo und sein Bruder begriffen immer noch nichts. Sie glaubten, Loberg spiele sich nur auf.

„Lassen wir uns doch nicht auslachen! Die haben dir, Udo, ein faules Ei ins Nest gelegt, weil sie wussten, dass ihr euch mit diesen komplizierten Anlagegeschäften nicht auskanntet. Das haben sie guten Gewissens ausgenutzt. Lasst euch von denen nicht die Hosen runterziehen! Die müssen das Geld, das verlorengegangen ist, ersetzen, sonst sehen sie ihren lieben Kollegen, den Anlageberater, in ihrem Leben niemals wieder. Guckt nicht so dumm aus der Wäsche! Das ist kein Scherz! Ich meine es ernst."

„Du meinst, wir sollten den Bankberater entführen und seine Bank erpressen?", fragte Udo befremdet.

„Sind die Methoden dieser Bank etwa weniger kriminell? Höchstens subtiler und von außen nicht so leicht zu durchschauen, wie ihr ja selber erfahren musstet."

„Erpressung? Unmöglich! Wie soll denn das gehen?", ereiferte sich Udo.

Loberg ließ sich nicht beirren. „Wo ein Wille, da ein Weg!"

„Das käme raus. Mensch, dann lande ich im Knast. Und Glaser, der weiß ja alles! Der würde sich sofort wundern und wissen wollen, wo das Geld auf einmal herkommt. Er ist nicht gerade mein Freund. Wir konnten den Verlust bis jetzt noch geheim halten, aber wie lange noch?" Udo richtete einen ratlosen Blick auf seinen Bruder und Loberg. „Die wahre Sachlage kommt mit Sicherheit bald raus. Die Börsendaten kann jeder abrufen. Viele Anleger haben in der letzten Zeit viel Geld verloren. Das hat sich rumgesprochen. Alles ist nachprüfbar."

„Dann hat die Bank eben stillschweigend unter der Hand einen Rückzieher gemacht, aus Angst vor einem Imageverlust", konterte Loberg listig.

„Diese Lüge würde mir Glaser niemals abnehmen", antwortete Udo. „Er würde natürlich gleich bei der

Davesta nachfragen und sich die Abmachungen bestätigen lassen wollen. Dann stehe ich als Lügner da!"

„Er war als Stadtkämmerer verpflichtet, besser aufzupassen. Der steckt mit im Morast. Der kann froh sein, wenn diese Sache ihn nicht sein Amt kostet!", warf Dirk dazwischen. „Vor Gericht käme vieles ans Licht, was die Davesta-Banker lieber im Dunklen lassen würden. Wirf nicht gleich die Flinte ins Korn. Es ist doch nicht ausgeschlossen, dass die Davesta mit euch einen diskreten Vergleich abschließt und dabei eure Verluste stillschweigend übernimmt. Ihr droht der Bank, sie in Höhe der Verluste haftbar zu machen und Schadensersatz zu verlangen, wegen falscher Beratung und Verletzung der vertraglichen Aufklärungspflicht. Vor Gericht kämen dann die üblen Machenschaften ans Tageslicht und davor hat die Bank Angst."

Loberg ließ seine Augen funkeln. „Wenn wir gemeinsame Sache machen, könnten wir`s den Bankern der Davesta mal tüchtig heimzahlen. Die Sache muss natürlich gut vorbereitet werden. Und ihr werdet sehen, kein einziger Verdacht wird auf euch fallen."

Der Bürgermeister ließ einen trüben, mutlosen Blick auf ihm ruhen. „Es ist nur noch eine Frage der Zeit, wann die Sache ruchbar wird. Dann werden sie alle kübelweise Dreck über mir ausschütten. Sie warten doch nur auf einen Anlass dazu." Insgeheim dachte er, wie wohl Inge sich dazu verhalten würde.

Das Ehepaar Mardhorst liebte es seit jeher, bei politischen oder anderen gesellschaftlichen Anlässen der uneingeschränkte Mittelpunkt zu sein. Dies war die geheime Triebfeder ihrer gemeinsamen Leidenschaft für Politik. In der Aufmerksamkeit eines breiten Publikums eine bedeutende Rolle zu spielen, war beiden so wichtig wie das Luftholen. Redegewandt, mit Sinn für ausgefallene Kleidung, gestanden sich beide ein, dass sie bei mehr schauspielerischem Talent ebenso gut beliebte Filmschauspieler geworden wären. Auf das Äußere legten beide großen Wert. Er trug gern dunkle Anzüge mit leuchtend grellen Krawatten, jede breit wie ein Samurai-Schwert, sie besaß eine Sammlung schreiend halsbrecherischer Schuhe.

An diesem Abend kamen sie von der Einweihungsfeier für eine spektakuläre Fotoausstellung im städtischen Museum. Hochgewachsen wie ihr Mann, und wie immer elegant und teuer gekleidet, ließ sich Inge, zufrieden mit dem Ausgang des Abends, im Wohnzimmer in den Sessel fallen und strich behutsam über die perfekt gestylte Hochsteckfrisur.

Udo band sich die schräg gestreifte, violett schillernde Krawatte ab, zog sich das Jackett aus und setzte sich ihr gegenüber. „Glaser will, dass wir vor den Stadtrat treten und die Schlappe eingestehen. Ich will aber mit den Vertretern der Davesta-Bank so lange weiterverhandeln, bis sie einlenken und uns aus freien Stücken den Verlust ersetzen. Ich habe ja Beweise für ihren Betrug. Wie siehst du die Sache?" Inge war sein ganzer Halt, was er auch nicht etwa vor der Öffentlichkeit verbarg. Sein Blick war immer auf ihre Lippen gerichtet, als erwarte er von dort die einzig richtige Antwort. Ihr Urteil war ihm wichtig und der Ehemann dieser attraktiven Frau zu sein, erfüllte ihn mit Stolz. Wer das Ehepaar näher kannte, begriff, dass er ohne den Rückhalt seiner selbstbewussten Frau das Bürgermeisteramt nicht hätte führen können. Sie waren ein eingespieltes Team und beide aufeinander angewiesen. Ihre gemeinsame Vorliebe für kostbare alte Bausubstanz hatte ihnen auch viele Sympathien unter den alteingesessenen Bürgern eingetragen. So war es ihnen kürzlich gegen den erbitterten Widerstand des Baudezernenten und des Stadtkämmerers gelungen, eine schöne, aber baufällige alte Industriellenvilla aus dem neunzehnten Jahrhundert unter Denkmalschutz zu stellen und sie davor bewahrt, verunstaltet durch einen faden quadratischen Anbau, in elf moderne Eigentumswohnungen zerstückelt zu werden. Das hätte der Stadt natürlich mehr Geld eingebracht. So kostete die Erhaltung des Bauwerks erst mal eine Stange Geld. Aber Inge und Udo setzten sich im Stadtrat durch, Inge mit ihrem Geschick, andere von ihrer Meinung zu überzeugen und Udo mit der Kraft seiner Selbstdarstellung, die er seiner Frau verdankte.

Kennengelernt hatten sie sich bei einer Wahlveranstaltung ihrer Partei und dabei mehr zufällig ihre zweite Leidenschaft nach der Politik entdeckt: das Tanzen. War vom Bürgermeister die Rede, hieß es immer: das Bürgermeisterpaar, und nicht wenige sahen in ihnen die Hoffnungsträger für einen touristischen Aufschwung in der Stadt.

„Ich fürchte, die Davesta-Bank wird bald in Konkurs gehen", bemerkte Inge gedankenvoll, „wenn sie es schon nötig hat, sich solche üblen Machenschaften einfallen zu lassen." Sie betrachtete nachdenklich ihre knallrot lackierten Fingernägel.

Die Wörter „bald in Konkurs" ließen Udo aufschrecken. „Weißt du, Inge, ich werde den Bankern die Pistole auf die Brust setzen, damit ich mein Geld zurückkriege."

„Was meinst du damit?"

„Wenn sie nicht einlenken und auf meine Forderung eingehen, werde ich andere Saiten aufziehen."

Inge richtete einen ironisch forschenden Blick auf ihn. „Willst du etwa die Bank noch schnell erpressen, ehe sie in Konkurs geht?"

„Du kannst Gedanken lesen!"

Durch Inge ging ein Ruck. „Meinst du das wirklich im Ernst? Das ist doch lächerlich! Udo! Das ist doch völlig abwegig!", kam die prompte Antwort. „Das kommt raus, Mensch! Wie stellst du dir das vor? Um eine Bank zu erpressen, musst du erst mal jemanden entführen!" Inge lachte herzlich und strich ihm nachsichtig über den Kopf wie eine Mutter bei ihrem kleinen aufgeregten Söhnchen.

Udo ließ sich nicht beirren. „Ich weiß auch schon, wen!"

„Na?", fragte Inge lächelnd mit schiefgelegtem Kopf.

„Den, der uns falsch beraten hat, den Glaser und mich."

„Um Gottes willen! Diese Idee vergiss mal ganz schnell! Dazu brauchst du einen ganzen Stab von Mitarbeitern." Sie lachte wegwerfend.

„Organisation ist alles!"

„Es ist eben nicht alles! Da macht doch überhaupt keiner mit, Udo, bei dem waghalsigen Coup, den du vorhast!"

„Und ob! Alles zuverlässige, gute alte Bekannte aus Familie und Freundeskreis; alle, die später was davon haben."

Inge ahnte mit Schrecken, wen er im Einzelnen damit meinte. „Du hast deine Fühler wohl schon nach bestimmten Personen ausgestreckt? Scheinst dich ja in diese Idee schon richtig verrannt zu haben!" Sie wurde rot vor Ärger. „Ein Bürgermeister macht so was nicht! Das machen nur Ganoven! Mensch, wenn das rauskommt! Gesetzt den Fall, die Bank zahlt euch ein Lösegeld. Was wird denn Glaser sagen? Der wird sich wundern, wo das ganze Geld auf einmal herkommt? Es doch alles weg! Den kannst du nicht hinters Licht führen. Der kann eins und eins zusammenzählen. Eine Entführung steht am nächsten Tag in den Zeitungen. Glaser wird alles ganz schnell durchschauen. Entweder er geht direkt zur Polizei oder er wird dich erpressen, das Bürgermeisteramt für ihn zu räumen."

Udo lachte. „Der? Der führt ja selber ein Doppelleben?"

„Was? Der führt ein Doppelleben? Der? Dieser mausgraue Leisetreter, der immer irgendwie auf der Hut ist vor allem und jedem? Der immer so ängstlich um sich blickt wie ein Mauswiesel? Da muss ich aber lachen! Hahaha."

„Er hilft hin und wieder nach Feierabend in Felsendorf in der Gastwirtschaft seines Schwagers aus, der auch eine Metzgerei betreibt. Steht hinter der Theke, füllt und spült die Biergläser, bedient die Gäste. Er hat ja sonst niemanden, lebt mit seinen beiden älteren Schwestern zusammen, die seine Heirat verhindert haben."

„Ach, ja? Wieso?" Inge wurde sehr neugierig.

„Indem sie seine große Liebe in seinen Augen immer nur schlechtmachten. Alles war erstunken und erlogen, aber er glaubte es scheinbar und ließ das Mädel fallen. Als er schließlich dahinterkam, war sie längst mit einem anderen verheiratet."

„Ich kann mir gut vorstellen, dass es ihm Spaß macht, ein Doppelleben zu führen und zur Abwechslung jemand ganz anderer zu sein, als der, für den man ihn hält."

„Bei seinem sprichwörtlichen Geiz kann ich es mir partout nicht vorstellen, dass er kellnert nur für ein Schnitzel am Abend. Er erhält natürlich eine Bezahlung. Ob er dafür auch Steuern abführt? Auch soll er seinem

Cousin, einem Bestattungsunternehmer, zur Hand gehen. Diese Kombination von Kellner, Speisewirtschaft, Metzgerei und Bestatter mutet etwas makaber an, wenn nicht gruselig." Er lachte bitter. „Wenn das auch nicht gerade eine Story aus dem Rotlichtmilieu ist, dürfte es doch sehr peinlich sein, wenn das bekannt wird. Er ist doch so ängstlich auf seinen Ruf als makelloser Saubermann bedacht."

Inge drückte ihren Mann liebevoll, fast tröstend an sich wie die Mutter ihr Kind. „Die Geschichte mit der Entführung solltest du mal ganz schnell fallenlassen. Ich halte davon überhaupt nichts, wenn du mich fragst. Das ist der falsche Weg!"

Udo fuhr hoch. „Und das Bad? Soll das wirklich ein totgeborenes Kind sein? Unser Kind? Soll alles umsonst gewesen sein? Die ganze Vorfreude, die ganzen Vorarbeiten? Alles umsonst wegen gemeinen Betrügern, die uns um unser Geld geprellt haben?"

„Ich kann deine Wut auf die Davesta verstehen. Aber das Risiko kann niemand überblicken. Und wenn sie euch erwischen? Udo, das kann böse ausgehen! Hochnotpeinlich kann das enden, für uns alle. Zieh bloß nicht noch Ilona in so eine Sache rein! Ich ahne so was."

Udo starrte bitter vor sich hin. „Aber an dem Glaser wird es nicht scheitern", konterte er und befingerte nervös mit abwesendem Gesichtsausdruck den Lippenstift seiner Frau.

„Ich sag dir gleich: Ich bin nicht mit von der Partie, falls du das erhofft hast, Udo. Ich halte mich da raus. Das ganze Unternehmen ist aussichtslos und viel zu riskant. Ganz einfach dumm! Irgendwann kommt das raus, Mensch. Mach uns nicht unglücklich! Das Ende deiner Karriere wäre gleichzeitig auch meins. Das würde ich dir nicht verzeihen!" Insgeheim glaubte Inge aber nicht daran, dass ihr Mann den Mut hätte, einen solchen abenteuerlichen Gedanken auch tatsächlich in die Tat umzusetzen, sondern dass das alles nur ein Hirngespinst aus lauter momentaner Wut war.

Zweiter Teil

7

Die Johannesklause war eine gemütliche kleine Vorstadtkneipe. Ganz in ihrer Nähe, nur ein paar Schritte entfernt, befand sich eine Berufsschule, die nach neunzehn Uhr verlassen war. Die Kneipenbesucher parkten daher gewohnheitsmäßig abends auf dem Schulparkplatz ihre Autos.

Die vier Personen, die am 1. September 2008 in einem anthrazitfarbenen Kleintransporter im Schritttempo an dem Parkplatz vorbeifuhren, hielten Ausschau nach einem silbergrauen VW mit einem bestimmten unauffälligen Kennzeichen, konnten ihn aber nicht entdecken. „Scheint heute kein Stammtisch zu sein", sagte einer der Insassen des Kleintransporters. „Seid ihr sicher, dass es immer ein Montag ist, an dem sie sich treffen?"

„Udo hat es beiläufig während eines Termins bei dem Bankberater mitgekriegt, als der von einem Stammtischbruder angerufen wurde", antwortete der Fahrer des Kleinbusses.

Die Insassen beschlossen, in die Innenstadt zurückzufahren. Sie wollten es später noch mal versuchen.

Es war gegen zweiundzwanzig Uhr dreißig, als der Kleintransporter wieder vor dem Parkplatz auftauchte, diesmal den gesuchten Pkw vorfand und neben ihm anhielt.

Eine junge Frau mit großrahmiger Sonnenbrille, blonden Strähnen und einer tief in die Augen gezogenen Baseballkappe stieg aus, ging in die Johannesklause und bat die Kellnerin hinter der Theke, den Fahrer des silbergrauen VWs zu bitten, nach draußen vor die Tür zu kommen. Es warte jemand auf ihn, der ihn kurz sprechen wolle.

Gleich darauf erschien der Gast am Eingang und sah sich suchend um. Die Frau mit der Baseballkappe tauchte aus dem Dunkel auf, sprach ihn an und bat ihn, mit ihr zusammen zu seinem Fahrzeug zu gehen.

Ungehalten folgte er der fremden Person zu seinem Wagen. Er vermutete einen ärgerlichen Blechschaden.

Als beide an den Pkw herantraten, sprangen plötzlich drei maskierte Männer ganz in Schwarz aus dem Kleintransporter, stürzten sich auf den verdutzten Mann und stießen ihn in den Transporter. Vor lauter Verwirrung fand er nicht mal Zeit zu schreien.

Dirk Mardhorst sprang auf den Fahrersitz, Ilona schlüpfte auf den Beifahrersitz, die beiden anderen Insassen schoben den gekidnappten Bankangestellten auf den Rücksitz, banden ihm die Hände auf dem Rücken fest und warfen die Schiebetür von innen zu.

Mardhorst startete den Motor und raste los.

Auf dem Rücksitz rechts und links eingeklemmt zwischen Loberg und Tobias, fing der Bankangestellte Friedrich an zu toben und nach Hilfe zu schreien, so laut er konnte, und trat mit den Beinen um sich wie ein angeschossener Elch.

Loberg zog dem Entführten eine schwarze Augenbinde über das Gesicht und setzte ihm Kopfhörer mit dröhnender Musik auf. Dann suchten sie nach dem Handy des Entführten und steckten es ein.

Tobias bog den Kopf des Gekidnappten nach hinten und spritzte ihm mit einer Pipette eine farblose Flüssigkeit in den laut schreienden Mund.

Loberg und Tobias hielten den Rasenden solange fest, bis er bewusstlos zur Seite sackte.

8

Mitten in der Nacht wachte der Entführte auf. Er fröstelte. Über seine momentane Lage konnte er keine Klarheit gewinnen. Seine Erinnerung an die letzte Nacht war ausgelöscht. In seinem Kopf breitete sich Panik aus. Er glaubte an einen Unfall, der ihm zugestoßen sein mochte. Aber dieser Ort war kein Krankenhaus. Er lag unter einer rauen Decke auf einer Luftmatratze auf blankem Holzfußboden, allein in einem dunklen Raum. Wo war seine Familie? Und wo war er?

Er schoss mit dem Kopf hoch, spähte verzweifelt in die Dunkelheit, vermochte erst allmählich und mit Mühe die Abgrenzungen des Raumes zu erkennen. Er hatte die Größe einer Stube. Hier drinnen war es zugig, dunkel, einsam und kalt.

Was war geschehen? Hatte ihn ein Autofahrer auf der Straße angefahren und hierher geschleppt zum Sterben? War er überfallen worden? Was war bloß geschehen? Unheimlich war das alles.

Er fuhr mit der Hand in seine Gesäßtasche. Die Brieftasche mit den Ausweisen und dem Geld sowie das Handy waren weg. Die Polizei konnte über das Handy Informationen über die Verbrecher erhalten, die sich seiner hier an diesem Ort entledigt hatten, und ihre Gespräche abhören. Mit dem Diebstahl seines Handys könnten sie sich einen Bärendienst erwiesen haben. Dieser Gedanke beruhigte ihn etwas.

Er grub in seinem Kopf nach den Ereignissen des vorangegangenen Abends. Zu vorgerückter Stunde, die genaue Uhrzeit wusste er nicht, war er von einer Frau aus der Kneipe zu seinem geparkten Auto gerufen worden. Während er es auf mögliche Blechschäden hin untersuchte, tauchten plötzlich neben ihm zwei Unbekannte auf, warfen sich auf ihn, stießen ihn in einen Transporter und fuhren mit ihm davon. Gegen die zwei Männer hatte er nicht die Spur einer Chance. Danach riss die Erinnerung ab.

Im Raum roch es nach Moder, Baumharz und kalter Asche. Vorsichtig hob er die Decke beiseite und stand von seinem primitiven Lager auf dem Holzboden auf, tastete mit den Fingerspitzen an den Wänden entlang. Sie bestanden aus Holz, aus runden feuchten rissigen rohen Stämmen. Dazwischen zwei kleine Fenster mit fettigem Glas und Fensterläden, die versperrt waren. Ein Blockhaus? Ein Wochenendhaus? Seine Fausthiebe gegen die Stämme bewirkten nichts.

Er saß darin fest wie in einem Verlies. Mit etwas Spielraum ließ sich die Eingangstür in ihrem Vorhängeschloss knarrend hin und her bewegen, zu knapp, um mehr als klare, kalte Luft, Finsternis, leises Rauschen und Rascheln aus der Umgebung aufzufangen. Es mussten Bäume in der Nähe sein, vielleicht war er in einem Wald? Geruch von Nadelhölzern und Heidelbeersträuchern meinte er auszumachen.

Tür und Wände widerstanden seinen heftigen Fußtritten. Durch die Ritzen der Balken kam kalte Nachtluft herein, so dass er wieder Frösteln verspürte. Er tastete sich weiter und fand eine Seitentür zu einem Verschlag mit einem primitiven Plumpsklo darin, in das er sich erleichterte.

Was waren das für Leute, die ihn hierher verschleppt hatten und was hatten sie mit ihm vor? Wer hatte ein Interesse an seiner Person? Wenn er nach einigen Tagen nicht zur Arbeit erschien, würde er seinen Job in der Bank verlieren. Was wurde dann aus seiner Familie? Dann konnte Kira nicht aufs Internat beim Eissportzentrum und Sascha nicht nach Salem. Und das war doch der größte Wunsch Martinas. Sie lebte doch nur für ihre Familie und wollte nur das Beste für ihre Kinder.

Hatte es vielleicht damit zu tun, dass er in einer Bank arbeitete? Vielleicht glaubten die Entführer, denn es konnte sich ja nur um solche handeln, dass er ein wohlhabender Banker sei, ein einflussreicher Vorstandsvorsitzender, schillernder Börsenhai. Wie sehr sie irrten! Angestellter im mittleren Bankmanagement war er, schlichter Finanzberater. Es konnte sich also nur um eine Verwechslung handeln. Alles würde sich sehr bald aufklären.

Martina hatte natürlich noch am selben Abend, an dem er nicht nach Hause gekommen war, eine Vermisstenanzeige bei der Polizei aufgegeben. Seine Stammtischkumpel, die nach einer gewissen Zeit draußen nach ihm Ausschau gehalten haben dürften, fanden nur seinen VW verlassen auf dem Parkplatz vor. Darauf sind sie wahrscheinlich zu Martina gefahren, die im hastig übergeworfenen Morgenmantel ans Telefon gestürzt war, um die Polizei anzurufen. Mit Sicherheit war die Suche der Polizei schon in vollem Gange. Diese Vorstellung beruhigte ihn zusätzlich. Man musste nur optimistisch sein.

Wieder lauschte er nach draußen. Keine Straße, kein Autoverkehr in der Nähe, keine Schritte von Passanten.

Ganz abgeschieden war es hier draußen. Sein Versteck schien weit weg von jeglicher Zivilisation. Ob die Polizei ihn hier überhaupt finden würde?

Er versuchte sich immer wieder an den letzten Abend im Stammlokal zu erinnern, an die anderen Gäste. Es war ihm an diesem Abend nichts Besonderes aufgefallen, keiner kam ihm verdächtig vor. Es war wie immer. Nichts Ungewöhnliches! Normales, unauffälliges Abendpublikum. Die Bedienung wie immer, die Gespräche wie sonst auch: Politik, Bundesliga, der Job, die Kollegen, Nachbarn, die Kinder, die Marotten der besseren Hälften.

Beim Herumlaufen in dem finsteren Raum stolperte der Verschleppte über einen Bierkasten und wäre fast gestürzt. Eine Bank stand an der Wand, davor ein großer Tisch und mehrere Stühle, dahinter ein Schrank mit Plastikgeschirr. Es galt, jetzt nicht den Kopf zu verlieren. Er hielt die Augen dicht über die Armbanduhr. Es war in der Nacht kurz nach drei.

Hellwach und zitternd vor Kälte und Angst legte der Gefangene sich die Decke über die Schultern und setzte sich auf die Bank. Auf einmal vernahm er draußen ein knirschendes Geräusch wie von Schritten auf Kies. Offenbar schlich jemand um die Hütte herum. Mit angehaltenem Atem lauschte er und wartete, was kommen würde.

Das Vorhängeschloss klapperte, jemand machte sich draußen daran zu schaffen. Die Tür wurde von außen aufgerissen. Der Strahl einer Taschenlampe leuchtete ihm ins Gesicht.

Ein Mann trat in den Raum: „Regen Sie sich nicht auf und bleiben Sie ganz ruhig. Dann passiert Ihnen nichts. Sie sind in unserer Gewalt. Wenn Sie sich kooperativ zeigen, sind Sie übermorgen wieder in Freiheit!"

Der Gekidnappte warf die Decke zur Seite und fuhr abrupt hoch. „Wer sind Sie? Was soll das? Was wollen Sie von mir?"

„Bleiben Sie ganz ruhig, während ich Ihnen alles erkläre", brummelte Dirk Mardhorst hinter seiner Maske. „Für Essen und Trinken ist gesorgt. Hier sind Brot, Butter und Salami, in der Ecke steht ein Kasten Bier. Das wird reichen für die wenigen Stunden, in denen Sie sich hier drin aufhalten." Er wies mit der Hand quer durch den Raum. „Das Klo ist hinter der Tür. Den Raum verlassen können Sie nicht. Vor der Tür stehen Wachen. Die sind bewaffnet. Türmen ist daher aussichtslos. Sie bezahlen es mit Ihrem Leben! Ein kleiner Lichtschein fällt tagsüber hier in den Raum. Ich verspreche Ihnen, wenn alles gut läuft und Sie sich ruhig verhalten, ist die ganze Sache übermorgen vorbei."

Friedrich machte einen entschlossenen Schritt auf ihn zu.

„Keine Bewegung!", mahnte Mardhorst.

„Was für eine Sache? Was meinen Sie denn damit? Und wieso bin ich in Ihrer Gewalt?"

„Sie werden hier solange festgehalten, bis ein Lösegeld für Sie gezahlt wird. Danach kommen Sie frei", erklärte Dirk.

„Sie! Das muss ein Irrtum sein! Wer soll denn für mich ein Lösegeld zahlen?" Der Gekidnappte lachte irritiert. „Für wen halten Sie mich denn? Sie haben sich offenbar in der Person geirrt! Ich bin nicht reich. Meine Familie ist nicht reich. Ich bin nur ein kleiner Bankangestellter. Für mich würde niemand auch nur einen Cent zahlen", rief der Bankangestellte Friedrich außer sich.

„Das wird sich herausstellen!", antwortete Dirk kalt.

Tobias, der vor der Tür stand, schwieg die ganze Zeit.

Friedrichs Stimme klang furchtsam. „Bitte lassen Sie mich sofort frei. Es m u s s sich um eine Verwechslung handeln! Meine Frau, meine Kinder, die werden sich schon furchtbare Sorgen um mich machen. Ich muss sofort nach Hause zu ihnen!"

Dirk leuchtete mit der Taschenlampe auf eine kurze Schusswaffe in seiner Hand, um Friedrich den Ernst der Lage vor Augen zu führen. Natürlich konnte der nicht erkennen, von welcher Art diese Waffe war. Sie konnte ja echt sein. Der Bankangestellte verstummte daraufhin eingeschüchtert.

„Setzen Sie sich auf die Bank hinter dem Tisch!", befahl Dirk. „Auf dem Tisch liegen ein Bogen Papier und ein Kugelschreiber."

Der Entführte setzte sich folgsam unter der drohenden Pistolenmündung an den Tisch.

„Ich diktiere Ihnen ganz langsam einen Text an die Davesta-Bank, den Sie auf den Bogen schreiben!" Er beleuchtete den Tisch mit der Taschenlampe.

Friedrich nahm den Kuli zur Hand und wartete mit gesenktem Kopf auf das Diktat.

„Ich bin in der Hand von Entführern. Mein Leben ist in großer Gefahr. Die Entführer verlangen zehn Millionen Euro, alle in Hundert-Euro-Scheinen, nicht gekennzeichnet, verpackt in gelbe robuste Säcke, abzulegen am Donnerstag, dem 4. September 2008 auf der Insel in dem See zwischen den Orten Wannsiedel und Lomburg. Keine Polizei! Keine öffentliche Fahndung! Totales Stillschweigen! Bei Nichtauffinden der Säcke oder Falschgeldlieferung oder Polizeipräsenz im Wald muss ich sterben. Bitte rettet mein Leben und zahlt das Lösegeld! Nach der Deponierung auf der Insel müsst ihr euch sofort aus dem ganzen Wald entfernen! Als Zeichen dafür, dass ihr auf die Forderungen der Entführer eingeht, schreibt ihr eine verschlüsselte Nachricht an den „Hasserodt Kurier" auf die Seite mit den Kontaktanzeigen: ´Unternehmer sucht Frau.` Falls ihr mit den Forderungen nicht einverstanden seid, schreibt ihr: ´Lehrer sucht Frau.` Letzteres aber wird mein Todesurteil sein."

Nachdem der Brief geschrieben war, nahm Mardhorst ihn an sich und wandte sich zu gehen.

„Bitte sagen Sie meiner Frau, dass ich am Leben bin und bald wiederkomme, und dass sie sich keine Sorgen machen soll!", schrie Friedrich ihm verzweifelt hinterher.

Dann wurde die Tür von außen abgeschlossen.

9

Die Davesta-Bank ließ jeden Tag außer sonntags ihre Filialen um sechs Uhr morgens von einer privaten Schließgesellschaft öffnen.

Am Morgen nach der Entführung verbarg sich Ilona Mardhorst unauffällig hinter einer Litfaß-Säule gegenüber der Bankfiliale und beobachtete heimlich diese routinemäßige Prozedur.

Der Schließer durchquerte jeden Raum und schien auch an diesem Tag nichts Ungewöhnliches vorzufinden. Die Büroräume der Bankangestellten schloss er wieder ab und verschwand.

Ilona zog sich die weite Kapuze ihres knöchellangen schwarzen Baumwollmantels so tief ins Gesicht, dass es vollständig verdeckt war, setzte ihre Sonnenbrille auf und ging auf direktem Wege und ohne Zögern auf die gläserne Eingangstür zu, in der behandschuhten Hand einen

Briefumschlag, öffnete mit auf die Brust gedrücktem Kopf die Tür und legte schnell den weißen Umschlag auf den verlassenen Arbeitstisch der Filialleiterin, die gegen acht Uhr dreißig dort erscheinen würde. In dem Umschlag stand eine wichtige Nachricht, die gleich darauf zu hektischen Reaktionen in der Bank führen musste. Danach würde in der Chefetage der Davesta nichts mehr so sein wie zuvor.

Ilona entfernte sich in noch gebückterer Haltung als vorher, damit sie sicher sein konnte, dass keine der installierten Überwachungskameras ihre Gesichtszüge erfasste. Sie musste ja nicht unbedingt in den nächsten Tagen auf einem der polizeilichen Fahndungsfotos erscheinen.

Erst im Regionalzug, den sie jeden Morgen nahm, um zu ihrer Ausbildungsstätte zu gelangen, streifte sie die Kapuze ab, zog den Mantel aus und verbarg ihn und die Sonnenbrille in einer grauen unauffälligen Leinentasche. Sie hatten fürs Erste ausgedient.

In dem Lehrinstitut für angehende Physiotherapeuten wiederholte sie wie jeden Morgen vor dem Unterricht zielstrebig ihren Lehrstoff, als sei nichts gewesen. Die letzte Nacht aber hinterließ ihre Spuren. Die Gedanken wirbelten ihr im Kopf herum, Erschöpfung und Müdigkeit saugten an ihren Lidern. Sie hatte große Mühe, wach zu bleiben. An Lernen war nicht zu denken. Nach dem Entführten wurde mit Sicherheit schon auf Hochtouren gesucht. Seine Ehefrau dürfte noch vor vierundzwanzig Uhr in der letzten Nacht bei der Polizei eine Vermisstenanzeige aufgegeben haben. Ilonas Banknachbarin wunderte sich über Ilonas Nervosität und Schläfrigkeit, die sie an ihr nicht kannte. Sie konnte ja nicht wissen, was in der letzten Nacht alles passiert war, und dass Ilona mit ihren Gedanken ganz woanders war.

10

Dirk stellte seinen Pkw weit vom Wohnhaus seines Bruders entfernt ab und nahm für den Rest des Weges den Linienbus. Es war der Tag nach der Entführung und Dirk kam, um seinem Bruder über den Hergang der Aktion Bericht zu erstatten.

„Ist die Hütte wirklich ausbruchssicher?", fragte Udo nervös. „Kann ihn vielleicht jemand hören, wenn er um Hilfe schreit?"

„Nur wenn jemand dicht an der Hütte vorbeigeht oder direkt davorsteht, aber das Gebiet ringsum besteht aus Mooren und sumpfigem Gelände, weil dort einige Quellen sind, und es ist über weite Strecken wegen querliegender Baumstämme überhaupt schwer zu passieren. Wir haben die ganze Gegend weiträumig mit Flatterband abgesperrt, weil wir jetzt in diesem Jahr im Herbst bald mit dem Kalken der Wälder anfangen. Die Hütte liegt in der Mitte des Sperrgebietes." Er lehnte sich im Sessel zurück und strich sich mit der Hand über den kurzgeschorenen Kopf. „Von uns Förstern war außer mir schon lange keiner mehr dort draußen. Die Schlösser am Eingang und an den Fensterläden habe ich vorsichtshalber ausgewechselt. Vielleicht liegt noch irgendwo einer der alten Schlüssel herum. Ich will kein Risiko eingehen."

„Womit habt ihr ihn betäubt?", fragte Udo.

„Tobias hat vorher eine Flasche KO-Tropfen oder so was Ähnliches besorgt, irgendein schwaches Schlafmittel. Ilona hat den Brief gleich heute Morgen in die Filiale Bachstraße gebracht. Hoffentlich reagieren sie schnell. Demnächst fängt die Jagdsaison an. Also muss der dort schnell wieder raus. Bis jetzt hat er sich ruhig verhalten. Ich fahre in Abständen hin. Er konnte uns nicht erkennen, weil wir immer vollständig vermummt sind. Er sagte, er würde frieren. Daher habe ich ihm noch eine zweite Decke gebracht. Das Brot, das Bier und die Wurst hat er kaum angerührt."

„Habt ihr alles genau durchdacht für die Lösegeld-Übergabe?", fragte Udo. „Die ganze Gegend wird von Polizisten nur so wimmeln."

„Sei unbesorgt! Es ist alles gut durchdacht. Es kann nichts schiefgehen. Wir machen uns doch unsichtbar, setzen einfach unsere Tarnkappe auf." Er lächelte hintergründig. „Ich halte dich auf dem Laufenden." Er ließ eine Zeitlang den Blick auf seinem Bruder ruhen. „In der

Bank möchte ich jetzt gerne mal Mäuschen spielen. Was machen diese Leute in solchen Fällen immer?"

Udo lachte mit den Schultern. „Sie bilden einen Krisenstab!"

Die Seiten des „Hasserodt Kuriers" flogen auseinander wie ein Schwarm aufgescheuchter Tauben. Endlich war die Stelle gefunden, nach der der Bürgermeister Udo Mardhorst gesucht hatte. Er warf sich mit dem Kopf über die Zeilen, fuhr mit dem Zeigefinger über die Seite – und hielt abrupt inne. Was dort stand, verstörte ihn.

Hastig zog er an seiner Zigarre und konnte nicht glauben, was da stand, starrte auf die Zeile und überhörte darüber glatt das Klopfen an seiner Tür. Es klopfte daher noch einmal und darauf traten zwei fremde Herren in sein Arbeitszimmer.

Mardhorst blickte ungehalten von der Zeitung auf, trat ihnen entgegen und begrüßte sie misstrauisch. Die beiden Herren stellten sich als die Kriminalkommissare Bittner und Henner vor.

Durch den dicken Zigarrenqualm, der wie heißer Waschküchendampf durchs Zimmer waberte, informierten ihn die Beamten darüber, dass vor zwei Tagen ein Mitarbeiter der Davesta-Bank entführt worden sei und die Kidnapper ein Lösegeld verlangt hätten.

„Bitte sagen Sie uns, wo Sie am späten Abend des 1. September und in der Nacht vom 1. zum 2. September gewesen sind", verlangte Kommissar Bittner.

„Was habe denn ich damit zu tun?", fragte Mardhorst auffahrend. „Stehe ich etwa im Verdacht, daran beteiligt gewesen zu sein?"

Ohne darauf zu antworten, wiederholte der Polizist seine Frage.

Udo blätterte hastig in seinem Terminkalender. „Das kann ich Ihnen genau sagen. Ich befand mich in dieser Nacht mit meinem Fahrer, Herrn Fähnrich, auf der Rückreise von Tiefenstadt, wo ich beim Umweltministerium eine Unterredung hatte. Es ging dabei um den Ausbau des Flughafens Mühlengrund. Das nur nebenbei."

„Wann waren Sie wieder zuhause?", fragte Kommissar Henner.

Udo überlegte eine Weile. „Auf die Minute genau kann ich mich nicht festlegen, aber ich meine, dass es schon nach Mitternacht war, als wir zuhause ankamen. Meine Frau, die Mitglied des Stadtrats ist, war kurz vor mir von einer Sitzung des Haushaltsausschusses nach Hause gekommen, dessen Vorsitzende sie ist. Wir waren beide hundemüde und sind gleich ins Bett gefallen." Er schüttelte den Kopf. „Was sollen bloß diese merkwürdigen Fragen? Sie scheinen, aus welchem irrwitzigen Grund auch immer, einen Zusammenhang zwischen dieser Entführung und meiner Person zu vermuten. Wie das?", fragte Udo mit jovialem Unterton. Er war und blieb ein begabter Schauspieler und hatte nicht vor, sich ausgerechnet von diesen Schnüfflern aus der Ruhe bringen zu lassen.

„Der Entführte soll sich schon seit längerem bedroht gefühlt haben. Die Herren von seinem Stammtisch haben ausgesagt, dass er sich bei ihnen beklagt habe, Kunden der Davesta würden ihn für negative Börsenschlagzeilen verantwortlich machen, würden ihn zuhause anrufen, beschimpfen, bedrohen, terrorisieren und einschüchtern. In dem Zusammenhang soll er gesagt haben: ´Ihr wisst ja gar nicht, wozu Politiker fähig sind.` Einer der Kunden soll gesagt haben: ´Euch sollte man an euren seidenen Krawatten aufhängen.` In diesem Zusammenhang, Herr Mardhorst, war auch vom Bürgermeister die Rede, also von Ihnen."

Udo straffte seinen Rücken. „Ich soll jemanden bedroht haben, terrorisiert? Das ist eine infame Unterstellung! Niemals habe ich mir erlaubt, irgendjemanden zu bedrohen oder einzuschüchtern, weder als Politiker noch als Privatmann, meine Herren! Und zwischen einem gelegentlich geäußerten Unmut über ein schlechtes Management und eine noch schlechtere Beratung einer Bank und einer Entführung mit anschließender Erpressung ist ein weiter Weg. Sich zu beschweren, muss erlaubt sein. Anstand und Form habe ich dabei immer zu wahren gewusst."

„Die Herren vom Stammtisch des Entführten seien für ihn so eine Art Kummerkasten gewesen. Er hätte zwischen zwei Stühlen gesessen. Auf der einen Seite die Vorstandsvorsitzenden der Bank, also seine Chefs, deren Anweisungen er Folge zu leisten habe, und auf der anderen Seite die Kunden, die bei ihren Geldanlagen die höchstmögliche Rendite erwarten würden, dabei aber immer außer Acht ließen, dass damit auch hohe Risiken verbunden sein können. Wenn sich die Gewinnerwartungen dann nicht erfüllt hätten, habe man dann ihm den Schwarzen Peter zugeschoben", fügte Kommissar Henner hinzu.

„Ich habe das Recht, sowohl als Repräsentant dieser Stadt als auch als Bürger meine Meinung zu äußern. Das gestattet mir das Grundgesetz. Außerdem bin ich sicher nicht der einzige Kunde dieser Bank gewesen, der Grund zur Klage gehabt hat. Wenn mein Name in diesem Zusammenhang unter den Stammtischbrüdern gefallen sein sollte, war er sicher nicht der einzige. Mit der Entführung habe ich jedenfalls nichts zu tun." Er ging zur Tür. „Mein Alibi haben Sie. Falls Sie weitere Fragen an mich haben, rufen Sie bei meiner Sekretärin an. Um Ihre Arbeit beneide ich Sie nicht." Er öffnete die Tür.

Die beiden Kripo-Beamten verabschiedeten sich. Mardhorst sah ihnen an, dass ihre Augen von dem Rauch in seinem Zimmer rot angelaufen waren wie die von Angorakaninchen und schon zu tränen anfingen.

Er trat ans Fenster und rauchte unentwegt weiter. Die riskante Aktion erhöhte die Anspannung und hinterließ Spuren.

Seine Sekretärin schimpfte ihn gehörig aus, wenn sie sein Zimmer betreten musste und wedelte zum Schutz von Augen und Lungen immer mit einem Aktendeckel vor ihrem Gesicht herum.

Die Kripo besaß keine Beweise gegen ihn. Viel mehr beschäftigte ihn der Gedanke an die Reaktion der Davesta auf die Entführung. Damit hatte er wirklich nicht gerechnet!

11

Christian Friedrich saß in der Hütte auf der Bank und bestrich mit einem stumpfen Plastikmesser eine Scheibe Brot. Seine Augen hatten sich mehr schlecht als recht an die kerkerhaft dunkle Umgebung gewöhnt. Hin und wieder trank er einen Schluck Malzbier aus der Flasche. Er wunderte sich darüber, dass sein Magen die Sorglosigkeit besaß, sich sogar in Gefangenschaft zu melden. Noch mehr wunderte er sich darüber, dass ausgerechnet er von den Kidnappern als Geisel herausgepickt worden war, um die Davesta zu erpressen. Was war er denn schon? Eine kleine Nummer! Er bezweifelte, dass der Vorstand den Forderungen der Kidnapper jemals nachgeben würde. Keinen Cent würden sie herausrücken für ihn. Dazu stand er viel zu weit unten in der Hierarchie der Bank. Die Entscheidungseliten waren andere. Er selber besaß keine eigene Entscheidungsbefugnis. Die Beschlüsse aus den oberen Etagen wurden ihm nur nachträglich als fertiges Ergebnis mitgeteilt, als Tatsache und Grundlage für seine tägliche Beratertätigkeit. Aber über die Hintergründe, die zu diesen oder jenen Entscheidungen geführt hatten, besaß er keine Informationen. Kritisieren, Zweifel anmelden, galt als schlechter Stil und nicht karrierefördernd. Er erhielt die Anweisung, Geldanlegern diese oder jene Wertpapiere zu empfehlen. Prognosen darüber konnte niemand abgeben, auch er nicht.

Eine große Investmentbank wie die Davesta ließ sich nicht erpressen wegen einem wie ihm. Das bedeutete, dass er in großer Lebensgefahr war. Wenn die Entführer irgendwann einsahen, dass sie den Falschen erwischt hatten und die Sache nichts einbringen konnte, ließen sie ihn vielleicht aber auch frei.

Es war ein offenes Geheimnis, dass die Bank zurzeit durch schwere Zeiten ging, dass sie riskante Kredite vergeben hatte und mit Banken in Geschäftsbeziehungen stand, die in der Branche als nahezu zahlungsunfähig galten. Auch konnte Christian im Laufe der letzten Wochen ersehen, dass bestimmte Wertpapiere, die die Bank in großem Stil gekauft hatte, im Wert kontinuierlich sanken, so dass sich dafür keine Käufer mehr fanden. Die

Bank blieb darauf sitzen und das minderte das Eigenkapital. Die Verantwortlichen hatten daher mit geliehenem Geld an der Börse spekuliert. Die erwarteten Gewinne blieben aber aus.

In letzter Zeit hatte es fürchterlichen Stress mit Anlegern gegeben, die ihm kundenschädigende Beratung zum Vorteil seiner Bank vorwarfen, als sie feststellten, dass ihre Wertpapiere nur noch Verluste einfuhren. Hätte er sich von sich aus besser informieren müssen? Er dachte an den Bürgermeister Mardhorst, der sich von ihm über den Tisch gezogen fühlte und schrecklich gegen ihn wütete. Vielleicht hatte er vor, gegen die Bank einen Prozess anzustrengen.

Christian stützte die Ellbogen auf, legte bekümmert die Hand an die Wange und starrte ins Dämmerlicht des Raumes. Er fühlte sich ohnmächtig und unsäglich einsam. Hätte er doch in diesem Moment mit seiner Frau sprechen können! Sie hatte ihn gedrängt, sich anzustrengen und in der Bank aufzusteigen. Ohne sie wäre er niemals so weit gekommen. Er hatte sich vom Kassierer zum Finanzberater hochgearbeitet. Aber die Bank wurde scheinbar von unfähigen Managern geleitet. Und jemand wie er durfte es ausbaden. Es war nicht auszuschließen, dass die Davesta auch noch eines Tages pleiteging. Daran dachte er lieber nicht. Jedenfalls schien die momentane Finanzlage seines Arbeitgebers nicht gerade günstig für die Zahlung eines Millionen-Lösegeldes.

Er sah auf seine Armbanduhr. Es war dreiviertel fünf nachmittags. Was wohl seine Kinder jetzt machten? Kira war sicher wie immer nachmittags in der Eissporthalle beim Training. Kira, die Eisprinzessin, der ganze Stolz ihrer Eltern, mit dem Ausdruck: Seht ihr mich auch alle? auf dem Puppengesicht. Martina hatte vor, für Kira einen berühmten Eislauftrainer zu engagieren. Sie müsste dafür die Schule wechseln und auf ein Internat gehen. Das alles versprach sehr teuer zu werden, und er war dagegen. Für Martina war es aber wichtig, die Kinder mit allen Mitteln zu fördern. Sascha, das ältere der beiden Kinder, war das Sorgenkind der Familie und das genaue Gegenteil von seiner Schwester, verträumt und immer geistig abwesend, mit dem halb offenen, erstaunten Mündchen eines Vierjährigen. Der Kinder wegen gab es seit langem tiefgreifende Auseinandersetzungen zwischen ihm und seiner Frau. Um Sascha auf die Sprünge zu helfen, wollte Martina ihn auf das Elite-Internat Salem schicken. Sie wollte nicht einsehen, dass diese Pläne das Familienbudget bei weitem überstiegen. Diese Sache war nicht ausgestanden, und er machte sich große Sorgen, Martina könnte von sich aus die Angelegenheit in ihrem Sinne regeln, wenn er nicht da wäre, um ihr Einhalt zu gebieten. Martina gab viel zu viel Geld aus, am meisten für die Kinder. Am liebsten hätte er ihr das Konto gesperrt. Er war nicht bereit, der Kinder wegen selber zurückzustecken. Martina hielt ihm dagegen sein teures Hobby, das

Fallschirmspringen, vor. Für sie hatten die Kinder Vorrang. Das wollte er nicht einsehen. Er brachte schließlich das Geld nach Hause. Diese Probleme waren noch nicht gelöst, und jetzt saß er hier fest und wusste nicht, für wie lange, und ob er es überhaupt überleben würde.

So saß er da und grübelte. Ein Laut ließ ihn aufhorchen. Ganz in der Nähe vernahm er das Geräusch einer Motorsäge. Das hatte er in der ganzen Zeit seiner Gefangenschaft nicht gehört. Es konnte nur jemand sein, der mit seiner Entführung nichts zu tun hatte. Er hatte damit die endgültige Bestätigung, dass es tatsächlich ein Wald war, in dem er festgehalten wurde.

Sein Geschrei musste weithin hörbar sein. Es klang viel zu leise in seinen Ohren. Seine Fußtritte gegen die bebende Tür, sie verhallten viel zu schnell.

Die Säge verstummte. Es hatte jemand seine Schreie gehört. Nach einigen Minuten Klopfen an einem der Fensterläden. Friedrich rannte auf die andere Seite und schrie mit äußerster Kraft um Hilfe. Zur gleichen Zeit stieg Dirk vor dem Forsthaus aus dem Geländewagen aus. Er hatte im Wald Bäume zum Fällen markiert und wollte anschließend zu einem der Hochsitze in seinem Revier fahren.

Der Forstarbeiter Rapp stürmte ihm aufgeregt entgegen. „Dirk, drüben in der Hütte am Stein 78 im Eulenwald, da ist jemand drin! Ich habe privat etwas Holz schlagen wollen, und da bin ich zufällig an dieser Hütte vorbeigekommen."

Dirk ließ sich nichts anmerken. „Das Gebiet ist doch nicht ohne Grund mit Flatterband abgesperrt!", knurrte er übellaunig. „Bist du denn nicht im Sumpf steckengeblieben?"

Rapp achtete nicht auf Mardhorsts Frage. Dazu war er viel zu aufgeregt. „Drinnen waren Geräusche. Das habe ich genau gehört. Ich habe von außen gegen die Fensterläden geklopft und gerufen: ´Ist da jemand?` Da schrie einer drinnen: ´Holen Sie Hilfe, die Polizei!`"

„Wir werden gleich mal nachsehen, was da los ist", antwortete Dirk entschlossen.

„Aber die Hütte ist doch mit einem Vorhängeschloss versperrt. Wie ist der da bloß reingekommen? Es sieht so aus, als hätte ihn jemand in der Hütte eingesperrt. Die Stimme klang so heiser und brüchig, so schwach und kläglich und irgendwie total verzweifelt, als würde er jeden Moment den Löffel abgeben. Ich war total erschrocken."

„Das ist schon wirklich eine skurrile Geschichte. Steig ein! Wir fahren gleich mal hin." Dirk sprang die Stufen hoch zu seinem Dienstzimmer, griff nach dem Schlüsselbund, setzte sich ans Steuer neben Rapp und fuhr los. „Wahrscheinlich ein Landstreicher, der einen Unterschlupf für den Winter gesucht hat und auf einmal feststellte, dass er eingesperrt war", meinte Dirk.

„Aber da muss die Tür doch einmal offen gewesen sein. Sonst wäre er doch nicht reingekommen!", überlegte Rapp laut. „Ich weiß, dass die Jäger die Hütten immer alle abschließen. Und diese Hütte ist doch so abgelegen. Da kommt ja sonst kaum einer hin."

„Außer dir!", gab Dirk zurück.

„Es lagen so viele dünne Äste herum, ich brauchte sie nur aufzulesen und zu zersägen. Genau richtig für meinen Kamin", rechtfertigte sich Rapp.

„Vielleicht hat jemand von den Jägern mal die Tür aufgeschlossen, sich entfernt und ist später wieder zurückgekommen, um von außen abzuschließen und hat nicht gemerkt, dass sich eine Person in der Hütte aufhielt", bemerkte Mardhorst.

„Dann hätte sich der Eingesperrte doch sofort lautstark gemeldet, so wie vorhin", widersprach Rapp.

„Vielleicht war er eingeschlafen und hat es gar nicht mitgekriegt. Es war eben ein müder Penner."

„Es bleibt eine mysteriöse Angelegenheit", fügte Rapp ratlos hinzu. Sein verblüffter Gesichtsausdruck reizte Mardhorst sehr, ihm seine Faust ins Gesicht zu schlagen. Nur mit Mühe gelang es ihm, sich zu beherrschen.

Die Strecke wurde immer unwegsamer. Herbstlicher Abendnebel zog auf.

Dirk schaltete das Fernlicht ein. Es schien, als würden die hohen dunklen Fichten und Tannen ihm in voller Länge durch die Scheibe in die Arme fallen.

An einer Wegkreuzung stoppte Dirk abrupt und stellte den Motor aus. „Geh schon mal voraus! Ich hole nur die Taschenlampe aus dem Kofferraum!"

Rapp stieg aus und stapfte durchs Unterholz voran.

Mardhorst stieg ebenfalls aus, öffnete den Kofferraum, holte einen stämmigen kahlen Ast daraus hervor, schaltete die Taschenlampe ein und folgte seinem Kollegen durchs Unterholz.

Mühsam arbeiteten sich die beiden Männer im Dämmerlicht durchs Dickicht.

Als Dirk den Kollegen eingeholt hatte, trat er ihm von hinten mit Absicht zwischen die Beine. Der Mann stürzte ins Gras. Beim Aufrichten schlug der Förster ihm mit dem Knüppel auf den Kopf. Der Forstarbeiter kippte vornüber, ohne einen Laut von sich zu geben.

Mardhorst schleifte den leblosen Körper über den Waldboden. Hinten duckte sich die Hütte, die in Nebel gehüllt herübersah. Dumpfe Fausthiebe von innen gegen die Tür und abgerissene Hilfeschreie kamen von dort.

Erst am Morgen war Dirk zuletzt an der Hütte gewesen, hatte sich eine Zeitlang in der Nähe aufgehalten, aber nichts Auffälliges bemerkt, so dass er beruhigt in den Forst gefahren war.

Er legte sich den Waldarbeiter quer über den Nacken, wie er es immer mit geschossenem Rehwild tat, und wankte keuchend zum Geländewagen, öffnete den Kofferraum, ließ den leblosen Körper des Mannes hineingleiten, setzte sich ans Steuer und fuhr weiter in den Wald. Er hatte eine besondere Stelle im Sinn, einen versteckten Waldweg, wo er den Mann ablegen wollte. Zwanzig Minuten fuhr er durch den einsamen Forst, ohne einem Lebewesen zu begegnen. Kein Wild ließ sich blicken. Dann hatte er das Waldgebiet erreicht, wo die Stelle lag. Es war ein weitläufiges Waldstück zwischen zwei breiten Forstwegen, einem befestigten höhergelegenen und einem, der unterhalb der Anhöhe entlangführte. In diesem abgelegenen Waldstück hatten in den vorangegangenen Wochen umfangreiche Baumfällungen begonnen. Überall am Hang lagen kreuz und quer abgeholzte entlaubte Buchenstämme und Äste herum. Der untere Weg war voll davon.

Dirk hob den Forstarbeiter aus dem Kofferraum, stieg mit ihm auf dem Rücken schwankend über Äste und Stämme und platzierte ihn vor einem kahlen Buchenstamm auf dem unteren Weg. Darauf erklomm er die Anhöhe. Der Waldboden war an dieser Stelle staubtrocken und die Erde locker. Mardhorst rutschte beim Hochklettern ein paarmal ab.

Er suchte hier oben etwas ganz Bestimmtes: einen entrindeten Buchenstamm, eine Baumleiche, die einen gewissen Umfang hatte und sich trotzdem leicht bewegen ließ. Einer fand sich.

Dirk trat mit dem Fuß dagegen. Der Stamm setzte sich auf dem lockeren Erdreich auch gleich in Bewegung und raste, einmal angestoßen, unaufhaltsam der Länge nach ins Tal. Auf halber Höhe rammte er auf seiner wilden Fahrt nach unten einen anderen querliegenden Stamm und vollführte darüber einen imposanten Salto, ehe er mit großem Getöse auf dem Weg unten aufschlug. Er krachte, genau wie Mardhorst es vorausberechnet hatte, millimetergenau auf den Schädel des Waldarbeiters Rapp und zerschmetterte ihn. Dieser Mann würde nie mehr aufstehen. Der Lichtkegel der Taschenlampe kreiste ein paarmal zielsicher über dem Tatort.

Mardhorst entfernte sich darauf eilig und erreichte noch vor Mitternacht das Reihenhaus, das an die amtierenden Forstbeamten und ihre Familien vermietet war.

12

Alle gingen fest davon aus, dass die Davesta-Bank das geforderte Lösegeld zahlen würde. Dass sie sich aber weigerte, warf alle aus der Bahn. In der Kontaktanzeige war unmissverständlich der Lehrer erwähnt und nicht der Unternehmer, und damit war klar, dass die Bank nicht gewillt war, sich erpressen zu lassen.

Udo schnaubte vor Wut. Jetzt wurde ein Krisenstab der Entführer einberufen.

Die Brüder Mardhorst und der Bauunternehmer Loberg trafen sich am Nachmittag des 4. September im Hause des Bürgermeister-Ehepaares zur Lagebesprechung.

„Was nützt uns Friedrichs Tod?", meinte Udo ratlos. „Wir wollen nicht seine Leiche, sondern die verzockten Millionen zurück."

„Wir müssen noch mehr Druck ausüben", sagte Loberg. „Da ihnen das Schicksal ihres Mitarbeiters gleichgültig zu sein scheint, müssen wir uns halt was anderes ausdenken." Eine Pause entstand. Loberg schnippte mit den Fingern. „Wir müssen sie an ihrer Ehre packen!"

Am Abend desselben Tages betraten drei vermummte Gestalten die Hütte im Wald. Sie fanden den Gekidnappten in einer dunklen Ecke auf dem Boden hockend wie ein Eremit, eine Decke über die Schultern geworfen.

Dirk bedeutete ihm mit einer raschen Handbewegung, aufzustehen. Friedrich stand auf und Mardhorst wies stumm auf die Bank am Tisch. Friedrich setzte sich hin. Ein Bartschatten zeichnete sich auf seinem bleichen Gesicht ab.

Mardhorst reichte ihm einen Schreibblock und einen Kugelschreiber.

Friedrich stieß heiser hervor: „Wann lasst ihr mich denn endlich frei? Wie lange soll ich das denn hier noch aushalten? Ich drehe noch durch! Haben Sie wenigstens noch so viel Mitgefühl und sagen Sie meiner Frau, dass ich noch am Leben bin!" Aber hatten Entführer schon jemals Mitgefühl mit den Opfern und ihren Angehörigen gehabt?

Der Bankangestellte ergriff wortlos das Schreibzeug und horchte bekümmert mit gesenktem Kopf auf das, was der Vermummte ihm diktierte. Er begann zu schreiben: „Ich habe erfahren, dass ihr euch weigert, das Lösegeld zu zahlen und damit meinen Tod in Kauf nehmen wollt. Mein Schicksal ist euch also gleichgültig. Das habe ich nicht verdient." Christian schrieb zügig ohne abzusetzen. „Im Auftrag meiner Entführer wiederhole ich deren Forderungen, die ihr schon kennt: Übergabe von 10 Millionen Euro, alle in Hundert-Euro-Scheinen, nicht gekennzeichnet, verpackt in robusten gelben Säcken, abzulegen an der Uferböschung gegenüber dem Holzsteg auf der Insel in dem See zwischen den Dörfern Wannsiedel und Lomburg am Montag, dem 8. September. Dies ist die letzte Frist! Lasst ihr auch dieses Ultimatum verstreichen, muss ich unweigerlich sterben. Aber eines sollt ihr wissen: Vorher packe ich aus und zwar wende ich mich an die Zeitungen. Das verspreche ich euch. Dann werde ich euer übles Geschäftsgebaren schonungslos offenlegen! Es sollen alle erfahren, dass ihr mich nur als Werkzeug für eure Zwecke benutzt habt, euch bei euren schamlosen Betrügereien behilflich zu sein. Ich war euch ausgeliefert, wollte meinen Job nicht verlieren, musste meine Familie ernähren. Daher habe ich mitgemacht. Ihr habt mich dazu angestiftet, den Kunden die faulen Hypothekenpapiere anzudrehen, die von Anfang an so konstruiert waren, dass die Kunden alle Risiken tragen sollten und nur die Davesta gewann.“

Friedrich hielt inne in dem Diktat und schüttelte langsam den gesenkten Kopf, zum Zeichen, dass er mit dem allen nicht einverstanden war. „Das schreibe ich nicht! Von üblen Machenschaften meiner Bank kann gar keine Rede sein! Und ich bin auch nicht zu Betrügereien angestiftet worden. Ich habe nicht ´mitgemacht`, wie Sie glauben. Ich war kein Werkzeug meiner Vorgesetzten, ich habe nur meinen Job als Bankberater gemacht. Von faulen Hypothekenpapieren, die ich auch noch arglosen Kunden gemeinerweise untergejubelt haben soll, war mir nichts bekannt. Da wissen Sie mehr als ich.

Auf Entscheidungen meiner Vorgesetzten hatte ich keinen Einfluss. Meine Aufgabe lag darin, ihre Entscheidungen umzusetzen. Dafür wurde ich bezahlt. Ich schwärze meine Bank nicht an. Aber das alles habe ich schon mal gehört, diese ganzen falschen Anschuldigungen und diese haltlosen Vorwürfe! Einige Honoratioren, ehrbare Herrschaften aus Politik und Wirtschaft, haben mir das immer und immer wieder vorgeworfen in den letzten Wochen. Sie waren wirklich sehr hartnäckig. Vielleicht haben sie auch diese ganze lächerliche Entführung inszeniert, um ihren Forderungen Nachdruck zu verleihen. Wundern würde mich das nicht! Wer für schnelles Geld hohe Risiken eingeht, muss im Ernstfall auch die Rechnung zahlen. Jeder weiß, dass profitable Geldanlage immer auch mit Risiken verbunden ist. Auf die Entwicklung von Wertpapieren hat auch eine Bank nur wenig Einfluss." Er sagte das im Ton eines Mannes, dem bewusst ist, dass er nichts mehr zu verlieren hat. „Bringt mich doch um! Schlagt nur zu! Ich habe keine Angst vorm Tod und vor euch auch nicht!"

Dieser Mut verblüffte die Kidnapper. Damit hatten sie nicht gerechnet. Insbesondere erschreckte sie, dass der Entführte bestimmte Kommunalpolitiker mit der Entführung und Erpressung in Verbindung brachte. Keiner von ihnen war auf eine solche Reaktion vorbereitet und sie wussten nicht, wie sie darauf reagieren sollten. Mit dieser Situation waren sie schlichtweg überfordert, schwiegen betroffen, und mussten erst mal nachdenken, um sich neu zu positionieren.

Als Erster gewann Dirk die Fassung zurück. „Hören Sie auf, den Helden zu spielen! Denken Sie lieber an Ihre Familie, Ihre Kinder, die ohne ihren Vater aufwachsen würden, wenn Sie jetzt nicht kooperieren. Weigern Sie sich nicht, den Brief zu Ende zu schreiben, sonst machen wir Ernst!" Er tippte mit der Mündung einer Pistole, die nicht seine Jagdwaffe war, ein paarmal energisch und unerbittlich auf das Blatt. „Also los! Weiter! Dass diese Papiere stanken, wusstet ihr von den Ratingagenturen, die sie schon massiv herabgestuft hatten, ehe ihr sie an gutgläubige Kunden weiterverkauft habt. Ich war dabei euer Mann fürs Grobe und jetzt wollt ihr mich einfach fallenlassen wie eine heiße Kartoffel. Das wird euch teuer zu stehen kommen!"

Die Hütte hatte sich mit Zigarettenrauch gefüllt, denn Ilona, das Gesicht verdeckt mit einem dicken schwarzen Wollschal, paffte die ganze Zeit ohne Pause eine Zigarette nach der anderen. Sie nahm mit der behandschuhten Hand den fertig geschriebenen Brief von Friedrich entgegen, steckte ihn in einen Umschlag und verließ die Hütte. Tobias folgte ihr.

Draußen fuhr in einiger Entfernung ein Pkw davon.

Förster Mardhorst blieb im Wald. Während er auf die Holzstapel aus gefällten Bäumen mit roter Sprühtinte die Namen der Käufer schrieb, überlegte er, ob dieser Brief die Banker der Davesta umstimmen würde. Vielleicht waren sie so abgebrüht, dass ihnen auch ein Imageverlust egal war. Er selber würde allerdings nach dieser Drohung einlenken. Besonders beunruhigte ihn die Tatsache, dass Friedrich einen Zusammenhang zwischen seinem Bruder, dem Bürgermeister, und der Entführung witterte. Vor diesem Hintergrund war das Wagnis schwer vorstellbar, Friedrich später in die Freiheit zu entlassen.

Er warf sich in den Geländewagen und fuhr durch den Forst in ein Waldgebiet, wo er sich über den Fortgang von Fällungsarbeiten informieren wollte. Dabei fiel ihm der Kollege Rapp ein. Ob man ihn wohl schon gefunden hatte?

Am nächsten Tag fand Dirk Arbeiten auf dem Schreibtisch vor, die nach seiner Ansicht eindeutig zum

Aufgabenbereich seines Chefs gehörten. Der aber verbrachte seine Dienststunden lieber am Schreibtisch, um Bücher und Aufsätze zu forstwissenschaftlichen Themen zu verfassen und Vorträge zu halten, als sich um die Belange seines Forsts zu kümmern. Das machte Dirk zusehends wütender, weil er sich im Verhältnis zu seinem Vorgesetzten unterbezahlt fühlte. Er hielt ihn nicht für fähiger als sich selbst und musste für ihn die Dreckarbeit machen, wie er sich auszudrücken pflegte, wenn er sich über seinen Chef beschwerte.

13

Christian Friedrich lief raubtierhaft ruhelos hin und her in seinem dunklen Gefängnis. Er hatte einen ziemlich konkreten Verdacht geäußert, und das war wahrscheinlich ein gefährlicher Fehler gewesen. Wie konnte er nur so dumm sein! Er schlug sich klatschend an die Stirn. Eine gekidnappte Person, von der die Kidnapper annehmen mussten, sie habe die Identität ihrer Peiniger erraten, war verloren, ein Todeskandidat. Erklärungsversuche, warum er sich nicht besser unter Kontrolle gehalten hatte, konnten nichts daran ändern. Er hatte sich durch eigene Dummheit in eine tödliche Sackgasse manövriert. Es war nur Ausdruck der Wut, die ihn dazu brachte, die nötige Vorsicht gegenüber den Verbrechern außer Acht zu lassen.

Da ertastete Friedrich zufällig einen Gegenstand auf dem Schrank, der vorher nicht dagewesen war. Ein Feuerzeug! Und es funktionierte! Ein Geschenk des Himmels! Würde ein Teil der Hütte kontrolliert in Brand gesetzt, könnte er die angesengten Teile mit den Füßen beiseitetreten und durch die Öffnung entkommen.

Lange fuhr er mit der Flamme an den Balken der Tür entlang, bis einer der Balken endlich zu schmoren anfing. Friedrich trat zurück, weil ihm der Rauch zusetzte. In kürzester Zeit war der Innenraum davon erfüllt. Friedrich begann zu husten.

Er wickelte sein Jackett ums Gesicht, um sich vor dem Qualm zu schützen, aber der Stoff war zu glatt, und so fiel das Jackett immer wieder ab. Christian fuchtelte verzweifelt mit den Armen vor seinem Gesicht herum, weil der Rauch die Atemwege verstopfte und er keine Luft mehr bekam. Keuchend und nach Luft ringend wich er in den hinteren Teil der Hütte zurück und hielt die Nase an die engen Zwischenräume der Balken. Mit jedem Atemzug meinte er weniger Sauerstoff in die Lungen zu pumpen. Er beabsichtigte, sie mit einer großen Portion frischer Luft zu füllen, um mit diesem Vorrat bis zur Tür zu gelangen und sich den Weg nach draußen freizutreten. Wieder qualvoller Husten! Benommenheit stellte sich ein. Das Gehirn arbeitete nicht mehr richtig. Der schwarze Rauch wurde dicker und dicker und immer heißer.

14

Monoton summte der Motor. Die Wischer zogen gleichmäßig über die Frontscheibe. Ilona schob den Brief an die Davesta unter den Beifahrersitz. Bis jetzt hatte sie keine Polizeistreife angehalten.

Auf dem Ortsschild am rechten Fahrbahnrand stand eine Entfernung von fünfundzwanzig Kilometern, die sie noch zurückzulegen hatten.

In dem Ort, der keine geographische Nähe zum Wohnort der Entführer aufwies, wollten sie unbeobachtet die Nachricht an die Bank in den Briefkasten werfen.

Tobias beschleunigte die Fahrt. „Zehn Millionen! Was könnte man damit alles anfangen!", schwärmte er. „Du und ich, wir hätten ausgesorgt bis ans Lebensende. Germany ´Goodbye` sagen für immer. Ein wildes, ungebundenes Leben führen, morgens aufwachen und den Tag genießen, ohne Stress und Wecker, ohne die ganzen Scheißtypen, die einen so nerven!"

„Ein Playboy-Leben? Wie langweilig! Das wär nicht mein Ding!", antwortete Ilona spröde. „Ich brauche eine Aufgabe mit Menschen." Sie kramte in ihrer Handtasche, wurde immer nervöser dabei.

„Suchst du was?"

„Mein schönes altes Feuerzeug ist weg. Ich habe es wahrscheinlich in der Hütte liegen lassen. Mist, jetzt kann ich mir keine anzünden."

Tobias kehrte wieder in seinen vorigen Gedankengang zurück. „Man könnte sich eine tolle Yacht kaufen und damit über die Weltmeere segeln, an Land gehen, wo`s einem gefällt, an allen Häfen dieser Welt vor Anker gehen, baden an den schönsten Sandstränden der Welt ."

Ilona sah ihn einigermaßen erstaunt von der Seite an. „Spinnst du jetzt oder meinst du das im Ernst?"

Tobias brauste auf. „Natürlich meine ich es ernst! Eine solche Gelegenheit wird nie mehr im Leben kommen!"

„Tobias!", sagte Ilona energisch. „Jetzt hör mal gut zu! Erstens haben wir das Geld noch gar nicht, und vielleicht zahlt die Bank das Lösegeld überhaupt nicht, und zweitens gehört uns das Geld nicht. Davon wird das Bad gebaut."

Ein großer schwerer Wagen rauschte von hinten heran, flog an Tobias` Kleinwagen vorbei, dass der Fahrtwind ihn förmlich zur Seite drückte, und war im nächsten Moment verschwunden wie ein UFO.

„Der Kerl in dem Wagen, hast du den gesehen?", brüllte Tobias empört. „Der war doch höchstens achtzehn! Wieso kann der sich so eine teure Kiste leisten?"

„Wahrscheinlich das Auto seines Vaters, das er mal fahren durfte", sagte Ilona beschwichtigend.

„Der spinnt wohl, der Angeber! Das hier ist keine Autobahn!" Tobias gab Gas, als wollte er die Verfolgung aufnehmen, rückte einem vor ihm fahrenden Kleinwagen dicht auf und setzte zum Überholen an.

Ilona schrie entsetzt auf. „Nicht überholen, da vorn kommt eine Kurve!" Angstvoll klammerte sie sich an den Haltegriff. Sie rechnete jeden Augenblick mit einem Frontalzusammenstoß.

Tobias schien vollends die Kontrolle über sich verloren zu haben. Er raste in die Kurve und überholte den Kleinwagen im spitzen Winkel ohne Rücksicht auf den überholten Fahrer, der gerade noch abbremsen konnte und ihm wütend hinterherhupte. Aber sie hatten Glück. In dieser Sekunde kam ihnen niemand entgegen.

„Bitte, Tobias", flehte Ilona, „fahr nicht so schnell, ich hab Angst!"

Tobias hatte das Visier heruntergelassen, saß am Lenkrad wie ein Dummy und raste blindwütig weiter, ohne auf Ilonas angstvolle Zurufe zu hören. Vor lauter Jähzorn verfiel er in einen regelrechten Geschwindigkeitsrausch. „Wo könnte ich heute stehen, wenn ich andere Eltern gehabt hätte! Ich hätte es viel weiter bringen können im Leben! Was bin ich denn? Ein Nichts! Bestenfalls ein begabter Rausschmeißer und Sargträger! Anderen fliegt alles zu!" Er schnaufte förmlich vor Wut. „Andere haben reiche Eltern. Was habe ich? Habenichtse, kleine talentlose Ärsche! Das ist verdammt noch mal ungerecht." Ihm brach regelrecht der Schweiß aus vor Zorn.

Ilona hingegen brach vor lauter Angst der Schweiß aus. „Du hast sehr wohl Talente! Stell dein Licht nicht untern Scheffel! Du lernst Fremdsprachen im Schlaf, sprichst vier

Sprachen fließend. Dein Problem ist, dass du das falsche Studium gewählt hast. Du hättest besser Sprachen studieren sollen, statt dieses knochentrockenen Juras. Das, was du praktisch im Schlaf lernst, hast du achtlos beiseitegeschoben. Und was dir nicht lag, das hast du viel zu lange gemacht."

Tatsächlich beruhigte sich Tobias nach diesen Worten, und er fuhr wieder langsamer. Seine Verzweiflungsattacke schien verraucht, er hatte sich wieder unter Kontrolle.

Er hielt auf dem Seitenstreifen an, Ilona streifte ihre Handschuhe über und warf den Brief in den ersten Briefkasten, den sie sahen.

Nachdem sie wieder eingestiegen war, wendete Tobias.

15

Vor Einbruch der Nacht wollte Dirk Mardhorst noch mal zu Friedrichs Aufenthaltsort fahren, um nach dem Rechten zu sehen. Er ging aber zuerst noch zum Hangar, in dem der Helikopter auf seinen bevorstehenden Einsatz am nächsten Tag wartete, befüllte den Kübel bis zum Rand mit Kalk und rollte ihn griffbereit neben das Tor. In den nächsten Wochen würde er unzählige Male mit dem Kübel unter dem Helikopter über die Baumwipfel fliegen und jeden Quadratmeter, den ihm die Karte anzeigte, mit dem dunkelbraunen Mehl bestäuben. Diese Maßnahme gehörte zum Umweltschutz und Dirk machte diese Arbeit gerne. Es dämmerte schon, als er zur Hütte fuhr.

Auf dem Waldweg bemerkte er, dass über den Tannen weiter hinten dünne Fäden von schwarzem Rauch aufstiegen, die sich in der Luft schnell verflüchtigten. Wer machte denn jetzt um diese Zeit im Wald Feuer? Dem musste nachgegaSSngen werden. Ein unheimliches Gefühl beschlich ihn. Bald bestand kein Zweifel mehr: der Rauch kam aus der Jagdhütte, in der Friedrich saß.

Es war totenstill, kein Laut zu hören, die Vögel schliefen schon und niemand war in der Nähe.

Der Förster kämpfte sich keuchend durch das Dickicht zur Hütte. Außer Atem, mit zitternden Händen, schloss er schnell die Tür auf. Erstickender dunkler Rauch strömte ihm aus dem Innenraum entgegen. Ein Schwelbrand, der bei der plötzlichen Sauerstoffzufuhr sofort in ein loderndes Feuer umschlagen konnte. Kein Laut in dem Raum!

Mardhorst hustete und rang nach Atem.

Durch den Qualm hindurch bemerkte er Friedrich. Er lag mit dem Gesicht zur Wand neben der Tür auf dem Boden. Mardhorst beugte sich über ihn, fasste ihn von hinten unter die Achseln, zerrte ihn schwer atmend durch den Rauch nach draußen und legte ihn auf dem Waldboden vor der Hütte ab. Friedrich rührte sich nicht. Es konnte kein Zweifel daran bestehen, dass er tot war.

Dirk hastete, den Atem anhaltend, in die Hütte zurück, sprang hin und her und schlug mit den Decken auf die verkohlten Stellen im Holz, um die Brandnester zu ersticken. In jedem Augenblick konnte unter der Sauerstoffzufuhr die ganze Hütte in Flammen aufgehen. Er war offensichtlich noch rechtzeitig hier angekommen. Die Brandnester hatten eben angefangen, am Holz hochzukriechen. Endlich hörte es auf zu qualmen und Mardhorst schlüpfte schweißgebadet nach draußen.

Er überlegte, wie er Friedrichs Leiche beseitigen solle und kam zu dem Entschluss, sie noch in dieser Nacht in einer dichten Tannenschonung zu verscharren. Schwierig gestaltete sich schon der Versuch, den Toten in den Kofferraum des Geländewagens zu heben. Er war schwer wie ein Fass Öl. Mardhorst plagte sich gehörig mit ihm ab.

Auf einmal begann der vermeintlich Tote würgende und spotzende Laute von sich zu geben.

Mardhorst wich erschreckt zurück. Friedrich war am Leben und dabei, sich in der frischen, kühlen Waldluft zu erholen. Wahrscheinlich hatte ihm der Umstand, dass Luft durch die Ritzen zwischen den Balken in den Raum drang, das Leben gerettet. Er wurde von starkem Husten geschüttelt und erbrach sich.

Erst jetzt fragte sich Mardhorst, wie es wohl zu dem gefährlichen Schwelbrand hatte kommen können. Da fiel ihm ein, dass sie es versäumt hatten, Friedrichs Anzugtaschen nach Streichhölzern oder einem Gasfeuerzeug zu durchsuchen. Wahrscheinlich hatte er versucht, durch Anzünden der Hütte sich einen Weg ins

Freie zu bahnen. Das Feuerzeug musste also noch in der Hütte sein und Friedrich würde mit Sicherheit bald erneut versuchen, bei einem Hüttenbrand zu entkommen. Mardhorst durchsuchte Friedrichs Taschen nach dem Feuerzeug, fand es aber nicht.

Friedrich schien wieder bei vollem Bewusstsein und richtete sich unter heiseren Hilferufen auf.

Mardhorst bekam Angst und überlegte, was er tun solle. Schließlich stieß er Friedrich in die Hütte zurück, die mittlerweile vollständig aufgehört hatte, zu qualmen, sperrte die Geisel ein und entfernte sich. Er musste nun noch öfter zur Hütte fahren, um nach dem Rechten zu sehen. Keine freie Minute hatte er mehr. Das musste bald ein Ende haben.

16

Dirk legte den jungen Rehbock, den er soeben im Tannenforst geschossen hatte, in den Kofferraum des Geländewagens. Da erschien das Auto seines Chefs. Der hielt neben ihm an und stieg aus. „Herr Rapp ist tödlich verunglückt", meldete er. „Er soll von einer Buche erschlagen worden sein. Die genauen Umstände sind noch nicht geklärt. Fahren wir zu der Unfallstelle."

Dirk stieg zu seinem Chef ins Auto. An der Stelle, wo er den Waldarbeiter abgelegt hatte, waren schon Kollegen vom Forstamt damit beschäftigt, dessen zerschmetterten

Körper freizusägen. Der Tote lag unter dem Stamm, das Gesicht im Gras.

Ein Polizeiauto mit zwei Beamten erschien. Alle besahen sich den Schauplatz.

Dirk schwieg und setzte eine betroffene Miene auf.

Die Polizisten fotografierten alles, auch den Hang, von dem der Stamm abgerutscht war und sich überschlagen hatte. „Zur falschen Zeit am falschen Ort", bemerkte einer der Polizisten.

Endlich hatten sie den Toten freigesägt und zerrten ihn unter dem Stamm hervor. Sie drehten ihn in die Rückenlage. Das Gesicht war blaugeschlagen und bis zur Unkenntlichkeit zerquetscht. Die Glieder des Toten wiesen sichtbar schwere Knochenbrüche auf und lagen in unnatürlichen Stellungen neben dem Rumpf.

„Schau mal", sagte einer der Polizisten erstaunt. „Das hier sieht aus wie eingetrocknetes Blut! Hier auf seiner Brustseite und an den Oberschenkeln! Wie kommt das da hin, wenn der Baum ihn sofort zu Boden geschlagen hat? Das würde man an diesen Stellen nicht erwarten."

Erst nachdem die Spuren gesichert waren, wurde der Leichenwagen angefordert.

Als Letzte entfernten sich Mardhorst, sein Kollege Bachmann und Forstamtsleiter Prang, ihr Chef. „Ich habe gehört, dass einer der Polizisten das Wort ´Staatsanwalt` sagte", bemerkte Prang. „Sie schließen anscheinend ein Fremdverschulden nicht aus."

„Ich habe gestern noch mit ihm gesprochen", sagte Bachmann. „Wieso er hierher gegangen ist, ist mir schleierhaft."

„Wenn die Ermittlungsbehörden Zweifel an einem Unfall haben, werden sie ihn wahrscheinlich obduzieren. Vielleicht bestellen sie uns auf die Wache zur Vernehmung", meinte Prang.

„Was soll ich denen schon sagen?", murmelte Mardhorst. „Dass das nichts anderes als ein Unfall war, sieht jeder auf den ersten Blick. Wenn Sie mich fragen, ist er hier zu dieser Stelle gegangen, um sich Stämme für den Eigenbedarf herauszusuchen. Auf dem trockenen Boden hat sich infolge der Holzbewegungen unerwartet ein Stamm gelöst, ist auf den Weg geschlagen, genau an der Stelle, wo der arme Rapp stand, der wahrscheinlich gar nichts mehr gemerkt hat. Ein schneller Tod!" Er gab sich nach außen kühl und unbeteiligt, in seinem Inneren aber kamen unbestimmte Zweifel auf. Wenn an bestimmten Stellen von Rapps Körper auffallende Blutspuren waren, dann waren natürlich auch welche von ihm im Kofferraum des Geländewagens. Wie konnte er das übersehen haben? Er musste den Kofferraum sofort sorgfältig reinigen.

Sie fuhren in Prangs Auto zurück zum Geländewagen, den Dirk auf dem Forstweg stehengelassen hatte.

„Sie wollten doch schon in der letzten Woche mit dem Kalken anfangen", warf Prang Mardhorst vor.

„Es war zu stürmisch in den letzten Tagen. Die Bauern schimpfen uns aus, wenn wir ihre Höfe und Dächer in einen Sandsturm hüllen. Man muss Rücksicht nehmen. Wir wollten erst ruhigeres Wetter abwarten. Laut Wetterbericht soll sich der Wind wieder legen. Dann fliegen wir gleich los", versicherte Mardhorst. „Hoffentlich gibt es in den nächsten Wochen nicht wieder Sturm wie in den letzten Jahren um diese Zeit!"

Der Chef schien mit der Antwort zufrieden. Dirk stieg mit Bachmann in den Geländewagen, setzte den Kollegen am Forstamt ab und fuhr anschließend zu dem privaten Schlachthof, bei dem er den Rehbock ablieferte. Dann machte er sich daran, den Kofferraum gründlich zu reinigen.

Am nächsten Morgen schlug Dirk nach schweren Träumen missgelaunt den „Hasserodt Kurier" auf und las auf der vorletzten Seite das, worauf er die ganze Zeit ungeduldig gewartet hatte, nämlich, dass ein Unternehmer eine Partnerin suche. Das war der Startschuss. Es konnte losgehen.

17

Wieder tauchten die beiden Kripo-Beamten bei Bürgermeister Mardhorst im Rathaus auf.

„Wir müssen noch mal nachhaken, Herr Bürgermeister", sagte Kommissar Bittner. „Welcher Natur waren Ihre Geschäftsbeziehungen zu der Davesta-Bank?"

„Wir haben dort mal vorübergehend öffentliche Gelder angelegt", antwortete Mardhorst. „Ein normaler Vorgang, den auch andere Städte so handhaben."

Was die Kripo-Beamten ihm aus vernehmungstaktischen Gründen verschwiegen, war, dass nach dem zweiten Brief des Entführten an die Bank sich für sie der Verdacht erhärtet hatte, dass nur ein enttäuschter Kunde der Davesta als Entführer in Frage kam und nicht irgendein Hasardeur mit Schulden.

„Wie verliefen die Geschäftsbeziehungen zwischen Ihnen und der Bank im Einzelnen?", fragte Kommissar Bittner.

„Das habe ich Ihnen doch schon früher erläutert. Die Beratung hätte besser sein können."

„Welche Folgen hatte das für Sie und Ihren Stadtkämmerer?", fragte Kommissar Henner.

„Wir waren ganz einfach unzufrieden mit den Praktiken dieser Bank."

„Waren Ihre Geschäfte mit dieser Bank mit Verlusten verbunden?", fragte Kommissar Henner.

„Wie bei allen anderen Kunden, die dort Geld angelegt haben in den letzten Jahren." Udo lachte böse. „Nun, ich bin nicht blauäugig genug, um den Zweck Ihrer Frage nicht zu erraten. Aber um jemanden zu entführen, fehlen uns Politikern der Stadt Hasserodt ganz einfach die Zivilcourage, das Know-how und der Apparat von treuen Kumpeln, die man dazu wohl braucht, könnte ich mir vorstellen. Ich bin nur der Bürgermeister einer ruhigen, stillen Stadt, die wenig von sich Aufhebens macht. Eine Entführung durchzuführen, und damit noch Erfolg zu haben, das übersteigt ganz einfach meine Fähigkeiten und wohl auch die meiner Dezernenten." Er ließ für einen Moment den Blick seiner wasserblauen Augen durchs Bürofenster in die Ferne gleiten. „Diese Bank stand wohl bei vielen tausend Anlegern in der Kritik. Bei seinen Stammtischbrüdern hat sich der entführte Bankberater bestimmt nicht nur über die Vertreter der Stadt beklagt, sondern auch noch über andere verärgerte Kunden."

Die Ermittler wollten seine Meinung über den Stadtkämmerer Glaser erfahren.

„Für den lege ich meine Hand ins Feuer! Der ist unschuldig wie ein Kind", antwortete Mardhorst und nahm seinen vorigen Gedankengang wieder auf. „Wenn Sie Ärger mit einer Bank hatten, wären Sie auch sauer, aber würden Sie deshalb gleich zum Kidnapper werden?"

Die Beamten schwiegen.

„Wenn Sie die Kidnapper unter den enttäuschten Bankkunden vermuten, dann werden Sie wohl noch sehr lange suchen müssen", bemerkte Mardhorst mit verstecktem Lächeln.

„Wie hoch waren die Verluste der Stadt, die bei den Geschäftsbeziehungen mit der Davesta entstanden sind?", wollte Kommissar Bittner wissen.

Mardhorsts Lippen wurden schmal. „Sie müssen verstehen, dass ich darüber nichts Näheres äußern kann und will", sagte er gereizt.

Die Kripo-Beamten verabschiedeten sich und traten auf den Flur.

Mardhorst schloss seine Bürotür, öffnete sie aber gleich darauf wieder lautlos einen Spaltbreit und legte das Ohr an die Tür.

Das Handy eines der Beamten klingelte. Darauf sagte einer der Beamten zum anderen mit gedämpfter Stimme: „Meldung von der Kriminaltechnik. Die Briefe müssen in einem Waldgebiet geschrieben worden sein. Wir müssen daher die Suche auf die umliegenden Wälder ausdehnen. Möglicherweise wird der Entführte dort irgendwo festgehalten."

Udo aber schrak hoch, schloss vorsichtig die Tür, zündete sich eine schnelle Zigarre an, setzte sich an seinen Schreibtisch und dachte nach. Er hatte in keinem Moment mit dem Scheitern des Vorhabens gerechnet. Wieso hatte die Polizei ausgerechnet ihn im Visier?

„An den Briefen müssen Überreste von Walderde oder Moos geklebt haben, Dirk! Wie sind die da hingekommen?", fragte er seinen Bruder.

„Wahrscheinlich vom Tisch in der Hütte", antwortete Dirk. „Ich kann nun auch nicht auf alle Kleinigkeiten achten. Vielleicht war nur der Abdruck einer Tannennadel auf dem Papier oder Flecken von Moos oder Erde."

Udo stöhnte. „Kleinigkeiten? Das kann uns den Kopf kosten", zischte er. „Dass die gleich mit den Briefen zur Polizei rennen würden, war doch klar! Trotz Warnung. Noch ein solcher Fauxpas und wir sind geliefert! Die Polizisten werden rund um die Insel verteilt sein, geduckt und lauernd, Ferngläser im Anschlag wie die Detektive. Vielleicht postieren sie Polizeitaucher."

„Die schütteln wir ab", versicherte sein Bruder. „Sorge du dafür, dass du in den nächsten Wochen von vielen Leuten gesehen wirst! Geh viel in die Öffentlichkeit! Du musst in der nächsten Zeit überall präsent sein und viel von dir reden machen!"

„Wenn ihr einen Fehler macht, fliegen wir alle auf. Ich habe keinen Plan B", sagte Udo. „Wenn sie die Wälder im Visier haben, wirst du sicher auch bald Besuch von der Kripo erhalten, Dirk. Mach dich drauf gefasst!"

„Selbstverständlich werde ich dann mit einer tiefen Verbeugung zu ihnen zu sagen: ΄Ich weiß, wo der Entführte sitzt, meine Herren!` Und werde sie sofort dort hinführen!" Er sandte seinem älteren Bruder einen verächtlichen Blick zu. „Sollen die ruhig kommen und im Nebel stochern. Der Wald ist viel zu groß und erstreckt sich über viele Quadratkilometer. Wo sollen sie anfangen und wo aufhören?" In Gedanken überflog er sein

weitläufiges Revier. „Wo kommt das Geld zuerst hin?",
fragte er nach einer Weile.

„Zu Loberg, damit er gleich mit dem Ausschachten der
Tiefgarage anfängt", erklärte Udo. Er besann sich.
„Vorher muss es natürlich erst auf das Konto der Stadt
eingezahlt werden, als Beweis dafür, dass alles mit rechten
Dingen zugegangen ist."

Dass er einen Mann ermordet hatte und die Geisel beim
Fluchtversuch fast zu Tode gekommen wäre, behielt Dirk
für sich.

Wortlos trennten sich die Brüder.

Udo verfiel darauf ins Grübeln. Er dachte an die
bevorstehende Geldübergabe, der zweiten großen
Herausforderung nach der Entführung. Hatten seine Leute
so viel Genie, die Polizei abzuschütteln, die sicher mit
Hubschraubern über die Insel flog und in jedem Waldstück
eine Streife postiert hatte? Und wenn die Geldübergabe
erfolgreich verlaufen war, wie groß war die Versuchung,
mit dem Geld zu verschwinden, anstatt es abzugeben? Alle
sollten mit einem Job in dem zukünftigen Wellnessbad
entlohnt werden beziehungsweise im Falle des
Bauunternehmers Loberg mit Aufträgen. Das war die
Entschädigung für die Mitarbeit bei dem Coup. Aber
würde es ihnen reichen? Konnte er darauf vertrauen, dass
sie der Verlockung widerstanden und nicht mit dem Geld
über Nacht durchbrannten? Dazu gehörte einige
Charakterstärke. Selber vor Ort anwesend zu sein und ein

Auge auf die gefährliche Geldtransaktion zu haben, wäre aber viel zu leichtsinnig gewesen. Er brauchte hieb- und stichfeste Alibis für diesen Zeitraum. Die Banker der Davesta gehörten aus seiner Sicht hinter Gitter. Friedrich war einer von ihnen. Mitleid mit ihm brauchte man nicht zu haben. Aus der Bank musste man herausholen, was noch zu holen war, ehe sie endgültig pleiteging.

Dritter Teil

18

Der Forst-Helikopter kurvte schon seit Tagen über den Baumwipfeln und verströmte aus dem Kübel, der an einem langen Stahlseil von den Landekufen des Hubschraubers herunterhing, dunkelbraune Mehlschwaden aus Magnesiumkalk, die wie ein langer Schleier aus Rauch dem Flugzeug folgten. Die Aktion zog sich immer über den ganzen Tag hin, wobei sich die Försterkollegen Bachmann und Mardhorst abwechselten. Mal flog der eine vormittags, der andere nachmittags und umgekehrt. Beide Förster besaßen den Pilotenschein für Helikopter. Das war die Voraussetzung dafür, in dem Forstamt arbeiten zu dürfen, bei dem der Hubschrauber stationiert war. Nach dem Einsatz kehrte der Pilot mit dem leeren Kübel zu den stets wechselnden Waldwegen und Lichtungen zurück. Dort wartete schon der andere mit dem Radlader auf ihn, um den Kübel gleich wieder mit Kalk zu befüllen. Sie waren ein eingespieltes Team. Für das Auffüllen wurde der Hubschrauber von dem Piloten in der Schwebe gehalten und dann ging`s gleich wieder hoch in die Lüfte. So würde es in diesem Jahr bei der ausgedehnten Waldfläche noch mehrere Wochen lang gehen.

Ein milder, sonniger Altweibersommer hatte die trockenen Stürme der vorangegangenen Tage abgelöst.

Die Tage waren freundlich und mild. Ein leiser Windhauch aus unterschiedlichen Richtungen bewegte schwach die Blätter. Die digitale Karte zeigte dem Piloten an, welche Waldgebiete zu düngen waren. Per Hubschrauber ein Ritt über die Wipfel, Eintauchen in schwimmende Luftschichten, Verschwinden hinter Wolken aus dunklem Staub wie der Tintenfisch auf der Flucht. Die Kalkwolken schienen in dem leichten Wind zu schweben wie märchenhafte Feenschleier. An manchen Stellen schienen sie in der Luft zu stehen und verwandelten sie über weite Strecken in einen dunklen undurchsichtigen Nebel. Es war der 8. September.

Der Hubschrauber hob ab und überflog mit seiner Ladung das Gebiet rund um den Radlader, ein überschaubarer Radius. Daher wunderte sich der am Boden wartende Kollege Bachmann darüber, dass der Helikopter nach der üblichen Flugzeit nicht gleich zurückkehrte, sondern auf einmal hinter den Wipfeln verschwand.

Was er nicht sehen konnte, war, dass sich der Hubschrauber am Rande einer Tannenschonung über den Köpfen zweier männlicher Personen herabsenkte und einige Sekunden in der Schwebe blieb, bis der Kübel unten am Boden aufschlug. Der eine der Männer war drahtig, jung und sehr schlank, der andere älter und untersetzt. In Sekundenschnelle kleideten sie mit einer mitgebrachten Plastikplane das Innere des Kübels aus. Der jüngere der beiden kletterte hinein. Darauf stieg der Hubschrauber auf und flog mit dem Mann im Kübel in Richtung eines Sees.

Dort angekommen, senkte sich der Helikopter direkt über einer Insel herab und blieb in der Schwebe. Der Mann sprang aus dem Kübel, hob in Windeseile zwei volle gelbe Säcke auf, die dort im Gebüsch lagen und warf sie in den Kübel, in den er darauf selber sprang. Der Helikopter hob ab und flog in die Richtung, aus der er gekommen war. Dort wartete schon der andere Mann. Der im Kübel warf die transportierten Säcke heraus, worauf sich der Helikopter mit der Person im Kübel erneut in Richtung des Sees in Bewegung setzte.

Der Mann am Boden schnitt derweil die Säcke mit einem Messer auf und schichtete den Inhalt hurtig in saubere Aluminiumkoffer um, die er anschließend unter dem üppigen Tannenbewuchs versteckte.

Die Prozedur über dem See wiederholte sich noch einmal in Minutenschnelle, wobei auch die restlichen zwei Säcke von der Insel verschwanden. Mit leerem Kübel flog der Hubschrauber, zur gewollten Irreführung ein paarmal in der Luft Haken schlagend, anschließend zum Umschlagsplatz zurück und fuhr mit der Kalkaktion fort, als sei nichts gewesen. Die ganze Aktion dauerte vielleicht drei Minuten.

Die Männer in der Tannenschonung schleppten die Koffer gemeinsam zu einem nahegelegenen Erdschacht, der sich unter einem Abhang befand, deponierten sie im

Hohlraum und verschlossen die Öffnung mit Erde und Tannenzweigen. Darauf entfernten sich beide aus der Schonung und liefen zu einem Tieflader, der am Straßenrand in der Nähe abgestellt war. Auf ihm befand sich ein Minibagger, ein Gerät, das sowohl bei alltäglichen Bauarbeiten als auch im Forst häufige Verwendung fand. Die Männer schlüpften in die Fahrerkabine des Tiefladers und waren innerhalb weniger Minuten unauffällig aus der Landschaft verschwunden.

Gegen Abend war die Kalkaktion für diesen Tag beendet und der Helikopter im Hangar für die Nacht untergebracht. Förster Mardhorst fuhr in dem Geländewagen mit dem Schild „Forst" hinter der Frontscheibe mit dem jüngeren der beiden Männer zu dem Radlader im Wald, der dort vor einem Berg Kalk für seinen Einsatz am nächsten Tag abgestellt war.

Er bestieg den Radlader, sein Begleiter fuhr vor ihm im Geländewagen zu der Stelle im Wald, wo am Nachmittag die Koffer versteckt worden waren.

Dunkelheit hatte sich über den Wald gelegt. Die Männer entfernten die Tannenzweige, gruben die Koffer aus und versteckten sie auf dem Radlader unter Kalkschichten. Auf diese Weise getarnt, fuhren sie den Radlader und den Geländewagen durch den Wald zu dem Dorf Wannsiedel, wo ein Bestattungsunternehmen war. Tobias arbeitete schon seit längerem bei dem Bestatter als Sargträger und kannte sich daher auf dem Gelände gut aus. Der Bestatter selber wohnte etwas abseits am Dorfrand.

Der Hof mit den Leichenwagen war eingezäunt. Für Tobias kein Problem: Er besaß einen Schlüsselbund mit etlichen Schlüsseln zu den Zäunen, den Leichenwagen und der Sarghalle.

Tobias öffnete den Zaun und schloss die Halle auf.

Er und Dirk besahen sich die einzelnen Särge. Alle hatten etwa die gleiche Länge und Größe und alle waren vom gleichen matten Hellbraun, anscheinend die diesjährige Modefarbe für Särge.

Für die Sargträger gab es einen Kleiderschrank in der Halle. Im Handumdrehen waren aus den kalkbestäubten Waldarbeitern seriöse Sargträger geworden in schwarzen Anzügen, weißen Oberhemden, dunklen Krawatten und dunklen Schuhen. Mardhorst zog einen Koffer nach dem anderen unter den Kalkschichten auf dem Radlader hervor, trug sie wegen des braunen Staubes, der ihnen anhaftete, weit vom Körper entfernt, um nicht seinen feinen schwarzen Anzug zu beschmutzen, und wischte sie außen mit einem feuchten Lappen ab, den er im Waschraum vorfand.

Er grinste. „Geldwäsche mal anders."

Tobias hatte mittlerweile den Deckel von einem der Särge entfernt. In dem Sarg lag eine schmächtige Greisin, bis zu den Schultern unter einer glänzenden weißen Decke.

Die Männer trugen den Sarg zu einem der Leichenwagen und stellten ihn davor ab.

Mardhorst deckte die Leiche auf, hob sie aus dem Sarg und wartete mit ihr auf den Armen, bis Tobias die Geldkoffer im Sarg verstaut hatte. Darauf legte Mardhorst die Leiche wieder in den Sarg zurück und breitete sorgfältig die Decke über sie und die Koffer, so dass diese unter der Decke vollständig verschwanden. Anschließend schoben sie den Sarg in den Leichenwagen. Tobias verschloss ihn mit dem Deckel und steuerte den Leichenwagen vors Tor, in einem solchen Tempo, dass Mardhorst im ersten Moment glaubte, Tobias würde alleine mit dem Geldsarg abhauen. Aber er stoppte, stieg aus, lief zurück, schloss die Halle und das Tor und setzte sich ans Steuer neben Dirk, der mittlerweile auf dem Beifahrersitz Platz genommen hatte.

Sie waren zehn Minuten gefahren, als sie ein Stauende auf der Landstraße erreichten. Am Straßenrand standen Polizeiautos mit eingeschaltetem Blaulicht. Im Scheinwerferlicht der wartenden Autos huschten Polizisten in Uniform hin und her.

Tobias fuhr langsam an das Stauende heran und hielt an. „Wahrscheinlich ein Unfall." Er stieg aus und spähte durch die Dunkelheit auf das umtriebige Geschehen vor ihnen. „Das sieht eher aus wie eine Polizeikontrolle. Die leuchten mit Taschenlampen in das Innere der Autos und lassen sich von allen die Kofferräume aufmachen", berichtete er. Er stieg wieder ein.

„Die suchen Friedrich!", sagte Dirk.

„Und uns!", murmelte Tobias.

„Und das Lösegeld!", bemerkte Dirk.

„Glaubst du, die fordern uns auf, den Sarg zu öffnen?", fragte Tobias.

„Niemals! Und wenn doch, sagen wir einfach: Der Sarg ist versiegelt, wir können ihn nicht aufmachen!", meinte Dirk. „Hast du deinen Führerschein dabei?"

Tobias verdrehte die Augen. „Natürlich!" Er bekam auf einmal Bedenken. „Vielleicht wollen sie von uns wissen, wo wir mit dem Sarg herkommen. Am Ende glauben sie uns nicht, wenn wir sagen, dass wir einen Verstorbenen von zuhause abgeholt haben, und fragen bei meinem Chef nach."

Sie wechselten unruhige Blicke.

„Du, ich glaube, wir brechen die Fahrt jetzt besser ab und warten so lange, bis die Bullen sich verzogen haben. Fahren zur Kapelle, bleiben da eine halbe Stunde im Auto und fahren später noch mal los", schlug Tobias vor. Mardhorst war einverstanden.

Tobias wendete den Wagen, fuhr zu der kleinen Friedhofskapelle auf dem einsamen Dorffriedhof und stellte ihn neben der Einfahrt ab.

Tobias wachte als Erster auf! Von einem verdächtigen Motorengeräusch! Er blickte sich erschrocken um. Ein Leichenwagen aus dem Unternehmen seines Chefs fuhr vor der Kapelle vor. Jetzt standen zwei Leichenwagen vor der Kapelle.

Tobias rüttelte aufgeregt seinen Nebenmann wach. „Verdammt! Dirk, wir sind eingeschlafen!"

Die Autouhr zeigte kurz nach halb sieben.

Dirk sprang aus dem Leichenwagen und stürmte wie der Blitz in Richtung des Bestattungsunternehmens, vor dem noch der Radlader stand.

Die vor der Kapelle vorgefahrenen Kollegen aus dem Bestattungsinstitut holten einen Sarg aus ihrem Leichenwagen, luden ihn auf einen Sargwagen und schoben ihn in die Kapelle.

Tobias, im schwarzen Anzug, folgte ihnen in den Raum, wo sie den Sarg vor dem schlichten Altar absetzten. Sie verließen darauf die Kapelle.

Ein weiterer Kollege kam herein, mehrere Grabgebinde in den Armen. „Tobias, im Auto sind noch ganz viele Blumengestecke. Hol die bitte mal rein!"

Tobias ging nach draußen, um sie zu holen. Da bemerkte er, dass der Leichenwagen mit den Geldkoffern nicht mehr dastand, sondern nur derjenige, mit dem die Kollegen gerade gekommen waren, um ihren Sarg in die Kapelle zu bringen. Sie mussten also zwischenzeitlich umgestiegen sein in den Wagen mit dem Geldsarg.

Wie von Sinnen stürzte Tobias in die Kapelle und fragte, stotternd vor Schreck, wo der silbergraue Leichenwagen sei, der bis jetzt neben der Einfahrt gestanden habe.

Der Kollege rief ihm über die Schulter zu: „Der fährt ins Krematorium zur Einäscherung", und fuhr fort, den Altar mit den Gestecken am Fußende des Sarges zu schmücken.

„Nein!", schrie Tobias außer sich. „Das war der falsche Sarg! Der da soll eingeäschert werden!", er schleuderte die Hand in Richtung Altar, „nicht der, den sie eben weggefahren haben! Der kriegt Erdbestattung!"

„Tobias, du irrst dich, der vor dem Altar kriegt Erdbestattung!"

„Nein, ich habe gestern mit dem Chef gesprochen. Der, den sie eben weggefahren haben, kriegt Erdbestattung. Der da kriegt Urnenbestattung!"

Der Kollege richtete sich auf und sah ihn fragend an.

Tobias rannte aus der Kapelle, sprang in den Leichenwagen der Kollegen und raste los.

Im Feuersturm des Krematoriums würden in der nächsten halben Stunde zehn Millionen Euro verbrannt und ihre Asche in der Urne versenkt.

19

Inge warf vor Entsetzen die Hände vors Gesicht. Die Worte Udos waren so ungeheuerlich, dass ihr Kopf sich weigerte, sie einzulassen. Langsam begann sie zu begreifen. „Ihr habt das wirklich gemacht?", fragte sie mit schleppender Stimme. Fassungslos starrte sie Udo an.

„Du solltest es von mir erfahren und nicht aus der Zeitung", sagte Udo.

„Das ist ja sehr rücksichtsvoll von dir", antwortete Inge vernichtet. Sie fühlte die wachsende Blutleere in ihren Lippen. Die Nachricht zog ihr den Boden unter den Füßen weg. Unfähig, eine Antwort zu finden, ließ sie sich kraftlos auf den Küchenstuhl fallen, stützte die Stirn in die Hand und verharrte längere Zeit in dieser Position. Nach einer Weile hob sie den Kopf. „Ihr lasst den Mann sofort frei!"

„Er ist wahrscheinlich schon frei", knurrte Udo missgestimmt. „Dirk wird mich gleich darüber informieren. Ich warte auf seinen Anruf."

„Wie konntet ihr bloß so etwas Dummes tun?"

Hinter ihrem Rücken, heimlich, still und leise war das geschehen, ohne dass sie auch nur einen Hauch von Ahnung davon hatte. Es versetzte sie selbst in fast kindliches Erstaunen. Sie, die sonst bei allen Streitpunkten im Stadtrat wie eine Katze um ihr Junges kämpfte, wenn sie etwas durchsetzen wollte, und das meistens mit Erfolg, musste nun eine schlimme Niederlage einstecken. Udo, der Besessene, der Fanatische, der scheinbar auf einmal kein Maß mehr kannte, hatte es bei diesem abscheulichen, unheilvollen Plan nicht für nötig gehalten, auf sie, seine engste Beraterin, zu hören. Das war etwas ganz Neues im Verhältnis der Eheleute zueinander. Was war bloß in ihn gefahren? Hier musste alles irgendwann hinter ihrem Rücken außer Kontrolle geraten sein. Sie fasste es als eine schmachvolle persönliche Niederlage auf, dass sie etwas so Gemeines nicht hatte verhindern können. Ihr Urteil zählte scheinbar nicht mehr, ihre Lieben hatten es einfach vom Tisch gewischt, sich untereinander abgesprochen ohne sie. Ausdruck ihrer schwindenden Autorität? Sie fühlte sich wie ein Spieler, der ein Sportereignis seiner Mannschaft von der Bank aus verfolgt, ausgeschlossen wegen schwacher Leistungen. Udo, die ganze Familie, schien ihr entglitten.

Sollte sie zur Polizei gehen und die eigene Familie anzeigen? Was würde das für eine Lawine lostreten! Was würde es für ihre persönliche und berufliche Zukunft bedeuten? Das alles war unabsehbar.

Aber irgendetwas musste geschehen. Man konnte vor dieser Angelegenheit nicht einfach die Augen verschließen und zur Tagesordnung übergehen.

„Du glaubst doch nicht, dass die Sache vergessen ist, wenn Friedrich frei ist! Damit ist die Angelegenheit doch nicht zu Ende! Sie werden immer weiter nach euch suchen bis sie euch gefunden haben. Und mir wird man vorwerfen, dass ich das alles vorher gewusst und die ganze Zeit seelenruhig dazu geschwiegen habe."

„Über Bekannte meines Anwalts haben wir ihm das Angebot gemacht, eine Stelle in einer renommierten Schweizer Bank anzutreten, weil es mit der Davesta über kurz oder lang sowieso zu Ende geht. Wie es aussieht, will er das Angebot annehmen."

Inges Gesicht war grau vor Kummer. „Wir werden fortan in ständiger Angst und Unsicherheit leben. Ich habe nicht geglaubt, dass du etwas so Dummes anstellen würdest, Udo. Bis jetzt habe ich dich immer für erwachsen gehalten, aber jetzt zweifle ich daran. Du hast dich von deinen primitiven Instinkten leiten lassen und nicht von der Vernunft." Sie starrte wieder schweigend vor sich hin. „Glaser wird nicht eher ruhen, als bis er alles herausgefunden hat. Wo kommt bloß so viel Geld auf einmal in die Kasse der Stadt? Das macht dich verdächtig!" Sie erhob sich mit einem schweren Seufzer. „Ich werde jetzt erst mal für einige Zeit woanders nächtigen. Ich muss mir über meine Gefühle klar werden."

„Was heißt das: Über meine Gefühle klar werden?"

„Ich weiß noch nicht, wie ich mit dieser Angelegenheit umgehen soll." Sie ließ ihn einfach stehen, ging mit entschlossenen Schritten ins Schlafzimmer, öffnete die Schranktüren und begann zu packen.

Udo folgte ihr. „Hör doch auf, dich so aufzuführen. Friedrich ist ein freier Mann. Ihm ist nie ein Härchen gekrümmt worden."

„Das werden wir ja sehen."

Inge ergriff den Koffer, ließ die Haustür hinter sich zuklappen und setzte sich ins Auto. Sie wollte die Adresse von Friedrich und seiner Familie herausfinden und sich selbst ein Bild vor Ort machen. Schwermütig fuhr sie in die Nachbarstadt und mietete sich für zwei Nächte ein Hotelzimmer. Um einen endgültigen Entschluss zu fassen, brauchte sie einen Abstand.

20

Noch nie hatte ein Leichenwagen so rücksichtslos draufgängerisch die Kurven genommen, höchstens vielleicht in amerikanischen Stummfilmen. Mit quietschenden Reifen, dass der silbergraue, vornehme breite Wagen mit den undurchsichtigen Scheiben nur so hin und her schaukelte. Die Leute in den Straßen staunten nicht schlecht, blieben stehen und folgten ihm mit aufgesperrten Mündern. Es verschlug ihnen regelrecht die Sprache. Das sah eher nach einem illegalen Straßenrennen aus als nach einer würdevollen letzten Reise!

Als Tobias auf dem Hof des Krematoriums ankam, trugen die beiden Kollegen gerade den Sarg in die rostbraune Backsteinhalle, in der sich das Krematorium befand. Oben rauchte der Schornstein.

Mit kreischenden Bremsen stoppte Tobias seinen Leichenwagen, setzte ihnen nach und schrie: „Ihr habt die Särge vertauscht! Der Sarg muss sofort wieder zurück in die Kapelle!"

Die Männer blieben mit dem Sarg im Tor stehen. „Bist du sicher?", fragte einer der Männer. „Wir hatten aber vom Chef die Anweisung …"

„Ich habe eben gerade mit dem Chef telefoniert. Dieser hier kriegt Erdbestattung, keine Feuerbestattung! Der, den ihr vorhin in die Kapelle gebracht habt, kommt ins Krematorium! Also schnell wieder mit dem Sarg in den Wagen und zurück zur Kapelle und austauschen!"

„Meinetwegen", sagte einer der Kollegen. Sie trugen den Sarg wieder zurück und schoben ihn in den Wagen.

Tobias setzte sich in den Wagen, mit dem er gekommen war, und fuhr ebenfalls zur Kapelle. Fast gleichzeitig kamen sie dort an. Tobias schob mit den Kollegen den Sarg in die Kapelle vor den Altar. Der andere Sarg verschwand aus der Kapelle und wurde abtransportiert.

Tobias blieb mit dem dritten Kollegen zurück. Von ihm fühlte sich Tobias gestört. Er musste ihn daher loswerden. Tobias log ihm vor, in einer bestimmten Gärtnerei seien noch Gestecke abzuholen und bat ihn, dies für ihn zu erledigen. Der Mann forderte ihn auf, ihn zu der Gärtnerei zu begleiten, aber Tobias wies auf den braunen Staub und die braunen Sohlenabdrücke überall in der Kapelle hin und gab an, er müsse ihren Innenraum noch ein wenig reinigen vor der nächsten Trauerfeier. Der Staub beeinträchtige die Würde des Ortes.

Der Mann fuhr daraufhin los und Tobias war allein mit dem Sarg in der Kapelle und den zehn Millionen darin.

Wie konnte er die möglichst unauffällig in den dafür vorgesehenen Tresor schaffen, ohne eine Polizeikontrolle zu riskieren?

Er trat vor das Tor der Kapelle und bemerkte einen kleinen Friedhofstrecker mit einem Anhänger, auf dem Grünzeug-Abfall von den Gräbern aufgeschichtet war. Am anderen Ende des Friedhofs waren Friedhofsarbeiter damit beschäftigt, mithilfe eines kleinen Baggers ein Grab auszuheben.

Tobias ging wieder in die Kapelle, öffnete den Sarg, holte die Aluminiumkoffer daraus hervor und verschloss den Sarg wieder.

Als er sah, dass ihn niemand beobachtete, schob er das vertrocknete Grünzeug auf dem Trecker-Anhänger beiseite, legte die Koffer darunter und bedeckte sie vollständig mit dem pflanzlichen Abfall. Dann setzte er sich hinter das Steuer, ließ den Motor an und tuckerte los. Ein harmloseres Fahrzeug zum Transport von Lösegeld konnte er sich nicht vorstellen. Es machte ihm auch gar nichts aus, dass er mit dem freundlich-bedächtigen Friedhofstrecker durch die Innenstadt fahren musste und dabei den Verkehr ziemlich stark behinderte. Er kam jedenfalls schließlich unbehelligt am Ziel an.

Der Mann, in dessen Tresor die heißen Scheine zunächst unauffällig zwischengelagert werden sollten, unterbrach seinetwegen sogar ein Telefongespräch, um die Koffer möglichst schnell und nebenbei in seinem Büro verschwinden zu lassen.

Tobias tuckerte daraufhin mit dem Trecker und dem Anhänger mit dem Grünzeug zurück zu dem verlassenen Dorffriedhof. Die Abwesenheit des Treckers schien zwischenzeitlich niemand bemerkt zu haben.

Der Hubschrauber mit dem Kalkkübel musste irgendwo über dem Wald kreisen und mit seinen braunen Mehlschleiern wie an den Tagen zuvor die Landschaft in Nebelschwaden hüllen.

21

Im Büro des Bauunternehmers Loberg brannte noch Licht. Weil seine Frau über Nacht ins Krankenhaus eingeliefert worden war, befand sich heute ausnahmsweise auch sein achtjähriger Sohn noch spät im Büro.

Loberg verschloss im hinteren Raum des Büros, in dem die Leitzordner mit den Aufträgen und Rechnungen standen, alle Schränke und Schubladen und schloss die Fenster.

Als der Junge von der Toilette kam, hörte der Vater ein ungewohnt ängstliches Geschrei und hilfloses Auf-der-Stelle-Trampeln.

Loberg hastete in den vorderen Büroraum, wo auch sein Schreibtisch stand.

Zwei Männer, schwarze Kluft von oben bis unten, mit ebenso schwarzen Gesichtsmasken standen plötzlich vor ihm. Einer von ihnen richtete eine Pistolenmündung auf das Kind. „Mach Tresor auf, sonst ist Kind tot!"

Loberg reagierte blitzschnell, ließ sich nicht einschüchtern, griff im nächsten Moment nach dem dicken Schlüsselbund auf dem Regal an der Wand und warf es dem Räuber mit voller Wucht in den Augenschlitz. Der Mann ließ augenblicklich die Pistole fallen und fasste sich mit beiden Händen an das verletzte Auge. Loberg nutzte diesen Umstand aus, bückte sich nach der Waffe, aber der Komplize trat ihm auf die Hand, warf sich mit voller Länge auf ihn und hieb besinnungslos auf ihn ein.

„Mischa, lauf raus!", kreischte Loberg.

Der Pistolenräuber hatte die Waffe schon wieder in der Hand, langte nach den Jungen und schleuderte ihn zu Boden. Der schrie vor Angst.

Loberg und die Räuber rangen keuchend miteinander. Ein ungleicher Kampf entbrannte. Zwei gegen einen. Von beiden Seiten flogen die Hiebe.

Loberg schaffte es, dem einen von ihnen einen gezielten Schlag auf das geschwollene Auge zu verpassen. Der zeigte aber weder Schmerz noch Schwäche, schlug nun seinerseits Loberg ins Gesicht. Er und Loberg gingen erneut zu Boden, wälzten sich umeinander. „Ich schieß auf das Kind!", brüllte der Pistolenräuber.

„Lasst das Kind in Ruhe, ihr Schweine!", schrie Loberg und kämpfte um das Leben seines Sohnes und um das eigene.

Ein Schuss krachte.

Loberg sah nach dem Kind. Es schien unverletzt. Diese Warnung brachte Loberg zur Vernunft. Er richtete sich ächzend auf und schleppte sich zum Tresor, gab die Zahlenkombination ein, der Tresor öffnete sich.

Die Maskierten schleuderten den Unternehmer, der aus einer Schläfenwunde blutete, beiseite. Der Junge hatte sich unter dem Schreibtisch in Deckung gebracht und blickte voller Angst darunter hervor.

Beim Blick in das Innere des Tresors prallten die Verbrecher verblüfft zurück, abrupt und gleichzeitig wie auf ein unsichtbares Signal hin. Es schien, als seien sie total enttäuscht von dem, was sie da drinnen vorfanden. „Du hast mehr Geld! Wo ist der Rest?", brüllte einer.

„Ich habe nur das, was im Tresor ist!", gab Loberg ächzend zur Antwort.

„Du lügst! Wo ist der andere Tresor?" Der Mann fuchtelte mit der Pistole vor Lobergs Augen herum.

„In dem anderen ist kein Geld!"

„Mach ihn auf!"

Loberg öffnete auch den. Er war vollständig leer.

„Du hast mehr Geld als im Tresor ist!"

„Nein, ich habe nur das, was im Tresor ist. Mehr Geld ist nicht im Büro."

Aus lauter Wut schlug der Verbrecher Loberg mit dem Pistolenknauf auf den Hinterkopf. Loberg schossen vor Schmerz Tränen in die Augen.

Die Maskierten mussten sich mit dem, was im Tresor war, abfinden. Sie räumten aus, was an Bargeld drin war und steckten es in einen mitgebrachten Sack. Danach verschwanden sie und ließen die Tür zum Büro offenstehen.

Ein Motorrad heulte auf und verlor sich in der Nacht mit einem merkwürdig hohen, singenden Ton. Loberg, selbst viele Jahre lang begeisterter Motorradfahrer, kam dieser Klang bekannt vor. Den singenden Ton hatte nur eine einzige Motorradmarke, wie er noch von früher wusste, eine aus tschechischer Produktion mit Namen „Sturm".

Er rannte über den Hof auf die Straße und verfolgte mit den Augen die Räuber, die wild auf der Chaussee davonrasten, im Ohr den singenden Klang der Maschine, kam dann schnell zurück, um nach dem Jungen zu sehen.

Das Kind hockte zitternd unter dem Schreibtisch. Loberg zog es darunter hervor und drückte es tröstend an sich. Er betastete die schmerzende Stelle an seinem Kopf. Sie war geschwollen, blutete aber nicht.

Über den Zeitpunkt des Überfalls wunderte er sich. War es wirklich Zufall, dass die Verbrecher ihn ausgerechnet an diesem Abend überfielen? Oder war es schiere Berechnung, weil sie wussten, dass vor kurzem ein hoher Geldbetrag in die Tresore gebracht worden war? Woher wussten sie, dass um diese Zeit das Tor und die Bürotür noch offen waren und Loberg allein auf seinem Hof, ohne dass mit Bauhandwerkern, Architekten, Vertretern oder Lieferanten zu rechnen gewesen wäre? Woher wussten sie, dass es zwei Tresore gab? Er lächelte schadenfroh. In der Höhe der Beute hatten sie sich jedenfalls verdammt geirrt. Wenn sie nur wenige Stunden früher gekommen wären, dann wären ihnen die kompletten zehn Millionen in die Hände gefallen. So aber waren die Millionen schon weg, vorher abgeholt. Das, was danach noch im Tresor lag, konnte er verschmerzen. Die Aufträge, die ihm durch das Lösegeld winkten, brachten ein Vielfaches von dem ein, was die Verbrecher ihm geraubt hatten.

Stöhnend ließ er sich auf den Bürostuhl fallen, zog das Kind auf seinen Schoß und fiel ins Grübeln.

Wäre das Kind nicht dagewesen, er wäre mutiger aufgetreten. Wer mochten die Täter sein? Ihre Körpermaße ähnelten keinem der Männer, die hier in seinem Büro ein- und ausgingen. Sie waren nicht sehr groß, der eine eher klein und schmächtig. Er hätte einem der beiden die Maske vom Gesicht reißen sollen. Die wenigen Worte, die sie brüllten, waren niemandem seiner

Bekannten sicher zuzuordnen. Dass es Ausländer waren, glaubte er nicht. Sie täuschten es nur vor. Es verschaffte ihm einiges Vergnügen, dass er so geistesgegenwärtig einem der Räuber den Schlüssel in die Augen geschleudert hatte. Das gab ein schönes dunkelblaues Veilchen! Das war wie ein Fingerabdruck.

Loberg nahm den ängstlich fragenden Jungen an die Hand, schloss das Büro ab und fuhr ins Krankenhaus. Er und der Junge hatten Wunden und Prellungen davongetragen.

Erst am nächsten Tag beim erneuten Überdenken des Vorfalls fiel ihm wieder die Pistole der Täter ein, die beim Ringkampf auf den Boden gefallen war. Beim Erhaschen hatte Loberg bemerkt, dass die Waffe aus zwei Farben bestand, der obere Teil war durchgängig silberfarben, der untere mit dem Griff schwarz.

22

Es war der 9. September 2008. Forstamtsleiter Prang kam gerade aus dem Forst und freute sich auf seinen Morgenkaffee, als die Kommissare Henner und Bittner vor dem Forsthaus anhielten.

Prang lud sie in sein Dienstzimmer ein. Er nahm an, dass sie im Fall Rapp gekommen waren und fragte danach. Aber sie hielten sich bedeckt und machten keine genauen

Angaben zum Tod des Waldarbeiters. Den von ihm angebotenen Kaffee lehnten sie höflich ab.

Sie unterrichteten ihn darüber, dass der Angestellte einer Bank gekidnappt worden sei, dass von den Entführern bislang jede Spur fehle und dass das Lösegeld, wie es die Entführer verlangt hätten, am gestrigen Tag, dem 8., auf der Insel im See zwischen den Dörfern Wannsiedel und Lomburg abgelegt worden sei. Ein Hubschrauber sei an dem Tag eine Zeitlang über diesem Gebiet geflogen. Die Säcke mit dem Lösegeld seien danach verschwunden.

„Es ist nicht auszuschließen, dass ein Zusammenhang zwischen dem Hubschrauber und dem Verschwinden des Lösegeldes besteht", erklärte Kommissar Henner.

Prang schüttelte verständnislos den Kopf. „Damit haben wir hier nichts zu tun. Wir kalken zwar in diesem Jahr mit dem Helikopter die Wälder. Das aber nicht erst seit dem 8., sondern schon seit einer Woche. Wenn jemand mit Hubschrauber das Lösegeld abgeholt hat, muss er ja auf der Insel gelandet sein. Dort kann ein Flugzeug gar nicht landen, die Insel ist viel zu klein als Landeplatz und das Gelände dort von Pflanzen überwuchert und ganz uneben. Das Lösegeld kann nur vom Ufer aus abgeholt worden sein."

„Weil der Hubschrauber über den Wäldern kreiste, erschien es uns zu gefährlich, dort auch unseren Polizeihubschrauber einzusetzen. Wegen der Kalkschwaden, die die ganze Gegend einhüllten, war uns darüber hinaus die klare Sicht genommen", erklärte Kommissar Henner. „Daher war die Verfolgung aus der Luft nicht möglich. Um das Leben des Entführten nicht zu gefährden, haben wir in dem fraglichen Zeitraum auch keine Polizeikräfte in der Nähe des Sees postiert. Die Entführer haben das zur Bedingung gemacht."

Prang fragte, ob das Entführungsopfer nach Zahlung des Lösegeldes freigekommen sei oder wenigstens ein Lebenszeichen von ihm bestehe. Henner verneinte es. Er fragte seinerseits nach dem Namen des Piloten, der die Kalkaktion durchführte.

„Wir haben zwei Piloten." Prang nannte ihre Namen.

Bei der Erwähnung des Namens Mardhorst wurden die Polizisten stutzig. Sie erinnerten sich gleich an den Förster Mardhorst und an den Bürgermeister gleichen Namens.

„Wie lange sind die Piloten am 8. über die Wälder geflogen?", fragte Kommissar Bittner.

„Wie an jedem Tag, nehme ich an. Ich war an diesem Tag nicht im Forstamt. Und es fliegt auch immer nur einer, der andere bleibt am Boden. Sie wechseln sich ab."

„Die kriminaltechnische Untersuchung der Briefe des Verschleppten an seine Bank hat ergeben, dass sich an den Briefen Spuren von Tannen- und Fichtennadeln und von Walderde befunden haben. Wir gehen daher davon aus, dass der Entführte hier in den Wäldern festgehalten wurde oder noch wird. Die Entführer scheinen sich hier gut auszukennen", fügte Kommissar Henner hinzu. „Das

119

beweist auch der Ort, an dem das Lösegeld abgelegt werden sollte."

Herr Prang blickte ratlos vor sich hin. „Schauen Sie sich im Forsthaus um, wir haben hier niemanden gefangen gehalten", sagte er ruhig. „Und Säcke mit massig Geld haben wir hier auch nicht versteckt."

„Gefangen halten kann man auch jemanden in einer Hütte. Wir haben schon damit begonnen, die Waldgebiete zu durchkämmen. Die Fahndung nach den Tätern läuft auf Hochtouren. Außerdem hafteten an den Briefen Gerüche von Zigarettenrauch. Wer von Ihnen ist Raucher?", fragte Kommissar Bittner.

„Keiner von uns raucht", erklärte Prang. „Sie scheinen tatsächlich jemanden von uns zu verdächtigen!"

„Wie ich schon gesagt habe: Es liegen einige Verdachtsmomente vor", sagte Kommissar Bittner. „Wir sind bei der Suche nach den Tätern auf Ihre Hilfe angewiesen. Bitte melden Sie uns jeden verdächtigen Vorfall!"

Prang versprach, die Augen offen zu halten und verdächtige Vorkommnisse sofort der Polizei zu melden.

Die Polizeibeamten gaben an, beide Piloten im Forsthaus getrennt vernehmen zu wollen.

„Kollege Mardhorst fliegt gerade den Helikopter, der Kollege Bachmann ist irgendwo im Wald und wartet am Umschlagsplatz auf die Rückkehr des Hubschraubers. Der

Helikopter wird nicht vor dem Abend hier über dem Hof auftauchen."

Die Polizisten sahen, wie ein riesiger, mit Kalk beladener Lkw auf den Hof fuhr, Förster Prang die Lieferung quittierte, und sich der Lkw in Richtung Wald bewegte.

„Sie kommen zu einem ungünstigen Zeitpunkt", sagte Prang. „Wir sind mitten in der Arbeit!"

Die Polizisten sahen das ein, kündigten ihren Besuch für den folgenden Tag an und baten den Forstamtsleiter, beiden Kollegen mitzuteilen, dass sie sich am nächsten Tag für eine Befragung bereithalten sollten. Dann fuhren sie ab.

Schon früh am nächsten Morgen waren sie wieder da. Dirk Mardhorst und sein Kollege Bachmann warteten im Forsthaus auf sie. Der Hubschrauber stand schon abflugbereit auf dem Hof.

Die Kripo-Beamten baten zur Zeugenvernehmung zuerst Herrn Bachmann ins Forsthaus und befragten ihn in seinem Dienstzimmer.

Anschließend wurde Mardhorst in seinem Arbeitszimmer befragt. Kommissar Henner wollte von ihm wissen, zu welcher Uhrzeit er am 8. September geflogen sei.

Dirk erklärte, er sei am Vormittag geflogen und sein Kollege Bachmann am Nachmittag.

„Herr Bachmann hat erklärt, er sei vormittags geflogen und Sie am Nachmittag", gab Kommissar Bittner zurück.

„Ich bin den ganzen Vormittag geflogen, Herr Bachmann den ganzen Nachmittag. Am Nachmittag war ich am Boden und habe den Kübel befüllt. Er hat das wohl schon wieder vergessen."

„Ist Ihnen beim Überflug etwas auf der Insel im See zwischen Wannsiedel und Lomburg aufgefallen?", fragte Kommissar Henner. „Dass dort gelbe Säcke lagen, die Sie vielleicht für weggeworfene Müllsäcke gehalten haben und später abtransportieren ließen?"

„Nein! Der See hat für uns nur die Bedeutung eines geographischen Orientierungspunktes. Über Gewässern darf nicht gekalkt werden, und ich bin auch nicht über den See geflogen."

„Ist Ihnen sonst im Wald irgendetwas Ungewöhnliches an diesem Tag aufgefallen? Fremde Pkws oder Lkws? Oder Unbekannte, die im Wald große Säcke transportiert haben?"

„Nein!"

Kommissar Henner fragte nach den Einsatzzeiten und den Überfluggebieten.

Dirk gab ihnen auf jede ihrer Fragen bereitwillig Auskunft. „Ich habe gegen achtzehn Uhr den letzten Kübel befüllt. Als der Kollege Bachmann von dem letzten Flug zurückkam, habe ich den Kübel vom Hubschrauber abgekoppelt und Herr Bachmann hat den Hubschrauber auf den Hof geflogen und dort abgestellt. Ich bin mit unserem Geländewagen zurück zum Forsthaus gefahren. Wir sind danach beide kurz nacheinander nach Hause gefahren."

„Sind Sie verwandt mit dem Bürgermeister Mardhorst?", fragte Kommissar Henner.

„Er ist mein älterer Bruder", antwortete Dirk. „Aber wir haben kaum Kontakt."

„Wir möchten alle Jagdeinrichtungen, die sich im Wald befinden, und Ihre Privaträume inspizieren. Sind Sie damit einverstanden?", fragte Kommissar Bittner.

„Keine Frage!", antwortete Mardhorst spontan. „Es gibt aber viele Jagdhütten!"

„Nur die abschließbaren", fügte Henner hinzu.

„Ich habe einen Plan mit den eingezeichneten Hütten, Silos und abschließbaren Hochsitzen", sagte Prang, verschwand in seinem Arbeitszimmer und kam mit dem Plan zurück. Er reichte ihn Kommissar Bittner. „Ich werde gleich mit Ihnen die Forsthütten nacheinander aufsuchen."

„Der Plan ist nicht mehr auf dem neuesten Stand. In den letzten Monaten sind einige der eingezeichneten Hütten wegen Baufälligkeit abgerissen worden", gab Dirk zu bedenken. „Ich weiß, welche es sind."

„Dann bringen Sie die Herren zu den Hütten, Herr Mardhorst", sagte sein Chef.

„Kein Problem", sagte Dirk bereitwillig.

Auf dem Hof fuhr ein Pkw vor.

„Unsere Kriminaltechniker", erklärte Kommissar Henner. „Wir möchten einen Blick in Ihre Fahrzeuge, in den Helikopter und in Ihre Dienstzimmer werfen. Anschließend fahren wir dann mit Ihnen in den Wald."

„Wir hindern Sie nicht daran", antwortete Prang.

Die Inspektion der Räume und des Hubschraubers nahm indes so viel Zeit in Anspruch, dass für die Besichtigung der Hütten und Hochsitze an diesem Tag keine Zeit mehr blieb. Die Beamten kündigten daher an, dass sie am nächsten Tag wiederkommen würden.

Nachdem die Kripo-Beamten auch seine Privaträume inspiziert hatten und abgefahren waren, setzte Dirk Mardhorst sich ins Auto und fuhr zur Baufirma Lobergs.

Er traf ihn alleine im Büro an. „Friedrich muss noch heute Abend aus der Hütte verschwinden. Die Polizei will ab morgen alle Hütten im Wald durchkämmen. Diejenige, in der Friedrich war, darf keinerlei Spuren von ihm enthalten. Es muss alles, was er angefasst haben könnte, gereinigt oder beseitigt werden", berichtete Dirk atemlos. „Ich schaffe das in der Kürze der Zeit nicht allein. Du musst mir dabei helfen, ihn an einen anderen Ort zu bringen und das ganze Zeug wegzuschaffen und zu verbrennen. Auf den Straßen ist es gefährlich. Dort könnte uns die Polizei anhalten und kontrollieren."

„Wo wollt ihr ihn hinbringen?", fragte Loberg.

„Wir bringen ihn nach Pfarring und lassen ihn dort in einem Waldstück frei."

Loberg überlegte eine Weile. „Mit einem normalen Pkw ist es in der Tat zu gefährlich, mit Friedrich auf der Rückbank herumzufahren. Ich habe was Besseres. Wir transportieren ihn mit meinem Kipper. Ein Baustellenfahrzeug auf der Straße ist unverdächtig. Wann soll`s losgehen?"

„Ich warte am Wanderparkplatz Biberhöhle auf dich. Hole mich gegen zwanzig Uhr dort ab. Meiner Frau werde ich sagen, dass wir auf die Jagd gehen. Wir holen Friedrich mit meinem Auto von der Hütte ab und steigen auf dem Wanderparkplatz in deinen Kipper um. Maske nicht vergessen. Für Friedrich habe ich Augenbinde und Kopfhörer dabei. "

„Hals- und Beinbruch."

23

Vor dem Geburtshaus des Widerstandskämpfers gegen den Nationalsozialismus, einem Sohn der Stadt, hatte sich eine Gruppe von Personen versammelt, um am Jahrestag seiner Hinrichtung durch die Nationalsozialisten seiner zu gedenken.

Nachdem die Gedenktafel an der Fassade angebracht war, hob der Bürgermeister Mardhorst in seiner Rede hervor, dass die Stadt voller Stolz auf diesen Bürger blicke, der Verfolgten selbstlos Hilfe geleistet habe, als es darum ging, jüdische Mitbürger vor der Deportation und

Vernichtung zu bewahren, indem er ihnen zur Flucht ins Ausland verhalf und sie im Untergrund versteckte. Er habe dafür tagtäglich seinen Kopf riskiert, bis er verraten und für seine Mitmenschlichkeit hingerichtet worden sei.

Inge, die dabeistand und als Einzige im Publikum wusste, dass die Familie des entführten Bankangestellten Tage der Angst durchlebt hatte und immer noch auf ein Lebenszeichen von ihm wartete, wunderte sich, wie jemand in der Lage war, mit solcher Überzeugungskraft einen Widerstandskämpfer zu ehren, den Mut und das Gute in diesem Menschen zu bewundern, und gleichzeitig offenbar nichts dabei fand, einen anderen Menschen der Freiheit zu berauben. Und das war sogar der eigene Ehemann! Dieser Widerspruch erschien ihr unerträglich. Wen hatte sie denn da vor zwanzig Jahren geheiratet? Der kam ihr jetzt ganz fremd vor, ja verlogen. Das, was sie schon immer an anderen überhaupt nicht leiden konnte, war Verlogenheit. Inge kam immer mehr zu der Überzeugung, dass ein weiteres Zusammenleben unter diesen Voraussetzungen nicht mehr möglich sei und dass sie beide definitiv an eine Trennung denken sollten.

Wie fast an jedem Abend, kam Udo spät nach Hause. Inge saß im Wohnzimmer und wartete auf ihn. „Deine Rede von heute Morgen hat mir gut gefallen", begann sie. „Ich frage mich nur, ob du daran gedacht hast, dass der Bankberater, den ihr entführt habt, immer noch nicht freigekommen zu sein scheint, jedenfalls haben die Zeitungen bislang nicht darüber berichtet, während du an diesen stillen Helden der Stadt erinnert hast, der so furchtlos anderen zur Freiheit verholfen hat."

„Friedrich soll schon frei sein", brummte Udo ohne nähere Angaben. Er ahnte, dass der Abend einen sehr ungemütlichen Verlauf nehmen würde und wollte sich gleich in sein Lesezimmer zurückziehen.

Aber Inge kam unbeirrt hinterher. „Mensch, dass du überhaupt noch ruhig schlafen kannst! Ich kann jedenfalls seit dem Tag, an dem ich von der Entführung erfahren habe, nicht mehr ruhig schlafen. Es ist mir, als würde ich seitdem nur noch mit angehaltenem Atem leben."

Udo schwieg wütend und wanderte im ganzen Haus herum. Es drängte ihn, Inge auf der Treppe zum Dachgeschoss abzuschütteln.

Die ließ aber nicht locker und blieb ihm dicht auf den Fersen, hatte sogar extra ihre hochhackigen Schuhe mit den knallenden Absätzen vom Tage anbehalten und nicht wie sonst gegen ihre weichen Pantoffeln eingetauscht. Sie empfand es immer noch als persönliche Niederlage, dass sie es nicht geschafft hatte, sich in dieser verrückten Angelegenheit durchgesetzt zu haben. Es kam ihr vor wie eine eitrige Wunde an ihrem Körper, an der sie sich andauernd stieß. Man würde ihr nicht glauben, dass sie nichts davon gewusst habe und sie der Mitwisserschaft bezichtigen. „Ein Heuchler bist du, Udo! Du hast zwei

127

Gesichter, eins für die Straße, für die Allgemeinheit, von der du wiedergewählt werden willst, und eins, das die Öffentlichkeit nicht sehen darf. Nach außen hin Bewunderung dafür, dass jemand unter Lebensgefahr verfolgten Juden half und hinter der Fassade einen anderen mit dem Tode bedrohen wegen Geld und seine Familie in Angst und Schrecken versetzen! Das ist `ne echt tolle Kombination! Die zittert um ihn: Was ist mit ihm nach der Übergabe des Lösegeldes geschehen? Warum haben wir noch kein Lebenszeichen von ihm?"

Udo blieb auf dem Treppenabsatz stehen und drehte sich um. Auf seinem Gesicht lag ein unheilverkündendes Gewitter. „Das mit den Juden und das mit Friedrich sind zwei verschiedene Paar Schuhe! Die Juden wurden nicht verfolgt, weil sie Anlegern unter Vorspiegelung falscher Tatsachen Schrottpapiere angedreht haben, sondern allein, weil sie Juden waren. Friedrich wusste, was er tat, er war kein Unschuldslamm, sondern Teil dieser Betrüger-Clique. Er hätte ja kündigen können, wenn ihm die Machenschaften seiner Bank nicht gepasst hätten. Es gibt noch andere Banken. Aber nein, er hat gerne mitgemacht, weil er offenbar keine Skrupel hatte. Und im Übrigen: Du warst es doch, die mich auf dieses Wellnessbad gebracht hat, und du wolltest es auch unbedingt haben. Ohne dich hätte ich von dieser Bank nie was gehört und das ganze Theater jetzt nicht gehabt! Nur für dich habe ich das getan!"

„Wie hätte ich das voraussehen sollen!", gab Inge aufgebracht zurück. „Du und Glaser, ihr hättet euch einen Rechtsanwalt nehmen und die Bank vor Gericht verklagen müssen. Ich bin der festen Überzeugung, dass die Bank zum vollen Schadensersatz verurteilt worden wäre. Aber ihr musstet das mit kriminellen Methoden machen." Sie warf vor Ärger ihre Hand in die Luft. „Ich bin Mitglied einer kriminellen Familie, der Vater, die Tochter, der Schwager, allesamt kriminell!"

„War die Vorgehensweise der Bank etwa nicht kriminell? Das war glatt Betrug! Reichlich perfide! Was meinst du, wie die hinterher über uns gelacht haben werden! Die haben sich in die Hose gemacht vor Lachen!" Er lehnte sich gegen das Treppengeländer und dehnte die Brust. „Ein Gerichtsurteil durch alle Instanzen würde frühestens nach sechs Jahren ergehen. Bis dahin ist die Davesta längst pleite. Da wäre die ganze Prozessiererei umsonst gewesen. Aus einer insolventen Bank kann man keinen Cent mehr quetschen."

„Mit staatlicher Hilfe sind manche Banken ganz schnell wieder hochgekommen und stehen heute besser da als vor ihrer Zahlungsunfähigkeit."

Udo winkte zornig ab. „Das fehlte noch! Unsere Steuergelder verzocken und dann nach staatlicher Hilfe schreien und sich mit Steuergeldern wieder sanieren! Nicht mit mir!"

„Manche Banken sind verstaatlicht worden oder wurden von anderen solventen Banken übernommen."

„Das heißt noch lange nicht, dass wir unser Geld zurückgekriegt hätten." Udo schielte vor Wut.

„Was machst du, wenn sie euch eines Tages auf die Schliche kommen?"

„Es waren schon welche da von der Polizei und haben Fragen gestellt. Friedrich soll seinen Kumpeln am Stammtisch vorgeheult haben, ich hätte ihn beschimpft oder bedroht. Die haben das wohl der Polizei wiedererzählt. Aber das besagt gar nichts! Sie müssen uns etwas nachweisen. Ohne dem haben sie nichts gegen uns in der Hand."

Inge kam sich hier in dem gemeinsamen Haus vor wie eine Fremde, die nicht mehr hierhergehörte. Das Gefühl von familiärer Geborgenheit: weggeblasen wie eine Spatzenfeder im Wind. Ein unsichtbarer Schlussstrich war gezogen, eine Grenze überschritten. Jetzt war nichts mehr rückgängig zu machen. Das hier war nur noch ein Zwischenspiel. Sie fühlte sich wie jemand auf der Durchreise, auf dem Sprung in ein neues Leben. „Bis ich eine endgültige Entscheidung getroffen habe, bleibe ich in dem Hotel, in das ich mich vorübergehend eingemietet habe."

Udo stutzte. „Was heißt das: Eine endgültige Entscheidung getroffen?"

„Dass ich euch verlasse und wegziehe. Mit so einer asozialen Familie will ich nichts mehr zu tun haben! Wenn ich innerhalb von einer Woche nicht erfahren habe, dass Herr Friedrich frei ist, verlasse ich dich definitiv und reiche die Scheidung ein. Was die Leute über uns denken, interessiert mich nicht. Wie deine berufliche Zukunft aussieht, auch nicht."

„Nein, du darfst nicht gehen! Du darfst mich nicht verlassen. Einen wie mich verlässt man nicht! Wie stehe ich denn dann da als Bürgermeister? Sie alle werden denken, dass ein anderer Mann dahintersteckt. Was werden sie von mir halten, wenn es den Anschein hat, dass du mit einem anderen durchgebrannt bist?" Udos Gesichtsfarbe wechselte von gelb zu grün vor lauter Zorn. Er wurde auf einmal leichenblass.

Inge hatte diesen Ausdruck noch nie bei ihm gesehen, so totenbleich und wutverzerrt, seine Augen so zusammengekniffen und stahlhart. Er hätte sie mit seinem Blick durchbohren können. Das aber machte sie nur mutiger. Sie kannte seine Schwächen. Das hier war nur Theaterdonner. Sich einschüchtern lassen war nicht ihr Ding. „Du kannst weiter im Ehebett alleine nächtigen. Ich will nicht mit einem Kidnapper schlafen."

Als Udo aus dem Lesezimmer trat, war er allein im Haus.

24

Im Strahl der Taschenlampe öffnete Dirk das Schloss zur Hütte und leuchtete hinein. Friedrich lag unter einer Decke mit dem Rücken zur Tür und schnarchte leise.

Mardhorst rüttelte an seiner Schulter. Friedrich war sofort hellwach und setzte sich ruckartig auf seinem Lager auf.

„Wir bringen Sie woandershin. Dort können Sie gehen, wohin Sie wollen", brummte Dirk unter seiner Gesichtsmaske. „Langsam aufstehen!"

Friedrich gehorchte und Mardhorst wollte ihm seine Hände am Körper festbinden, die Augenbinde anlegen und Kopfhörer aufsetzen.

„Augenblick! Ich muss erst noch mal austreten", kündigte Friedrich hastig an.

„Also los!", brummte Dirk ungeduldig und wartete mit Augenbinde, Kopfhörern und Ledergürtel in der Hand.

Friedrich trat unvermittelt aus der Hütte auf die Veranda. Er schien vergessen zu haben, dass es ein abgeteiltes Plumpsklo im Nebenraum gab. Loberg und Mardhorst folgen ihm zur Tür. Aber viel zu langsam. Friedrich nutzte das Überraschungsmoment aus und rannte los. Dirk setzte hinterher, Augenbinde, Gürtel und Kopfhörer fielen ihm aus der Hand. Loberg folgte schwer atmend.

Friedrich schien sich an die nächtliche Dunkelheit rasch gewöhnt zu haben und folgte in wildem Lauf einem schmalen Pfad durchs Unterholz, der in einen breiten befestigten Weg für die Holzabfuhr mündete. Dieser wiederum führte geradewegs zu einer Landstraße zwischen zwei größeren Dörfern. Friedrich steuerte genau darauf zu.

Mardhorst sah voraus, dass Friedrich vorhatte, auf der Straße das nächste Auto anzuhalten. Es durfte keinerlei Hinweise auf die beteiligten Personen und die Örtlichkeiten geben, keine Fährte zu den Entführern gelegt werden. Alles musste unbedingt bis zur Freilassung Friedrichs geheim bleiben. Die Polizei war auf den Straßen unterwegs, Tag und Nacht. Im Nu war die da.

Da sprang Friedrich unvermittelt von dem unebenen morastigen Pfad direkt in ein weitläufiges dichtes Waldgebiet. Seine Sprünge knackten auf den herumliegenden Ästen, seine Verfolger hörten das Herausziehen seiner Schuhe aus glitschigen Sumpflöchern.

Auf einmal war er verschwunden, Mardhorsts Sinnen entschlüpft. Der hielt unter seiner Maske schwer keuchend inne und lauschte. Nur das Schnaufen Lobergs dicht hinter ihm war zu hören. Von Friedrich nichts zu sehen und zu hören.

Beide Männer sprangen Friedrich hinterher, der vom Erdboden verschluckt schien. Weit konnte er in der Kürze der Zeit nicht gekommen sein. Er musste sich hinter einem

Gebüsch versteckt haben, still und reglos in einer Mulde hocken oder hinter einem Buchenstamm kleben.

Loberg stapfte mit weit ausholenden Schritten - die Gesichtsmaske war ihm unters Kinn gerutscht - durchs Unterholz. „Halt!", schrie er und warf sich auf Friedrich, der sich eben aus seinem Versteck hinter einem breiten Stamm aufrichtete.

Friedrich trat Loberg mutig entgegen und schlug auf ihn ein. Er war viel größer als Loberg, aber Loberg war stark und muskulös, gestählt von seiner früheren langjährigen Maurertätigkeit.

Dirk packte Friedrich und platzierte gezielt wuchtige Fausthiebe gegen dessen Kopf, Bauch und Brust. Zwar auch etwas kleiner als Friedrich, verfügte der Förster aber über enorme Körperkräfte.

Ein ungleicher Kampf. Zwei gegen einen.

Trotzdem schaffte Friedrich es, auf dem löcherigen Untergrund erst den ungelenken Loberg zu Fall zu bringen und dann sogar Mardhorst ein Bein zu stellen, so dass er der Länge nach über einen Mooshügel fiel.

Ehe es ihnen gelang, sich aufzurappeln, entschlüpfte ihnen Friedrich erneut. Wieder knackten die herabgefallenen Äste unter seinen brüllenden Sprüngen wie ein ängstliches Echo.

Und wieder ging die wilde Jagd von vorne los. Wieder verloren sie ihn in der Dunkelheit aus den Augen.

Sie entdecken ihn beim Klettern auf einen grasbewachsenen Hügel und sprangen hinterher. Friedrich gelang es wieder, seinen Verfolgern in letzter Sekunde zu entkommen. Seine langen Beine schleuderte er voran ins dunkle Ungewisse wie eine flüchtende Giraffe, mit höchstem Risiko.

Hier ging es nicht um Leben und Tod, beileibe nicht! Hier ging es um die Freiheit!

Wieder waren sie auf dem schmalen Trampelpfad angelangt. Mardhorst, die letzten Kräfte aus sich herausholend, die Maske vom Gesicht gerissen, setzte verzweifelt in weit ausholenden Sprüngen hinter dem Fliehenden her. Der breite festgestampfte Weg unten erleichterte dem Flüchtenden wie auch seinen Verfolgern den Lauf.

Ein höchst ungewöhnlicher Waldlauf! Für Friedrich standen die Chancen gut, als Erster die Landstraße zu erreichen. Danach, ihm dicht auf den Fersen, Dirk, der immer mehr an Tempo zulegte und hinter ihm, hörbar schnaufend, aber auch noch gut im Rennen, Loberg.

Direkt an der Landstraße befand sich der Wanderparkplatz Biberhöhle. Dort erwischte Dirk den Flüchtenden auf den letzten Metern, stellte ihn mit Adlerfängen, griff ihm an den Kragen und ließ ihn raubtierhaft nicht mehr los aus seinen Krallen. Beinahe hätte er ihm dabei die Sachen vom Leibe gerissen.

Gab Friedrich daraufhin auf? Mitnichten! Er war bereit zu kämpfen bis zum Äußersten.

Jetzt kam auch Loberg, völlig außer Atem, heran und wischte sich mit dem Ärmel den Schweiß aus den Augen.

25

Stadtkämmerer Glaser kassierte an diesem Abend im Landgasthof seines Schwagers noch die letzten Gäste ab, spülte die restlichen Gläser und wischte über die Tische. Danach setzte er sich hinter den Ausschank und rechnete ab.

Sein Schwager war dankbar für diese zuverlässige, stets anspruchslose Bedienungshilfe, denn Glaser verlangte als Entgelt nie mehr als ein Schnitzel mit Pommes frites und Salat. So sparte der Schwager das Entgelt für eine Aushilfskraft. Dass er nur ausgenutzt wurde, störte Glaser dabei nicht. Von Natur aus schüchtern und in sich gekehrt, war ihm die gesellige Betriebsamkeit der Gaststube sogar willkommen, eine angenehme Abwechslung zu seinem einsamen Leben; der Schwager und die Stammgäste waren seine eigentliche Familie. Seine beiden älteren Schwestern führten ihm den Haushalt. Das Verhältnis der Geschwister untereinander war aber alles andere als harmonisch. Glaser hasste seine Schwestern. Sie hatten aber erreicht, was sie immer wollten: dass ihr jüngerer Bruder unverheiratet blieb. Sie wollten sein Einkommen nicht mit einer anderen

Frau teilen. Dabei mangelte es nicht an Frauenbekanntschaften. In die Gaststube kamen durchaus auch Frauen, die sich für ihn zu interessieren schienen. Aber Glaser war zu ängstlich, zu gehemmt, um auf ihre Annäherungsversuche einzugehen. Auch glaubte er, dass es die Frauen in Wahrheit nur auf sein Geld abgesehen hätten und dass sie sich heimlich über ihn lustig machten.

Tatsächlich hatte es vor einigen Jahren eine Frau geschafft, ihn dazu zu überreden, sie zu heiraten. Als er die Frau nach einiger Zeit auf das Thema ansprach, geschah etwas für ihn zutiefst Beschämendes: Die Frau wies ihn entrüstet zurück und lachte ihn aus. Über alle Maßen verunsichert und gekränkt, schwor er sich, niemals mehr mit einer Frau etwas anzufangen. Daher zog er sich jedes Mal unter gemurmelten Entschuldigungen und gequälten Grimassen verstört zurück, wenn die Frauen ihm am Tresen mit allzu persönlichen Fragen zusetzten, und hatte es immer sehr eilig, schnell wieder in die Küche zu kommen. Es war aber nicht etwa so, dass er generell Frauen nicht mochte. Inge Mardhorst, die Frau des Bürgermeisters, mochte er sehr. Bürgermeister Mardhorst, nach außen hin sein Parteifreund, in Wahrheit sein Rivale, hatte im Gegensatz zu ihm Glück bei den Frauen. Ihn beneidete Glaser heimlich und voller Ärger um seine Frau Inge. Sie war für ihn der Inbegriff von attraktiver Weiblichkeit. Groß, schön, stark, intelligent, selbstbewusst, mit maskulinen Gesichtszügen und einer herben Ausstrahlung. So mussten die Frauen sein, die er verehrte. Frauen, die wussten, was sie wollten. Inge Mardhorst war so eine Frau. Er lag ihr heimlich zu Füßen. Hätte er gewusst, dass Inge ihn vor ihrem Mann verächtlich „Häschen" nannte, er wäre vor Niedergeschlagenheit zur Feldmaus geschrumpft.

Udo Mardhorst hatte sie in Glasers Augen ja gar nicht verdient. Udo, das politische Leichtgewicht. Glaser traute ihm nicht allzu viel zu. Allerdings hatte Udo ein gewinnendes Äußeres, war im Gegensatz zu ihm hochgewachsen und besaß breite Schultern. Ein großer Vorteil für einen Politiker! Dieser Umstand und seine patente Ehefrau hatten ihm nach Ansicht Glasers zur Mehrheit bei der letzten Bürgermeisterwahl verholfen. Ohne seine zielstrebige Frau wäre er nie so weit gekommen. Davon jedenfalls war Glaser überzeugt. Er vermutete, dass hinter allem seine Frau stand, ihn beriet, lenkte und ansporonte. Er hielt den Bürgermeister von Anfang an für nicht sehr kompetent und von mittelmäßiger politischer Begabung. Udo war Studienrat für Deutsch und Geschichte, ehe er sich entschloss, in die Kommunalpolitik zu gehen. Glaser unterstellte ihm insgeheim, dass er nur deshalb den Schuldienst quittiert hatte, weil er sich von ihm zusehends überfordert fühlte und ihm immer weniger gewachsen war. Glaser hingegen war vor seiner Tätigkeit als Stadtkämmerer Notar und hielt seine politische Karriere noch lange nicht für beendet. Der

Tag würde kommen, an dem er es Udo Mardhorst zeigen würde, wer von ihnen beiden der Bessere war.

Es war kurz nach zweiundzwanzig Uhr, als Glaser von Felsendorf, in dem sich der Gasthof und die Metzgerei seines Schwagers befanden, mit seinem schweren Wagen zurück nach Hasserodt fuhr.

Der kürzeste Weg nach Hause führte auf einer ruhigen Landstraße durch den Forst. Als er an dem Wanderparkplatz Biberhöhle vorbeikam, fiel ihm auf, dass dort eine Gruppe von mehreren Männern handgreiflich zugange war. Er vermutete einen Streit unter Arbeitskollegen, denn auf dem Parkplatz stand ein Baustellenlaster. Er maß diesem Vorkommnis daher keine besondere Bedeutung bei und hatte es im nächsten Moment vergessen.

Behaglich lehnte er in dem weichen bequemen Ledersitz. Er freute sich auf sein Bett. Vor kurzem hatte er es gekauft: ein großes, breites, massiges, mehrlagiges Polsterbett, kein Vergleich mit seinen früheren Betten. Wie die Prinzessin auf der Erbse kam er sich darin vor. Er fühlte sich im Rücken warm gestützt, regelrecht umarmt. Wie eine kleine Festung war das! Einfach himmlisch!

Auch sonst war der Tag erfolgreich für ihn verlaufen. Im Gasthaus war es am späten Abend zu einem lautstarken Streit zwischen den Gästen zweier Tische gekommen. Alkohol war natürlich auch im Spiel. Der Streit drohte zu eskalieren. Der hilflose Wirt rang vor Verzweiflung die Hände.

Da trat er, der schmächtige Reinhard Glaser, auf den Plan, und ging mutig dazwischen. Am Tisch mit dem lautesten Schreihals begann er, beugte sich tief herab zu ihm und raunte ihm mit schmeichelnder Stimme ins Ohr, so, dass es am anderen Tisch niemand hörten konnte: „Regen Sie sich nicht auf! Die da drüben können euch doch nicht das Wasser reichen!" Darauf wurde es ruhiger an diesem Tisch.

Anschließend ging Glaser zum anderen Tisch, beugte sich ebenfalls tief zu dessen Wortführer herab und raunte ihm die gleichen Worte ins Ohr wie dem anderen. Auch hier wurde es daraufhin gleich stiller.

Glasers Diplomatie des Den-einen-gegen-den-anderen-Ausspielens hatte sich wieder mal bewährt. Glaser war sehr stolz auf sich und wertete es als persönlichen Erfolg.

Die Unebenheiten der Landstraße merkte er gar nicht. Sein breiter, sanft federnder Wagen schwebte förmlich darüber hin. Auf dem Beifahrersitz lag eine gute Flasche Rotwein, die ihm sein Schwager zum Dank für seine Mitarbeit im Gasthof mitgegeben hatte. Ein Gläschen Wein vorm Einschlafen konnte nie schaden.

Im Scheinwerferlicht meinte er in etwa zweihundert Metern Entfernung Rehe über die Straße wechseln zu sehen. Er drosselte daher die Geschwindigkeit, schaltete das Fernlicht ein und spähte durch die Frontscheibe in die Finsternis.

Auf der Straße befand sich dicht am Boden ein Hindernis. Langsam näherte er sich der Stelle und hielt an. Quer über der Straße lag ein entrindeter schmaler Baumstamm.

Glaser vermutete, dass er von einem Anhänger gefallen war. Etliche der Bauern aus der Umgebung besaßen die Erlaubnis des Forstamtes, für private Zwecke im Wald Holz zu schlagen. Sie transportierten die Stämme auf den Anhängern ihrer Trecker, und die Stämme waren dabei oft nur schlecht befestigt. Glaser waren solche bäuerlichen Fuhrwerke wegen ihrer mangelnden Verkehrssicherheit schon öfters aufgefallen.

Er stoppte direkt vor dem Baumstamm, schaltete das Warnblinklicht ein, schnallte sich ab, stieg aus und hob rasch den Stamm, der nicht sehr schwer war, von der Landstraße auf und schleuderte ihn mit einem Schwung an den Straßenrand.

Im Gebüsch neben der Straße raschelte es, und das war nicht der Nachtwind. Glaser hatte das Gefühl, dass er nicht allein hier draußen war. Es wurde ihm unheimlich zumute. Er wollte sich gerade in den Wagen werfen, da tauchten aus der Dunkelheit zwei Männer neben ihm auf, warfen sich auf ihn und griffen nach seinen Händen, um sie festzuhalten. Glaser hatte noch die Geistesgegenwart, aus seiner Hosentasche eine lange, schmale Haushaltsschere zu fischen, die er einem der Angreifer unvermittelt in die Augen stieß. Der Mann stolperte und wich zurück. Der andere versuchte, Glasers Arme nach hinten zu biegen, aber Glaser, gelenkig und viel kleiner als der Straßenräuber, entwand sich immer wieder geschickt schlangenartig seinen Händen, duckte sich darunter hindurch, und es gelang ihm letztendlich in einer glücklichen Sekunde in den Wagen zu schlüpfen und die Tür schnell hinter sich zuzuziehen. Die Türen dieses Modells verriegelten automatisch. Der ganze Überfall hatte vielleicht zehn Sekunden gedauert.

Glaser startete den Motor und rauschte den Verbrechern mit hoher Geschwindigkeit davon. Dieser Vorfall hatte ihm einen gehörigen Schrecken eingejagt. In Zukunft wollte er sicherheitshalber einen anderen Heimweg wählen. Er erinnerte sich an die gewalttätigen Männer auf dem Wanderparkplatz vorhin. Und nun auf der gleichen Landstraße, nur wenige Kilometer davon entfernt, auch noch diese skrupellosen gefährlichen Straßenräuber! Möglicherweise gab es einen Zusammenhang zwischen diesen Vorfällen. Er berichtete noch in derselben Nacht der Polizei davon. Kein Zweifel, die Straßenräuber, Wegelagerer, hatten vorbeikommenden arglosen Autofahrern wie ihm im Dunkeln aufgelauert, mit dem Ziel, sie auszuplündern und ihnen das Auto zu klauen. Dafür das Hindernis auf der Straße.

Vierter Teil

26

Dirk Mardhorst kehrte in den frühen Morgenstunden des 11. September - es war noch dunkel um diese Zeit - ins Forstamt zurück, entnahm eine große Motorsäge, eine Axt und Flaschen mit Motorenöl und einen Kanister Benzin, lud alles auf den Radlader und fuhr damit in den Forst zu der Jagdhütte, in der Friedrich gewesen war.

Dirk überlegte lange, ob er die Hütte anzünden solle, um alle Spuren Friedrichs zu verwischen. Aber das erschien ihm zu riskant. Der Feuerschein am Himmel konnte von vorbeifahrenden Autofahrern von der Landstraße aus gesehen werden und womöglich alarmierte jemand darauf die Feuerwehr. Daher entschloss er sich, die Hütte und das Inventar zu zersägen.

Er trat in den Innenraum und beleuchtete die Einrichtung mit der Taschenlampe. In dem Raum roch es nach Ruß und menschlichen Ausscheidungen. Die Holzwände waren im Bereich der Tür rußig schwarz von dem Brand. In der Ecke stand der Kasten mit den ausgetrunkenen Malzbierflaschen. Ein gefundenes Fressen für die stets misstrauische Kripo, würde sie ihn finden.

Mardhorst zog sich die groben Arbeitshandschuhe über, schleppte den Kasten hinaus und schleuderte ihn auf die Ladefläche des Radladers. Essensreste und Papier hob er vom Boden auf und warf auch sie darauf. Ebenso die Luftmatratze, auf der Friedrich gelegen hatte und die beiden Decken. Auch das von ihm benutzte Plastikgeschirr flog auf den Radlader.

Da erfasste der Strahl der Taschenlampe ein Feuerzeug auf der Holzbank. Dirk befingerte es, es war bei dem Brand beschädigt worden, angesengt und funktionierte nicht mehr. Nur deshalb hatte es Friedrich nicht mehr für einen weiteren Fluchtversuch benutzen können.

Auf die Wände, den Boden, sowie auf die Sitzbank, die Stühle, den Tisch, die Schrankwände und das Plumpsklo verteilte er großflächig Benzin und Öl und verrieb es mit Ästen und Lappen. Danach kam die Hauptarbeit. Er warf die Motorsäge an und sägte von außen die Holzstämme der Wände durch, einen nach dem anderen. Eine schweißtreibende Arbeit! Er wollte nicht eher diesen Ort verlassen, bevor nicht die Hütte in alle ihre Einzelbestandteile zerlegt war. Alles musste vernichtet werden. Niemand durfte Rückschlüsse auf seine und Friedrichs Anwesenheit hier in der Hütte ziehen.

In der Mittagszeit war die Hütte Geschichte. Ihre Bestandteile lagen auf dem Boden verstreut. Von der einst romantischen Jagdhütte war nur noch ein kläglicher Haufen übelriechender und schmutziger Bretter, Holzknüppel und Nägel übrig. Den Rest zerhackte Dirk mit der Axt. Das Plumpsklo, die Sitzbank, die Stühle, der Schrank und der Tisch fielen ebenfalls der Zerstörungswut von Säge und Axt zum Opfer. Das Fensterglas lag in tausend Scherben.

Mardhorst dehnte seinen schmerzhaften Rücken und hielt ausruhend inne. Hier wenigstens waren alle verdächtigen Spuren beseitigt. So glaubte er jedenfalls.

Zufrieden mit seiner Arbeit, fuhr er den Radlader auf den Hof einer kleinen Brauerei, stellte da den Kasten Bier in eine Ecke und vergrub im Wald abseits der Hütte das Geschirr, Essensreste, die Matratze und die Decken aus der Jagdhütte. Darauf fuhr er zurück zum Forsthaus.

Der Kollege Bachmann stürmte ihm entgegen. „Dirk, ich habe dich den ganzen Tag gesucht. Prang hat eine Mordswut. Wo warst du denn?"

„Ich musste abgeknickte Äste absägen, die auf die Straße zu fallen drohten", sagte Mardhorst ruhig.

Forstamtsleiter Prang trat ebenfalls aus der Tür. „Die Kripo-Beamten waren wieder hier und haben nach Ihnen gefragt. Sie wollten die Jagdhütten inspizieren." Seine Wut auf Dirk schien bereits verraucht.

Dirk versprach, die Beamten durch den Wald zu fahren und ihnen alle verschlossenen Einrichtungen des Forstamtes aufzuschließen.

27

Einige Tage später bat die Kriminalpolizei in der Sendung „Kripo aktuell" um die Mithilfe der Bevölkerung bei der Aufklärung folgenden mysteriösen Falles:

„Der Bankangestellte Christian Friedrich wurde am 1. 9. entführt, also vor vierzehn Tagen. Die Familie des Entführten wartet allerdings bis heute vergeblich auf seine Rückkehr. Nach der Zahlung eines Lösegeldes hat er sich in der Nacht vom 10. auf den 11. September nur telefonisch bei seiner Frau gemeldet, ihr kurz mitgeteilt, dass es ihm gut gehe und dass er in die Schweiz fahre, um dort bei einer Bank eine Stelle anzutreten. Er werde sich wieder melden. Seine Ehefrau will die Stimme ihres Mannes zweifelsfrei erkannt haben. Bei seiner vorigen Bank hat er schriftlich gekündigt und dabei um die Zusendung eines Arbeitszeugnisses gebeten. Seitdem fehlt jedes Lebenszeichen von ihm. Das Kündigungsschreiben wird für echt gehalten, da es DNA-Spuren des Gesuchten enthält. Ob und wo sich der gesuchte Bankangestellte in der Schweiz beworben hat, konnte die Kriminalpolizei bis jetzt nicht herausfinden. Dass Christian Friedrich seine Familie verlassen hat, ohne sie vorher noch einmal persönlich aufzusuchen, insbesondere seine Ehefrau über seine weiteren Pläne zu informieren, wirft viele Fragen auf. Er hängt an seiner Familie, gilt als liebevoller Vater. Einfach seiner Frau und den Kindern den Rücken zu kehren, passte nicht zu ihm. Dann wurde eine Personenbeschreibung des Entführten durchgegeben: Achtunddreißig Jahre alt, ein Meter sechsundachtzig groß, schlank, dunkle Haare. Wo und wann ist der Entführte zuletzt gesehen worden?"

Die Sendung sah auch der Stadtkämmerer Glaser an einem der wenigen Abende, an denen er zuhause vor dem Fernseher saß. Wenn er nicht in der Gaststätte bediente oder seinem Cousin in dessen Bestattungsunternehmen aushalf, saß er abends meistens über politischen Zeitungen und Zeitschriften oder bis spät in die Nacht über seinen Haushaltsplänen. Er rechnete für sein Leben gern und wusste bei jedem Posten der Verwaltung, wo in Zukunft noch etwas einzusparen war, immer noch ein bisschen mehr. Das bereitete ihm ein diebisches Vergnügen, am meisten aber der Gedanke, wie er diese Einsparungen überzeugend vor dem Stadtrat begründen würde. Dass der entführte Bankangestellte ausgerechnet Friedrich war, stimmte ihn nachdenklich.

Der Entführungsfall war natürlich nach der Ausstrahlung in der ganzen Gegend das Gesprächsthema Nummer eins. An den Stammtischen wurde über nichts anderes mehr gesprochen. Dieser Fall war zu mysteriös. Die Ergebnisse der Bundesliga, die Abschussquoten für Wildschweine, der Festmeterpreis für Buchenholz, alles trat dahinter zurück.

Unter den Gästen im Felsendorfer Landgasthof saßen an einem der folgenden Abende die Förster Prang, Dirk Mardhorst und Peter Bachmann.

Prang holte aus seiner Jackentasche eine auffallend große Herrenarmbanduhr und legte sie zwischen die Biergläser auf den Tisch. „Seht mal, was ich heute am Rande des Wanderparkplatzes Biberhöhle gefunden habe. Die lag zwischen groben Reifenspuren. Sie geht noch, hat aber ein paar äußere Kratzer. Wie kam die bloß da hin?"

„Zeigen Sie mal!" Bachmann besah die Uhr näher. „Das ist eine Rolex. Die kostet im Laden mindestens achtzehntausend Euro." Er drehte die Uhr um. „Auf der Rückseite ist ein Datum eingraviert: 1.5.2003. Wie kommt so was Wertvolles in den Matsch? Das ist schon sehr ungewöhnlich! Man verliert doch nicht so ohne weiteres eine Rolex-Uhr im Wald!"

Prang nahm die kostbare Uhr wieder an sich und betrachtete sie lange. „Ich werde sie morgen zur Polizei bringen. Vielleicht besteht ein Zusammenhang zwischen der Uhr und dem Entführungsfall. Möglicherweise ist dem Verlust ein Kampf vorausgegangen, bei dem der Eigentümer die Uhr verloren hat. Die Polizei ist dankbar für jeden Hinweis."

„Du meinst, die Kidnapper hätten ihr Opfer hier in den Wald verschleppt?", fragte ein Gast vom Nebentisch.

„Nicht nur ich. Auch die Polizei geht davon aus. Sie haben eine umfangreiche Suche gestartet, aber bis jetzt ohne Erfolg. Deshalb sind sie an die Öffentlichkeit gegangen."

„Mensch! Eine Entführung und Erpressung von Lösegeld! Hier im Forst?", meldete sich wieder der vom Nebentisch. „Wie hoch war denn das Lösegeld?"

„Genaueres haben sie nicht gesagt. Aber es soll sich um mehrere Millionen handeln", antwortete Prang.

„Und das soll euch nicht aufgefallen sein? Ihr seid den ganzen Tag im Wald! Von morgens bis abends! Wenn ihr mich fragt, so was fällt doch auf! Höchst unwahrscheinlich, dass so was unbemerkt bleibt!"

„Wir können nicht überall sein. Unser Forst rund um Hasserodt erstreckt sich über vierhundert Quadratkilometer", sagte Prang und steckte die Uhr wieder in seine Jackentasche.

„Dirk!", sagte ein anderer am Tisch. „Ihr seid doch die ganzen Tage mit dem Heli über die Wälder geflogen. Ist euch nichts aufgefallen am Boden?"

Mardhorst tat, als überlege er lange, schob die Lippen vor und schüttelte dann langsam den Kopf. „Überhaupt nichts. War alles wie sonst auch."

Auch Bachmann war nichts aufgefallen.

„Wahrscheinlich ist er seinen Entführern entkommen, hat dabei die Uhr verloren und ist ins Ausland geflohen, aus Angst, seine Entführer würden ihn nach dem Auffinden ermorden", sagte der vom Nebentisch.

28

Am nächsten Abend, die Kriminaltechniker waren gerade vom Hof gefahren, fuhr Prangs Auto, aus dem Wald kommend, vor dem Forstamt vor.

Prang stieg aus und fragte: „Wer hat die Jagdhütte im Eulenwald abgerissen?"

„Ich!", erwiderte Dirk ohne Zögern. „Sie war baufällig!"

„Sie haben sie einfach abgerissen, ohne mich vorher um Erlaubnis zu fragen?"

„Sie haben sich doch früher um solche Dinge auch nie gekümmert. Wenn ich Sie auf solche Kleinigkeiten ansprach, schnauzten Sie mich an, weil ich es wagte, Sie mit solchen Lappalien aufzuhalten. Ich habe gedacht, dass Sie das nicht interessiert!"

Prangs Miene verfinsterte sich. „Von wegen! Natürlich interessieren mich die Hütten im Forst. Ich bin noch vor einigen Monaten dort drinnen gewesen. Dass die Hütte baufällig war, ist mir nicht aufgefallen. Die war noch völlig intakt."

„Nach den letzten Herbststürmen haben sich tragende Balken gelöst und das Dach war undicht und locker. Es regnete durch. Die Hütte stand kurz vorm Einsturz. Man konnte sich ohne Gefahr dort nicht mehr aufhalten. Es muss auch mal einen Schwelbrand darin gegeben haben."

„Davon hätte ich erfahren. Selbst wenn, das alles hätte man reparieren können. Dazu brauchte man nicht gleich die ganze Hütte zu Kleinholz machen", schrie Prang aufgebracht. „Und das Holz, aus dem die Hütte bestand, stinkt kilometerweit gegen den Wind nach Benzin. Wie kommt da Benzin hin?"

„Wahrscheinlich von der Motorsäge", rechtfertigte sich Dirk.

„Sie haben die Hütte mutwillig zerstört! Mit voller Absicht und ohne vernünftigen Grund." Er starrte Mardhorst eine Zeitlang schweigend und anklagend an.

Mardhorst starrte stumm zurück. Die alte Feindschaft zwischen den Männern, jahrelang notdürftig unterdrückt aus Vernunft, professioneller Sachzwänge wegen, flammte wieder mal spitz auf. Die schwache Kruste der kollegialen Rücksichtnahme brach wie dünnes Eis.

„Das ist vorsätzliche Sachbeschädigung! Sie haben das Eigentum des Landes mit Absicht zerstört. Bei der Staatsanwaltschaft anzeigen könnte ich Sie!"

„Vergessen Sie bitte nicht, dass ich damals für Sie ausgesagt habe, sonst wären Sie jetzt vorbestraft."

„Was hat das damit zu tun? Lenken Sie nicht ab von dem, was ich Ihnen vorwerfe!" Prang starrte Mardhorst wütend an.

Prangs Schweigen irritierte Mardhorst. Irgendetwas lauerte darin. Mardhorst witterte, dass Prang ihm kein Wort glaubte, sondern dass er einen bestimmten Verdacht gegen ihn hegte. Sekundenlang fixierten sich die beiden

Männer aus schmalen Augenritzen wie sprungbereite Kampfhähne.

„Und wo ist das ganze Mobiliar geblieben?", fragte Prang jetzt schon weniger laut. „Im Schrank waren Gläser und Besteck! Und die Sitzbank und die Stühle und der Tisch? Haben Sie das auch alles zerhackt?"

„Das Mobiliar: alles wurmstichig, der Holzbock war schon drin. Schimmelbefall wegen der eingedrungenen Feuchtigkeit. Die Stühle und die Sitzbank waren wackelig und splitterig. Die konnten jeden Moment zusammenkrachen, wenn sich jemand draufsetzte. Die Gläser hatten Bruchstellen, das Geschirr bestand aus Plastik. Es hätte alles sowieso erneuert werden müssen." Prangs stechend prüfender Blick ging ihm auf die Nerven. Er begriff, dass es Prang gar nicht um den Bestand der Jagdhütte ging, sondern nur darum, dass Mardhorst es gewagt hatte, seine Autorität anzuzweifeln, indem er ihn einfach wortlos überging.

Dirk musste rasch alle Spuren beseitigen. Jeder kleinste Splitter, den er übersah, konnte die DNA Friedrichs enthalten und ihn mit der Entführung in Verbindung bringen, wenn Prang an der Stelle etwas Wesentliches fand, mit dem er ihn bei der Polizei anschwärzen konnte.

„Sie werden die Hütte wieder aufbauen, auf eigene Kosten, und alles ersetzen! Die ganze Einrichtung!"

„Wie Sie wünschen", murmelte Dirk kalt. Er beschloss, mit den Aufräumungsarbeiten so schnell wie möglich anzufangen.

29

Zur gleichen Zeit traf Reinhard Glaser auf dem Hof seines Cousins, dem Bestatter, ein. Der erwartete ihn schon an der Tür. „Bin so froh, dass du kommst, Reinhard. Ich habe mal wieder Ärger mit dem Personal. Das ist ein Volk, sag ich dir. Von vier Männern sind zwei krank und einer fehlt seit einigen Tagen unentschuldigt. Und kriege mal kurzfristig Ersatz! Ist keiner aufzutreiben."

Glaser stieg aus, reichte dem Cousin die Hand und ließ seine Zunge über die Lippen gleiten, eine bei ihm oft beobachtete Verlegenheitsgeste. „Du weißt doch, wenn du mich anrufst, komme ich auch", sagte er mit leiser Stimme. Sonst erledigte er immer nur die Buchführung für seinen Cousin, diesmal musste er wohl mit anpacken.

„Ich habe im Schrank zwei Leichen, die müssen für die Särge hergerichtet werden."

Beide Männer gingen in die hell erleuchtete Sarghalle, wo schon die Frau des Cousins damit beschäftigt war, die hellbraunen Särge mit weißen Laken und Kissen auszukleiden.

Der Cousin zog eine der Leichen aus dem Schrank hervor. Glaser zögerte nicht lange, griff unter den langen ausgezehrten Körper des älteren Herrn, hob ihn ohne Hilfe vom Schubfach und legte ihn behutsam auf eine Metallliege. Zu dritt entkleideten sie die Leiche, wuschen sie und zogen ihr ein weißes Hemd mit Krawatte und einen schwarzen Anzug an. Ohne große Worte hob Glaser, dieser äußerlich so schmächtige, schwache Mann, den Leichnam mit einem Schwung von der Waschliege und legte ihn in den fertig ausgekleideten Sarg. Auch die zweite Leiche half er anzuziehen, trug sie auf seinen schmalen, aber sicheren Armen durch den Raum und legte sie in den zweiten Sarg.

„Reinhard, mir ist vor einiger Zeit etwas ganz furchtbar Peinliches passiert", berichtete der Cousin bekümmert. „Stell dir vor, die Jungs haben die Särge verwechselt und den Sarg, der ausdrücklich für die Erdbestattung vorgesehen war, ins Krematorium zur Einäscherung gebracht. Die Angehörigen haben mir vielleicht eine Szene gemacht, als sie bei der Trauerfeier in der Kapelle anstelle des Sarges die Urne sahen. Du, glaub mir, es war furchtbar. Ich musste mich hundert Mal entschuldigen und habe ihnen dann zwanzig Prozent Rabatt eingeräumt. So was spricht sich schnell rum. Mein Ruf ist hin!" Der Cousin weinte fast.

„Das ist bald vergessen, die Leute haben andere Sorgen", tröstete ihn Glaser.

154

Sie brachten die Särge in die Leichenhalle der Kapelle. Glaser wollte sich verabschieden, aber der Cousin lud ihn noch zum Abendbrot ein.

Natürlich war auch hier das einzige Gesprächsthema die Entführung des Bankangestellten und sein geheimnisumwittertes Verschwinden. Der Cousin äußerte die Annahme, dass der Entführte die Entführung selber inszeniert haben könnte, um sich mit seinen Komplizen das Lösegeld zu teilen. Denn warum hatte er nach der Freilassung nicht von sich aus die Polizei eingeschaltet? Das machte ihn verdächtig. Oder die Bank konnte auch den Deal mit ihrem Angestellten gemeinsam ausgeführt haben, um die zehn Millionen für den Insolvenzverwalter unsichtbar zu machen. „Viele Banken sind heute in Schwierigkeiten. Ich merke es an der unwilligen Kreditvergabe mancher Banken. So locker wie früher steckt bei denen das Geld nicht mehr in der Tasche."

Kurz nach dreiundzwanzig Uhr verabschiedete sich Glaser, um nach Hause zu fahren. Erst später würde er sich erinnern, dass kurz nach ihm, ganz in der Nähe ein anderes Fahrzeug ebenfalls losgefahren war.

Er schaltete das Radio ein. Im Wetterbericht wurden die ersten Nachtfröste angekündigt. Leise tropfte Musik aus dem Sender.

Hinter dem Ortsausgang machte der dichte Wald streckenweise weiten Feldern Platz. Glaser schaltete das

Fernlicht ein. Er fuhr absichtlich nicht schnell, weil er die ganze Strecke über mit Wildwechsel rechnen musste. Der Cousin hatte vor wenigen Wochen einen Autofahrer bestattet, der am frühen Morgen auf dem Weg zur Arbeit auf dieser Straße mit einem Rehbock kollidiert war, ein für beide Beteiligte unheilvolles Abenteuer.

Auf einmal merkte er im Rückspiegel ein anderes Fahrzeug ganz dicht hinter ihm. Der Fahrer hatte ebenfalls das Fernlicht eingeschaltet und die grellen Scheinwerfer waren nach oben gestellt und blendeten Glaser im Rückspiegel. Er fluchte, weil er da nichts mehr sehen konnte, kniff die Augen zusammen und versuchte, den Scheinwerfern mit dem Blick zu entkommen. So etwas Rücksichtsloses hatte er selten erlebt. Die Felder waren hinter ihm und rechts und links hohe Bäume beiderseits der schmalen kurvenreichen Landstraße! Er beschleunigte, weil er glaubte, dem Fahrer hinter ihm würde er zu langsam fahren. Er riskierte aber damit eine nächtliche Kollision mit Wild. Das Beschleunigen nützte nichts. Der hinter ihm beschleunigte ebenfalls und blieb ihm dicht auf den Fersen. Es war wie eine Hetzjagd. ´Der ist verrückt`, dachte Glaser. Er beschloss, die Nerven zu behalten, der gefährlichen Jagd ein Ende zu machen und wieder eine der Jahreszeit angepasste Geschwindigkeit zu fahren. Wegen so einem wollte er keinen Aufprall riskieren. Der hinter ihm hupte wild. Glaser aber ließ sich nicht aus der Ruhe bringen. Endlich tauchte das Ortsschild von Hasserodt auf.

Als Glaser in den Rückspiegel schaute, war der Hintermann auf einmal verschwunden, musste irgendwo abgebogen sein. Glaser schwitzte vor Aufregung, stieg mit zitternden Knien zuhause aus dem Auto und war so zornig, dass er sogar seine Schwestern weckte und ihnen von der gefährlichen Begegnung mit dem aggressiven Typen berichtete.

30

Inge stand vorm Bügelbrett und ließ das Bügeleisen mechanisch wie ein Weberschiffchen über den Blusenstoff hin und her sausen. Sie stellte das Bügeleisen auf. „Ein Reporter vom „Hasserodt Kurier" hat nach der Ausstrahlung im Fernsehen Herrn Friedrichs Frau besucht, um sich persönlich an der Suche nach ihrem Mann zu beteiligen. Der hat berichtet, dass ein Förster im Wald eine kostbare Uhr gefunden habe. Die Polizei hat Frau Friedrich die Uhr vorgelegt und sie hat sie sofort wiedererkannt. Diese Uhr gehörte eindeutig ihrem Mann. Auf der Rückseite der Uhr war ein Datum eingraviert. Frau Friedrich sagte, dass an diesem Tag ihr Mann seinen ersten Fallschirmsprung absolviert habe. Er ist Mitglied eines Fallschirmsportclubs. Vor lauter Stolz hat er sich diese teure Uhr gekauft und das Datum dieses Tages eingravieren lassen. Wie konnte es passieren, dass Friedrich seine Uhr im Wald verlor? Was hat Dirk dir erzählt?"

„Er und Loberg haben Friedrich in der Nacht vom 10. zum 11. September nach Pfarring gefahren und ihn dort freigelassen. Ihm gaben sie einen Geldbetrag mit auf den Weg, der aus dem Lösegeld stammte. Danach haben sie nichts mehr von ihm gehört", berichtete Udo. Er saß in der Couchecke, die Zeitung auf den Knien. Erleichtert darüber, dass sie wieder im Hause war, wollte er nicht, dass dieses Thema gleich wieder aufflammte. „Loberg hat mit den ersten Bauarbeiten begonnen. Gleich nach dem Abholen hat ihm Tobias das Lösegeld gebracht. Es wird unauffällig über einen längeren Zeitraum in Teilbeträgen durch einen Anwalt auf das Konto der Stadt eingezahlt. Als Erstes wird die Tiefgarage ausgeschachtet. Die Baggerarbeiten fangen übermorgen an und dann geht alles zügig seinen Gang."

Inge stellte ihre Arme auf dem Bügelbrett ab. „Aber wieso verliert jemand seine teure Uhr im Wald und merkt es nicht mal? Und dann, Friedrich hat offenbar nach seiner Freilassung nicht sofort die Polizei alarmiert, was jeder andere Gekidnappte getan hätte, nicht in der Nacht seiner Freilassung und wohl auch später nicht. Jemand, der von Kidnappern freigelassen wird, geht doch als Erstes zur Polizei, um sich zu melden. Also, was Dirk dir erzählt hat, ist wahrscheinlich nur die halbe Wahrheit."

„Das klingt fast so, als wärst du traurig, dass uns Friedrich nicht gleich die Polizei auf den Hals gehetzt hat.

Sei doch froh, dass er es nicht getan hat. Und seine Frau hat er doch gleich angerufen."

„Es ist nur ganz ungewöhnlich und erweckt den Eindruck, Friedrich wolle irgendwas vor der Polizei verbergen, aus welchen Gründen auch immer." Inge starrte gedankenvoll vor sich hin. „Oder es ist ihm nach seiner Freilassung irgendetwas passiert, ein Unfall oder sonst etwas Schlimmes."

„Der wird sich schon wieder melden. Vielleicht wollte er ein ganz neues Leben anfangen, ohne Frau und Kinder. Das kommt öfter vor, als man denkt. Vielleicht hatte er eine Affäre mit einer anderen Frau. Hat den Entführungsfall als willkommene Gelegenheit benutzt, um mit ihr woanders noch mal ganz von vorne anzufangen." Er schlug mit seiner Hand in die Luft. „Was kümmert es uns, was Friedrich nach seiner Freilassung angestellt hat? Wir haben damit nichts mehr zu tun." Er stand auf und legte den Arm um seine Frau, so wie früher. „Lass uns nach vorne schauen! Jetzt geht`s bergauf!"

Inge aber erwiderte seine Annäherung nicht, schwieg mürrisch und fuhr fort, ihre Wäsche zu bügeln.

Udo wandte sich nach einer Weile seufzend wieder seiner Tageszeitung zu.

Inge dachte nach. Es war nur noch eine Frage der Zeit, wann sie endgültig gehen würde. Ihren Mann anzuzeigen, kam für sie nicht in Frage. Dafür waren sie zu lange zusammen und hatten zu viel gemeinsam durchlebt. Falls er und die anderen geschnappt würden, wollte jedenfalls sie nicht den Anstoß dazu gegeben haben. Sie hoffte, in diesem Fall schon fort zu sein. Udo war attraktiv. Er hätte keine Schwierigkeiten, in kürzester Zeit eine neue Partnerin zu finden. Er hätte keine Probleme mit der Vergangenheit, er konnte das alles abschütteln.

Und sie selbst? Es gab viele Möglichkeiten, noch mal woanders neu anzufangen. Sie war Mitte vierzig, also keine alte Frau. Politik machen konnte sie auch in einer anderen Stadt, Hilfe würde sie schon von Parteifreunden bekommen. Kontaktfreudig und unkompliziert, wie sie war, dürfte sie keine großen Schwierigkeiten mit einem beruflichen oder politischen Neuanfang haben. Kopfschüttelnd überlegte sie, dass der ganze Albtraum mit der Idee des Wellnessbades angefangen hatte und jetzt, wo sie vor der Verwirklichung stand, sollte sie selber nichts mehr davon haben. Aber so war`s halt manchmal in der Politik.

Am selben Abend besuchte sie ihre Tochter. „Nanu", sagte sie befremdet, als die ihr die Tür öffnete. „Ist bei dir eingebrochen worden? Hier ist ja eine schreckliche Wüstenei!"

Ilona schwitzte und war richtig aufgelöst. „Nein, aber ich suche verzweifelt das Handy. Mach es dir bequem. Willst du ein Glas Wein?" Ihre Mutter lehnte dankend ab.

Ilona warf sich darauf gleich wieder über die Unordnung. Ein einziges Durcheinander! Aus allen

Schubläden und Schränken hervorgekramt, lagen verschiedene Gegenstände verstreut in der ganzen Wohnung herum.

„Ich werde noch verrückt. Wo habe ich das Ding bloß hingeflammt?"

„Vielleicht hat es dein Freund eingesteckt?", sagte Inge.

„Der ist im Krankenhaus", antwortete Ilona.

Inge horchte auf. „Na, und weswegen?"

„Er hat sich vor ein paar Tagen mit einem Typen nachts geprügelt, als der in der Bar, wo Tobias am Wochenende vor der Tür steht, Randale gemacht hat." Ilona vergaß sogar darüber die weitere Suche. „Der Rocker hat die anderen Gäste angepöbelt und Tobias wollte ihn deswegen rausschmeißen. Da hat der andere ihm mit der Faust ins Gesicht geschlagen. Tobias` linkes Auge musste operiert werden. Die Ärzte wissen nicht, ob sie es retten können."

Inge war schockiert. „Hat er wenigstens gleich Anzeige erstattet?"

„Er hat noch keine Gelegenheit dazu gehabt. Er musste noch in derselben Nacht in die Notaufnahme."

„Ilona, warum machst du nicht endlich Schluss mit diesem Typen und suchst dir einen anderen?"

„Weil ich ihn liebe! Er ist für mich der Inbegriff von Männlichkeit. Er hat vor nichts und niemandem Angst. Das gefällt mir." Sie schrie begeistert auf. „Hier ist es ja endlich, das Handy! Ach, du Schreck! Ich hab ja den Akku rausgenommen. Jetzt muss ich den auch noch suchen! Den hier unter all dem Krimskrams zu finden, dürfte so schwierig sein wie die berühmte Stecknadel im Heuhaufen finden." Sie stöhnte, aber setzte gleich wieder die Suche fort. „Er muss hier auch in der Nähe sein."

Inge umfasste Ilonas Handgelenk. „Ilona, hör mal auf mit der Sucherei und setz dich ruhig hin."

„Mutti, ich weiß schon, was du sagen willst."

„Nein, Ilona, das weißt du nicht. Also, setz dich mal ruhig hier hin."

Ilona zog ein gelangweiltes Gesicht, setzte sich aber gehorsam ihrer Mutter gegenüber. „Also, was gibt`s, Mutti?"

„Ich habe beschlossen, mich von deinem Vater zu trennen. Ich bin gekommen, um dir das zu sagen."

Ilonas Augen wurden so groß wie Teiche. „Was? Du willst Vati verlassen?"

„Jawohl, ich werde mich scheiden lassen."

„Da steckt doch bestimmt ein anderer dahinter!"

„Nein! Eure Entführung steckt dahinter, kein anderer Mann! Ich gehöre nicht mehr zu euch. Eure und meine Wege werden sich trennen. Sehr bald schon! Mit eurer Entführung ist etwas Irreparables geschehen. Ich habe das von Anfang an abgelehnt, aber ihr habt nicht auf mich gehört. Ihr seid einfach über mich hinweggegangen! Und das verzeihe ich euch nicht!"

„Aber das haben wir doch nur gemacht, weil du das Bad haben wolltest! Für dich haben wir es gemacht!"

„Wir reden aneinander vorbei. Es geht nicht mehr darum, ob das Bad gebaut wird oder nicht! Das ist schon völlig nebensächlich! Ihr wolltet es mit kriminell erworbenen Mitteln bauen. Und das passt mir nicht!"

„Die Bank hat Papa betrogen, sie war nicht weniger kriminell! Und jetzt willst du uns im Stich lassen?"

„Mein Entschluss steht fest. Du bist erwachsen. Du führst dein eigenes Leben. Deine Schuld an dem Verbrechen ist vielleicht nicht ganz so groß wie das der anderen. Trotzdem sage ich mich von euch allen los, auch von dir, Ilona. Zu etwas so Schändlichem habe ich dich nicht erzogen! Ich frage mich, was ich bei dir falsch gemacht haben könnte, aber ich finde nichts. Ja, weine nur!"

„Ich stehe hinter dieser Sache!", stieß Ilona trotzig unter Tränen hervor. „Die Banker waren die wahren Verbrecher. Wir haben sie nur mit ihren eigenen Waffen geschlagen! Wo willst du denn hin?"

„Das wird sich zeigen. Ich werde die Stadt verlassen und in meinem alten Beruf arbeiten."

„Mutti, tu uns das nicht an! Bitte, bitte geh nicht weg! Du bist der Mittelpunkt unserer Familie und wirst es immer bleiben. Geh nicht weg! Bleib bei uns! Papa wird das nicht verkraften. Du weißt nicht, was du ihm antust!"

Inge lächelte bitter. „Habt ihr danach gefragt, was ihr mir mit der Entführung des Herrn Friedrich antun würdet? Es hat euch doch auch nicht interessiert! Ihr wusstet, dass ich dagegen war und habt es trotzdem gemacht!"

„Denk noch mal drüber nach! Das sind die typischen Anzeichen einer Midlife-Crisis, das geht vorüber."

„Was weißt denn du von Midlife-Crisis? Du mit deinen zwanzig Jahren?" Sie begriff, dass ihre Tochter kein Unrechtsbewusstsein besaß. Damit hatte sie gerechnet. Dieses Gespräch war auch nur als erster Vorstoß gedacht. Die Familie würde sich sehr bald daran gewöhnen müssen, dass nichts mehr so war wie früher. Inge war unter allen Umständen entschlossen, diesen Schritt zu tun, früher oder später. Sie erhob sich. „Meinen Standpunkt kennst du. Ich werde nicht gleich morgen früh aufbrechen, aber die Dinge gehen ihren Lauf."

„Überlege es dir noch mal, Mutti! Ihr seid beide bekannte Politiker in der Stadt. Vatis politische Gegner werden sich in die Hose machen vor Schadenfreude: ´Ha, ha, unserem Bürgermeister ist die Frau weggelaufen.` So werden sie reden. Das wird seine Autorität untergraben und er wird abgewählt. Das Bürgermeisteramt war sein Traumjob, sein ganzer Lebensinhalt. Wenn du ihn verlässt, bedeutet das das Ende seiner politischen Karriere. Und das Bad, der Traum von uns allen, werden sie nicht bauen! Wir haben uns alle so darauf gefreut!"

„Vati hat sich noch von niemandem unterkriegen lassen. Er ist eine Kämpfernatur. Er kann sehr gut ohne mich auskommen. Und seiner Karriere als Politiker wird das gar nicht schaden, im Gegenteil, sie wird bergauf gehen. Er hat schließlich gute Beziehungen zur Landesregierung. Es sei denn", sie lachte rau, „er landet vorher im Knast."

„Du bist gemein!"

Inge warf ihren Mantel über, winkte an der Tür ihrer Tochter mit den Fingerspitzen zu und war verschwunden. Der letzte Satz ihrer Tochter prallte an ihr ab wie der Regentropfen am Schirm.

Zurück blieb ihre ratlose Tochter, ein schwaches Pünktchen in einem Meer von heillosem Wirrwarr. Ach, ja, der Akku fürs Handy musste ja noch gefunden werden. Ihr Vater hatte sich bei ihr gemeldet und umgehend ein gebrauchsfertiges Handy verlangt. Seufzend machte sie sich wieder auf die mühevolle Suche.

31

Forstamtsleiter Prang schickte Dirk Mardhorst und Herrn Bachmann mit dem Helikopter weit in die im Norden des Forstgebietes gelegenen Wälder. Er brauchte Zeit zum Nachdenken und wollte ungestört sein. Es ließ ihn nicht los, dass der Kollege Mardhorst eine Jagdhütte so einfach hatte verschwinden lassen, heimlich, ohne ihn zu informieren. Prang war davon überzeugt, dass Dirk log, wenn er erklärte, er habe die Hütte schon vor längerer Zeit abgerissen. Je mehr er darüber nachdachte, desto mehr glaubte er, dass Mardhorst in die Entführung verstrickt war und die Hütte erst vor kurzem überstürzt heimlich abgerissen hatte, um eventuell vorhandene Spuren vor der Polizei zu verbergen.

Er fuhr mit dem Geländewagen zu der Stelle, wo die Hütte gestanden hatte und wo jetzt nur noch ein Haufen rußiger Bretter und Stämme herumlag, zog seine groben Arbeitshandschuhe an, hob einen Balken nach dem anderen auf und untersuchte die Reste.

In der Tat sah es so aus, als habe Mardhorst es mit dem Abriss sehr eilig gehabt. Einer der Bretter schien zur Tür gehört zu haben. Ein Vorhängeschloss hing mit offenem Bügel daran. Der Schlüssel dazu war abgefallen und lag auf der Erde. Schloss und Schlüssel glänzten, als wären sie gestern erst gekauft worden. Die Hütte aber war viele Jahre alt. Prang steckte das Schloss und den Schlüssel in seine Tasche.

Immer mehr Bretter wendete er und schaute darunter nach, fand Überreste der Fensterläden, an denen noch die Schlösser hingen. Auch sie waren wie neu. Eine ausgetrunkene Flasche Malzbier kam zum Vorschein, angesengte Stofffetzen.

Unter den Brettern kam etwas ganz Ungewöhnliches zum Vorschein. Ein einzelner Manschettenknopf mit einem glänzend schwarzen Stein! Niemals würde einer der Jäger oder der Waldarbeiter hier draußen mit Manschettenknopf-Hemden herumlaufen. Von diesem Personenkreis konnte er also nicht stammen. Immer mehr glaubte Prang, dass Mardhorst hier in der Hütte den Bankangestellten gefangen gehalten hatte.

Den Manschettenknopf und die Schlösser zu den Fensterläden steckte er ebenfalls ein. Die Polizei würde den Manschettenknopf der Frau des Entführten zur Identifizierung vorlegen. Polizei? Sollte er damit tatsächlich zur Polizei gehen? Den Kollegen anschwärzen? Mardhorst hatte Frau und Kinder. Denen hätte man den Ernährer weggenommen, sollte sich Prangs Verdacht erhärten. Vor einigen Monaten hatte Dirk eine junge Witwe mit drei kleinen Kindern geheiratet, und das hatte mit ihm, Prang, zu tun.

Prang und Mardhorst, hatten eine gemeinsame Schuld abzutragen, von der außer den beiden niemand etwas wusste. Das war aber nicht geeignet, die vom ersten Tag an bestehende Feindschaft zwischen ihnen zu versiegeln und ihre gegensätzlichen Charaktere einander näher zu bringen.

Vor einem halben Jahr an einem sonnigen Tag im Frühjahr fuhren beide in der Mittagszeit im Geländewagen auf der Landstraße, die ihren Forst durchquerte. Die Stimmung war gereizt, es herrschte Streit, wie so oft unter ihnen.

Dirk beschwerte sich, dass sein Vorgesetzter ständig unterwegs sei und die meiste Arbeit im Forst ihm überlasse. Er wollte Prang überreden, den Anteil des Urwaldes im Forst zu erhöhen und den Anteil des wirtschaftlich genutzten Waldes zu reduzieren. Dirk erhoffte sich davon weniger Arbeit. Der Urwald war sich selbst überlassen und man brauchte sich um ihn nicht zu kümmern. Das sollte Prang bei der Landesregierung durchsetzen. Prang gefiel das überhaupt nicht. Er war für die exzessive Holznutzung, denn der Holzpreis war zurzeit exorbitant hoch. Das brachte dem Staat große Gewinne und ihm bei den Vorgesetzten in der Landesregierung große Sympathien ein.

Die Stimmung wurde immer gereizter zwischen beiden. Mardhorst schrie, der Wald diene in erster Linie der Erholung und Entspannung und erst in zweiter Linie dem wirtschaftlichen Nutzen. Das habe schon das Bundesverfassungsgericht festgestellt. Prang hingegen verharrte auf seinem Standpunkt, der Staat brauche das Geld. Mardhorst wurde immer aufgeregter. Er unterstellte seinem Chef, dass der den Vorgesetzten im Forstministerium in den Hintern kriechen wolle und karrieregeil sei. „Sie wollen nämlich selber einen schönen Posten in der Landesregierung ergattern, im Forstministerium Staatssekretär oder am liebsten gleich Minister werden." Prang hingegen wies das sofort entrüstet zurück.

„Für Sie ist der Wald nur ein bloßer Wirtschaftsfaktor", brüllte Mardhorst. „Wenn Sie das weiterhin so haben wollen, dann verlange ich von Ihnen, dass Sie wenigstens Ihren Anteil an der Arbeit erbringen und nicht alles mir und Herrn Bachmann aufladen!" Am liebsten wären sie sich gegenseitig an die Kehle gesprungen, so gereizt war die Stimmung. Sie hatte ihren Tiefpunkt erreicht.

Prang, der den Geländewagen steuerte, bog nach links ab, übersah in einem Moment der Unaufmerksamkeit dabei einen Pkw, der ihnen auf der Gegenfahrbahn entgegenkam. Der Fahrer des entgegenkommenden Autos riss abrupt den Lenker herum, um nicht mit dem Geländewagen zu kollidieren, geriet dabei ins Schleudern und prallte frontal gegen einen Baum.

Prang und Mardhorst stiegen aus und sahen den blutüberströmten Mann, der hinter dem Lenkrad eingeklemmt war. Er war bewusstlos. Vergeblich versuchten sie, ihn aus dem Fahrzeug zu heben. Während sie auf das Eintreffen der Feuerwehr warteten, beratschlagten sie, was sie vor der Polizei zu dem Unglücksgeschehen aussagen sollten. Prang war der Unglücksfahrer, aber Dirk hatte eine nicht geringe Mitschuld. Er hätte nicht so außer sich geraten dürfen. Sein unbeherrschtes Verhalten hatte den Fahrer abgelenkt. Mardhorst wollte Prang entlasten, damit der ihn nicht mit belaste.

Der Verunglückte konnte nur noch tot aus seinem Wagen geborgen werden. Prang und Mardhorst erklärten übereinstimmend, dass der Mann überreagiert habe und es zu einem derart heftigen Ausweichmanöver nicht hätte kommen müssen. Der Geländewagen der Förster wies keine einzige Schramme auf.

Prang wurde vom Vorwurf der fahrlässigen Tötung freigesprochen. Es ließ ihm aber keine Ruhe, dass der Verunglückte eine junge Frau und drei kleine Kinder hinterließ, die nun unversorgt waren. Er besprach die Angelegenheit lange mit Dirk, bis er ihn davon überzeugte, dass er etwas für die Familie des Verunglückten tun müsse. Daraufhin nahm Mardhorst vorsichtig Kontakt zu der Witwe auf und bot ihr ganz unverbindlich seine Hilfe an.

Er war nicht gerade von Frauengunst verwöhnt. Die Frauen, die er kennenlernte, verließen ihn immer gleich wieder nach kurzer Zeit und nahmen sich andere Männer. Er stellte sich gar nicht erst die Frage nach dem Warum. Seiner Meinung nach musste ein Mann, der Erfolg bei Frauen haben wollte, berühmt, reich, mächtig oder von besonders attraktiver Erscheinung sein. Das traf nun einmal auf ihn, den Forstbeamten Dirk Mardhorst, nicht zu. In diesem speziellen Fall willigte die Frau aber vorbehaltlos ohne Zögern in die Eheschließung ein, weil sie einen Ernährer für die Familie brauchte.

Dirk hatte seinem Chef also einen Gefallen getan, ihn vor einer Verurteilung und vor langjährigen Unterhaltszahlungen bewahrt. Und jetzt sollte der die Polizei auf ihn ansetzen? Aber sein Hass auf Mardhorst war übermächtig. Und seine Neugier ebenso. Er ahnte, dass Mardhorst niemals aus freien Stücken zugeben würde, an der Entführung beteiligt gewesen zu sein, sondern dass er alles daransetzen würde, dies vor ihm zu verheimlichen.

Prang holte den Schlüssel zu der abgerissenen Jagdhütte aus seinem Arbeitszimmer und versuchte ihn ins Schloss zu stecken. Er passte nicht. Mardhorst hatte also zwischenzeitlich das Schloss ausgewechselt. Aber man wechselte kein Schloss einer Hütte aus, die man wegen Baufälligkeit demnächst abreißen wollte. Und der Manschettenknopf! Es trieb ihn, zu erfahren, was sich wirklich in der Hütte zugetragen hatte, wer daran beteiligt war und was anschließend mit der Geisel geschah. Sollte sich tatsächlich der Verdacht erhärten, dass Mardhorst zu den Entführern zählte, hatte nun auch er, Prang, ein Geheimnis Mardhorst betreffend. Es war kein schönes Gefühl, wenn man jemandem, den man nicht leiden konnte, etwas zu verdanken hatte. Mardhorst konnte sich ihm gegenüber nicht mehr als selbstloser Wohltäter aufführen, ohne sich vorhalten lassen zu müssen, dass er selber keine saubere Weste habe. Mardhorst hätte ihm nichts mehr vorausgehabt, was er ihm, Prang, unter die Nase hätte halten können. Mardhorst wusste, dass Prang dem jungen Vater die Vorfahrt genommen hatte und dafür hätte verurteilt werden müssen, und er, Prang würde stichhaltige Beweise dafür finden, dass Mardhorst in der Jagdhütte einen Menschen gefangen gehalten hatte, um

Lösegeld zu erpressen. Das waren freilich zwei verschiedene Paar Schuhe, aber von einem Gleichgewicht der Schuld im weitesten Sinne konnte man schon reden.

Er, Prang, würde nicht erfahren, ob der Manschettenknopf dem Entführten gehörte, ohne die Polizei einzuschalten. Aber dann würde Mardhorst sich bitter rächen. Zwar war nicht zu befürchten, dass das Verfahren wegen fahrlässiger Tötung im Straßenverkehr wieder aufgerollt wurde. Ein abgeschlossenes Verfahren wurde nicht wieder aufgerollt. Aber Mardhorst war unberechenbar.

Am Abend, als Dirk aus dem Forst kam, bat Prang ihn in sein Dienstzimmer. Dirk setzte sich und Prang zeigte ihm den

Manschettenknopf. „Der lag dort, wo vorher die abgerissene Hütte stand. Stammt der von Ihnen?"

Dirk betrachtete ihn und drehte ihn zwischen den Fingern. „Nein."

„Von den Jägern kann er auch nicht stammen."

„Was kümmert mich, von wem der stammt. Von mir jedenfalls nicht."

„Erst die Uhr auf dem Parkplatz und jetzt dieser Manschettenknopf! Wer schmeißt nur so viel Wertsachen in unserem Forst weg?"

„Weiß ich nicht!"

„Es ist jedenfalls sehr ungewöhnlich."

Dirk zuckte gleichgültig die Achseln. „Finde ich nicht besonders aufregend!"

„Das Vorhängeschloss der abgerissenen Hütte dürfte vor kurzem ausgewechselt worden sein. Es ist ganz neu. Es lag aber weggeworfen unter den Balken. Es war viel zu schade, um weggeworfen zu werden! Ich hätte einen Zweitschlüssel davon bekommen müssen!"

„Das Schloss ist schon vor längerer Zeit ausgewechselt worden. Ich habe vergessen, Ihnen damals den Zweitschlüssel zu geben."

„Auch die Schlösser von den Fensterläden lagen herum. Die müssen auch erst vor kurzer Zeit angebracht worden sein, so wie die aussehen." Prang durchbohrte Mardhorst mit seinem Blick. „Sie wollten verhindern, dass jemand außer Ihnen in die Hütte geht!"

„In der Hütte war nichts Besonderes. Nur altes vergammeltes Mobiliar."

„Neue Schlösser für eine alte Jagdhütte, die Ihnen zu marode erschien, um sie noch weiter stehen zu lassen!" Die Wut über das eigenmächtige Handeln Dirks kochte wieder hoch in Prang. „Sie werden alles, jeden Löffel und jeden Becher auf Heller und Pfennig ersetzen! Ich trage die Verantwortung für das Eigentum des Forstamtes."

„Ich habe nicht gewusst, dass das marode Ding so wichtig für Sie war. Bis dahin hat die Hütte ein Schattendasein geführt. Keiner hat sich bis jetzt dafür interessiert! Nur ganz selten sind dort mal Förster oder Waldarbeiter bei schlechtem Wetter reingegangen."

Prang betrachtete den Manschettenknopf in seiner Hand.

„Warum machen Sie ein solches Gedöns um diesen Manschettenknopf?", fragte Dirk. „Von der Sorte gibt`s Millionen. Er hat wahrscheinlich schon lange in der Hütte gelegen." Er sah ungeduldig auf seine Armbanduhr. „Ich hab noch was zu erledigen."

„Dann einen schönen Abend."

„Ebenso!" Zornig verließ Dirk Prangs Arbeitszimmer.

Zu gern hätte Prang Mardhorst direkt bei der Kripo vorgeführt. Er hoffte trotz seiner Zweifel, dass es ihm doch noch gelänge, Mardhorst zu einem Geständnis zu bewegen. Er sollte ihm gegenüber gestehen, an der Entführung beteiligt gewesen zu sein und den Entführten in der Hütte eingesperrt zu haben.

Dirk fuhr voller Zorn mit seinem Pkw zu den Hüttenresten und lud sie auf seinen Anhänger. Er wollte die letzten Überreste so schnell wie möglich verschwinden lassen. Prang wurde für ihn zur wachsenden Gefahr. Es ärgerte ihn maßlos, dass der hinter seinem Rücken in den Resten der Hütte herumspionierte. Und natürlich hatte er was gefunden. Aber das bedeutete nichts. Ein Manschettenknopf, der aussah wie tausend andere, war kein hundertprozentiger Beweis dafür, dass er ausgerechnet von dem Entführten stammte, selbst, wenn seine Ehefrau dies behaupten sollte. Viele Männer hielten sich mal zeitweilig in der Hütte auf. Allerdings steckte der Knopf noch im Knopfloch des abgerissenen und angesengten Stücks Stoff, das zur Manschette gehörte. Es konnte DNA-Spuren des Entführten enthalten. Vielleicht gab es auch noch Spuren am Holz, die auf Friedrichs Anwesenheit schließen ließen. Prang war hellhörig geworden und hielt die Augen offen.

32

„Habe dein Auto auf dem Weg stehen sehen, Dirk." Der Kollege Bachmann kam zufällig vorbei, stieg aus seinem Auto und besah sich die Holzlatten. „Die sind doch noch gar nicht so schlecht", meinte er.

„Kannst dir ja welche mit nach Hause nehmen", brummte Dirk.

Während er die Bretter auf ihre Brauchbarkeit prüfte, entdeckte Bachmann zwischen Erdklumpen, Glasscherben und Holzsplittern eine unscheinbare dunkelgraue Plastikkarte mit einem aufgedruckten Schlüssel. Er machte sich keine Gedanken darüber, was das für eine Karte sei, ob wertvoll oder nicht, und wem sie gehörte, steckte sie aber unbemerkt ein, weil er sie für nützlich hielt. Es kam häufiger mal in seiner Familie und im Freundeskreis vor, dass sich jemand versehentlich ausgesperrt hatte, meistens eine seiner Liebhaberinnen.

Dann konnte er mit so einer Plastikkarte von außen die Tür öffnen.

Er sortierte an Holz heraus, was er gebrauchen konnte, und legte es in den Kofferraum seines Autos. Darauf fuhren die Männer zu einem großen Platz im Wald, auf dem die Förster immer die Holzreste verbrannten. Sie zündeten den Holzstoß an und setzten sich davor.

„Fühle mich regelrecht in meine Pfadfinderzeit zurückversetzt", sinnierte Bachmann vergnügt und wunderte sich über Dirk, der neben ihm saß und schweigend und trübsinnig in die lodernde Flamme starrte.

Als das Feuer erloschen war, lud Dirk Bachmann zu einem Abendbrot ins Dorfgasthaus ein. Bachmann war ein Lebenskünstler und hatte Dirk einiges voraus, was die Sympathiewerte bei den Mädels anging. Es war für ihn nichts Besonderes, verheiratet zu sein, gleichwohl mit einer anderen Frau in Urlaub zu fahren, während eine dritte ein Kind von ihm erwartete. Es war auch kein Geheimnis, dass in dem Dorf, aus dem er stammte, uneheliche Kinder von ihm herumschwirrten. Die Dorfbewohner und er selber nahmen das aber gelassen. Es schadete seinem Ansehen im Dorf nicht. ´Wer ein Kind haben will, der melde sich bei Bachmann. Der nimmt jederzeit Bestellungen entgegen`, hieß es unverblümt. Und: ´Schließt die Tür ab, Bachmann läuft durchs Dorf.` Die Frauen hingen ihm an wie der Schweif dem Kometen. Keiner begriff, wie er das anstellte. Dirk wunderte sich, wie Bachmann es schaffte, diesen ganzen Anhang allein von seinem Förstergehalt zu finanzieren. So großartig war das nämlich nicht. Bachmann fuhr ein imposantes Auto. Es machte ihm scheinbar Spaß, damit vor den Mädels anzugeben. Das gehörte zu seinen Verführungskünsten. Die Spritztouren mit ihnen endeten dann jedes Mal im Bett, das war ein Naturgesetz. Bachmann schien gar nicht viel Mühe damit zu haben. Es ergab sich von selbst. Niemand wusste, dass er für seine Verhältnisse ziemlich hoch verschuldet war und verzweifelt nach einem Ausweg suchte, diesen Schuldenberg abzutragen, außer einem.

„Sie haben helle klare Mondnächte angekündigt, ideal für die Jagd", erklärte Dirk.

„Den Chef wird das freuen", meinte Bachmann. „Er sitzt seit kurzem jeden Abend im Talgrund auf dem Hochsitz. Ich habe schon mehrmals sein Auto in der Nähe stehen sehen. Das scheint zurzeit sein Lieblingsplatz zu sein."

„Was gibt's denn da so Besonderes zu sehen, im Talgrund?"

„Das will ich erst noch herausfinden."

„Mach ihm keine Konkurrenz, Peter! Den Platzhirsch, der dort steht, will er sicher selber schießen", wandte Dirk ein. „Er ist doch so trophäengeil."

„Ich komme ihm schon nicht in die Quere", versicherte Bachmann.

177

Am nächsten Abend versteckte sich Dirk im Talgrund hinter einer Fichtengruppe. Anstelle von Prang, den er erwartet hatte, erschien auf einmal Bachmann auf dem Platz, das Fernrohr über der Schulter.

Dirk kam aus seinem Versteck hervor. „Peter, du verscherzt es dir mit Prang. Mach ihm nicht sein Revier streitig! Such dir lieber ein anderes Revier, weitab von dem Prangs. Du weißt doch, wie neidisch er ist, und dass er das schönste Geweih nicht einem Konkurrenten überlassen will. Das soll s e i n Dienstzimmer schmücken, nicht etwa deins."

„Prang hat nichts dagegen, dass ich hier vom Hochsitz aus das Wild beobachte. Ich habe den Eindruck, dass er mir demnächst sein Revier sogar zur Verfügung stellen will." Bachmann lud Dirk ein, sich ebenfalls auf den Hochsitz zu setzen. Aber Dirk winkte ab und verabschiedete sich von Bachmann, der auf den Hochsitz kletterte.

Auf dem Nachhauseweg fiel ihm der Kasten Malzbier ein, den er zur Brauerei gebracht hatte. An den leeren Flaschen und ihren Mundstücken mussten noch Friedrichs DNA-Spuren kleben. Die wollte er beseitigen. Der Kasten mit den ausgetrunkenen Flaschen stand noch in der Ecke. Mardhorst beugte sich darüber und wischte mit einem Ledertuch über die Flaschen und ihre Mundstücke.

Jemand rief: „Was machen Sie denn da?"

„Ich bringe nur ein paar Flaschen zurück."

Auf einmal fiel ein wütend geifernder Hofhund mit weit aufgerissenem Maul über Mardhorst her und biss ihn schmerzhaft in Arme und Beine. Der versuchte ihn abzuwehren. Aber der große Hund ließ nicht ab von ihm und verbiss sich in seinem Unterarm. Dirk gelang es schließlich unter Schmerzen, ihn abzuschütteln. Er schnürte schnell vom Hof, der Hund setzte ihm nach und verfolgte ihn mit wütendem Gebell bis zum Auto, wo er ihn noch mal ins Bein biss. Aus mehreren Wunden blutend und unter Flüchen fuhr der Förster vom Hof.

Stadtkämmerer Glaser richtete einen fragenden Blick auf den Bürgermeister Udo Mardhorst. „Ich habe heute zufällig gesehen, dass auf dem Gelände, auf dem das neue Bad entstehen soll, schon mit den Bauarbeiten begonnen wurde. Wo kommt denn das Geld dafür her?"

Bürgermeister Udo Mardhorst reagierte sichtlich verlegen. „Es ist folgendes, Reinhard: Ich habe mit dem Vorstand der Davesta-Bank vor kurzem einen Vergleich geschlossen. Darin haben sie sich verpflichtet, den Schaden zu ersetzen, der uns dadurch entstanden ist, dass ihr Finanzberater uns falsch beraten hat. Ich habe Druck gemacht und gesagt, dass die Stadt vor Gericht ziehen und in aller Öffentlichkeit den Verlust einklagen wird und die Hintergründe dabei überall bekannt werden. Dass ich Beweise einer anderen Bank hätte, auf die ich mich berufen könne. Sie wollten, dass ich ihnen den Namen dieser Bank nennen solle, was ich natürlich nicht tat. Sie meinten, ohne weiter nachzufragen, es seien alles nur Lügen. Ein langes Hin und Her. Sie fühlten sich natürlich im Recht. Schließlich ließen sie durchblicken, dass sie einlenken würden, wozu sie aber nicht verpflichtet seien, allein aus Kulanzgründen, und willigten in den Vergleich ein, den ich mit meinem Anwalt vorbereitet hatte. Darin erklärten sie vorbehaltlos, dass sie alle unsere Verluste übernehmen würden. Natürlich haben sie nur nachgegeben aus Angst vor dem Imageschaden, der ihnen bei einem nachteiligen Gerichtsurteil gedroht hätte. Sie haben sich in dem Vergleich bereit erklärt, uns den Schaden in Höhe von 10 Millionen Euro zu ersetzen."

Glaser war sprachlos. „Du hast das alles hinter meinem Rücken gemacht, ohne mich vorher zu informieren?"

„Ich wollte dich noch heute darüber informieren, Reinhard. Es muss unter uns bleiben. Ich habe ihnen versprochen, es nicht weiterzutragen. Es war gewissermaßen ein Deal unter vier Augen. Nur Dr. Bichler, der Anwalt der Bank, war noch dabei. Dass sie eingelenkt haben, sollte nicht an die Öffentlichkeit kommen. Wahrscheinlich wollen sie keinen Präzedenzfall schaffen."

„Du hast das gemacht, ohne mir vorher Bescheid zu sagen? Das ist ja ein gewaltiger Schlag ins Gesicht!" Glaser war zutiefst gekränkt, dass Mardhorst die Unverschämtheit besaß, ihn, den Stadtkämmerer, sein engster Mitarbeiter und Parteifreund, in dieser heiklen Angelegenheit so einfach zu übergehen. Das würde er ihm nie verzeihen.

Mardhorst hingegen war um Schadensbegrenzung bemüht und versuchte, Glaser zu beschwichtigen. „Ich wusste ja zunächst nicht, ob die Bank nachgeben würde. Du kanntest ja ihren Standpunkt. Daher habe ich den

Vorstoß erst mal alleine gemacht, wollte erst mal vorfühlen, sozusagen. Sie haben natürlich zuerst den Spieß umgedreht, und uns, wie gehabt, die alleinige Schuld zuschieben wollen, weil wir geldgierige Monster seien. Ich habe aber auf meinem Standpunkt bestanden und gedroht, da wir nichts mehr zu verlieren hätten, dass wir alles an die Öffentlichkeit bringen würden. Die Zermürbungstaktik zahlte sich wieder mal aus." Auf seinem Gesicht malte sich Genugtuung über diesen persönlichen Erfolg. An die Folgen dieses Vertrauensbruches an seinem Stadtkämmerer dachte er in diesem Moment nicht. „Eine der Bedingungen war, wie schon gesagt, Stillschweigen, es nicht an die große Glocke hängen. Die Bank hat den Verlust nur heimlich in ihren Büchern vermerkt."

„Das finde ich schon irgendwie ziemlich dubios", sagte Glaser und gab damit zu verstehen, dass die Angelegenheit für ihn noch lange nicht zu Ende sei, einer genaueren Überprüfung bedürfe und dass er, der als Stadtkämmerer dafür zuständige Beamte, sich nicht so ohne weiteres die Butter vom Brot würde nehmen lassen.

„Bitte, tu mir den Gefallen, sprich mit niemandem darüber", bat Udo. „Du weißt ja, wie peinlich mir die ganze Sache ist. Wenn der Verlust rausgekommen wäre, wäre es auch für dich, für uns beide, blamabel geworden."

„Das brauchst du mir nicht zu sagen", erwiderte Glaser kalt. „Ich kann es mir nur nicht vorstellen. Die Sache mit dem Vergleich kommt mir spanisch vor, und diese ganze

Geheimniskrämerei. Irgendetwas an der Sache ist doch faul."

„Wieso?"

„Weil es völlig unglaubwürdig ist. Weil es nicht den Geschäftspraktiken einer Bank dieser Größenordnung entspricht, klein beizugeben." Er stand kerzengerade vor Mardhorsts Schreibtisch und warf dem Bürgermeister einen harten Blick zu. „Alles muss seine Richtigkeit haben, Udo. Ich will mich von dem lückenlosen Nachweis über die Wiederbeschaffung der zehn Millionen überzeugen. Zeig mir den Vergleich."

Mardhorst erhob sich und holte aus seinem Aktenschrank einen Ordner. „Hätten wir doch bloß nicht das Geld vom Land bei dieser Bank angelegt!" Er ließ einen tiefen Seufzer vernehmen. „Was hat mir das schon für schlaflose Nächte beschert!" Er entnahm dem Ordner ein Schreiben und reichte es Glaser.

Glaser nahm das Schreiben und las es aufmerksam durch. „Vergleich zwischen den Vorstandsvorsitzenden der Davesta-Bank Petermann und Aschrott und der Stadt Hasserodt, vertreten durch den Bürgermeister Udo Mardhorst. Die Davesta-Bank zahlt an die Stadt Hasserodt 10 Millionen Euro. Im Gegenzug verzichtet die Stadt auf alle Schadensersatzansprüche gegen die Davesta, die wegen Verlusten bei Wertpapiergeschäften entstanden sein könnten. Unterschriften."

„Vor dem Rechtsanwalt und Notar Dr. Bichler habt ihr den Vergleich abgeschlossen?"

Mardhorst zuckte die Achseln. „Was ist daran ungewöhnlich?"

Glaser schwieg und nahm den Ordner mit den ganzen Unterlagen mit. „Ich will mir alles in Ruhe ansehen."

Udo sah ihm finster nach.

Eine Stunde später kam Glaser mit dem Ordner zurück und warf dem Bürgermeister einen fragenden Blick über den Brillenrand zu. „Die Summe ist erst zu einem Teil auf das Konto unserer Stadt eingezahlt worden, wie ich feststelle. Von wem? Von der Rechtsanwaltskanzlei Dr. Bichler. Was hat denn der Rechtsanwalt Dr. Bichler damit zu tun?"

„Er hat damit einen Auftrag der Bank erfüllt. Er ist Treuhänder der Davesta. Es hängt damit zusammen, dass die Bank wahrscheinlich in Zahlungsschwierigkeiten ist. Ob das Insolvenzverfahren schon eröffnet ist, weiß ich nicht. Meiner Bitte, die Davesta solle das Geld umgehend auf unser Konto überweisen, wollte sie nicht nachkommen, aus Geheimhaltungsgründen. Der Vorstand bestand darauf, dass das Geld von ihrem Anwalt Dr. Bichler eingezahlt wird."

Glaser wunderte sich immer unverhohlener. „Erst war das Geld futsch. Jetzt ist es auf einmal wieder da, wie vom Himmel gefallen. Das soll einer begreifen!"

Udo bemerkte mit Missfallen das versteckte Lächeln Glasers.

„Ich höre immer das Wort ´Geheimhaltung`. Die Bank will nicht ins Gerede kommen. Aber sie ist doch in dem Vergleich namentlich genannt, und der ist auch in der Akte", staunte Glaser.

„Sie wollten zuerst auch gar keinen schriftlichen Vergleich abschließen. Ich musste sie dazu zwingen", erklärte Mardhorst. „Und ich musste ihnen darüber hinaus mein Ehrenwort geben, dass ich den Vergleich nach Ablauf eines halben Jahres aus der Akte entferne und vernichte."

Glaser ließ seinen Blick an der Decke des Bürgermeisterbüros unschlüssig auf- und abwandern, als suche er dort verzweifelt nach der Wahrheit. „Dieses Verhalten ist für eine Bank ganz ungewöhnlich."

„Normalerweise schon, aber diese Bank steht wahrscheinlich kurz vor dem Ruin", gab Mardhorst hitzig zurück.

„Eine Bank in wirtschaftlichen Schwierigkeiten, bei der vielleicht sogar die Insolvenz bevorsteht, hat nicht das geringste Interesse daran, einen stillschweigenden Vergleich mit der Folge hoher Zahlungen abzuschließen wegen einer vermeintlich falschen Auskunft. Einen Vergleich dieses Inhalts hätten die Bosse der Davesta gar nicht abschließen dürfen. Sie hätten sich damit strafbar gemacht."

„Es steht ja noch gar nicht fest, ob die Bank wirklich in wirtschaftlichen Schwierigkeiten steckt. Das ist bis jetzt nur ein Gerücht. Vielleicht wird sie von einer anderen Bank übernommen, und sie will noch vorher alles in Ordnung bringen. Das ist möglicherweise sogar die Voraussetzung für die Übernahme."

„Und du, Udo, willst sie dazu überredet haben?"

„Traust du mir das nicht zu?"

„Ich habe noch nie von einem solchen Fall gehört."

Mardhorst lehnte sich im Sessel weit nach hinten und blähte die Brust, dass sich sein Hemd unter dem Jackett spannte. „Weil es nicht im Interesse einer Bank liegt, dass es an die große Glocke gehängt wird. Welche Bank verliert schon gerne einen aufsehenerregenden Prozess. Das hält man lieber unter der Decke."

„Ein Imageverlust der Bank wäre auf jeden Fall eingetreten: Bei einem verlorenen Prozess genauso wie bei Eintritt der Insolvenz. Es spielte dann keine Rolle mehr, worauf der Imageverlust beruhte", beharrte Glaser. Er starrte abwesend vor sich hin. Die ganze Angelegenheit kam ihm ziemlich abenteuerlich vor. Bei für die Stadt wichtigen Vertragsabschlüssen wie diesem mussten immer zwei Vertreter der Stadt unterschreiben. In diesem Fall hatte der Bürgermeister im Alleingang gehandelt. Schon das war ganz ungewöhnlich. Mardhorst hätte ihn, Glaser, mit unterschreiben lassen müssen. Mit diesem

Deal stimmte etwas nicht. Aber es gab ja noch andere Beteiligte außer dem Bürgermeister Mardhorst.

Glaser beschloss, der Sache auf den Grund zu gehen.

Die Rechtsanwaltskanzlei von Dr. Bichler gab, wie erwartet, keine Auskünfte über ihre Mandanten. Als Glaser sich mit den Vorstandsvorsitzenden der Davesta, die den Vertrag unterzeichnet hatten, verbinden lassen wollte, wurde ihm mitgeteilt, dass die unterzeichnenden Herren nicht zu sprechen wären. Demnächst werde aber ein Insolvenzverwalter bestellt, an den er sich wenden könne. Das werde aber noch etwas dauern.

Glaser ließ sich nicht entmutigen. Es standen im nächsten Jahr die Bürgermeisterwahlen an. Wenn er etwas Handfestes gegen Mardhorst in der Hand hätte, würden seine Chancen, der nächste Bürgermeister zu werden, gewaltig steigen.

34

Inge pendelte zwischen Schrank und Koffer hin und her. Es war ihr wichtig, dass sie hier nichts von sich zurückließ. An manchen Dingen hingen Erinnerungen. Dableiben aber war ausgeschlossen. Einen einmal gefassten Entschluss ohne wichtigen Grund rückgängig zu machen, war nicht ihr Ding.

187

So viel unnützes Zeug hatte sich im Laufe der Jahre angesammelt. Das wollte sie alles ausmisten.

Ein kühler Lufthauch strich ihr über den Nacken. Instinktiv drehte sie sich um und wich zurück.

Udos Lächeln wirkte unecht. „Willst du verreisen?"

Inges Rücken straffte sich. Sie richtete einen festen Blick auf ihn. „Ich ziehe aus, Udo!"

„Warum denn so plötzlich? Warum willst du uns verlassen?" Udo umfasste ihre Arme. „Das kannst du uns nicht antun. Inge, bleib bei mir! Wo willst du denn hin? Wir haben doch immer eine gute Zeit miteinander gehabt. Warum auf einmal dieser Sinneswandel?"

„Du weißt doch, warum, Udo. Das Vertrauen in meine Familie ist weg! Ich selber gebe mir die meiste Schuld an dieser Entführungsgeschichte. Ich hätte es ahnen können, war aber zu viel mit anderen Dingen beschäftigt. So weit hätte es nicht kommen dürfen! Die Entführung war ein Riesenfehler, Udo. Ich will einen Schlussstrich ziehen unter alles, will weg von dem, was gewesen ist."

„Inge, überstürze nichts. Der Reporter vom „Hasserodt Kurier", der sich an der Suche nach Friedrich beteiligt hat, wusste zu berichten, dass sich Friedrich zwischenzeitlich wieder bei seiner Familie gemeldet hat. Er weiß es von Friedrichs Frau. Ihr Mann hat ihr von unterwegs aus zum Geburtstag gratuliert, und ihr mitgeteilt, dass er eine interessante Stelle bei einer internationalen Bank in Aussicht habe. Er versprach, die Familie sobald wie möglich in die Schweiz nachkommen zu lassen, wenn alles in trockenen Tüchern sei, und er auch noch ein schönes Haus für die Familie gefunden hat. Siehst du, Inge. Er hat sich sogar beruflich verbessert, die Entführung hat ihm zu einer neuen Karriere verholfen. Was hätte er bei der maroden Davesta noch werden können? Bedanken sollte er sich bei uns. Er verdankt uns einen vielversprechenden beruflichen Neustart."

„Ich weiß. Frau Friedrich hat es mir erzählt."

Udo schluckte vernehmlich. „Was? Du hast mit Friedrichs Frau gesprochen?"

„Ja, ich habe sie angerufen, weil ich etwas über ihre momentane Lebenssituation erfahren wollte."

„Mensch, bist du von allen guten Geistern verlassen? Hast du dich etwa mit den Worten gemeldet: ´Hallo, ich kann Ihnen sagen, wer Ihren Mann entführt hat?`"

„Als die Ehefrau des Bürgermeisters, quasi in deinem Namen, habe ich sie aufgesucht. Daher weiß ich, dass sich ihr Mann an ihrem Geburtstag bei der Familie gemeldet hat. Aber sie schilderte mir, dass ihr Mann einen merkwürdig gehetzten Eindruck machte am Telefon, als befände er sich auf der Flucht oder zwischen einem wichtigen Termin und dem nächsten. Er antwortete nicht auf ihre Fragen, die sie ihm stellte, ging überhaupt nicht auf ihre Fragen ein, fragte nur nach den Kindern. Er kam ihr irgendwie anders vor als sonst, unkonzentriert, erschöpft, nervös, in großer Eile. Das Telefonat ihres

Mannes war ganz kurz. Es war, als wollte er schnell die Geburtstagsgrüße hinter sich bringen und nebenbei von sich ein eiliges Lebenszeichen geben. Dann wurde die Verbindung sehr schlecht. Frau Friedrich hörte nur noch von ihm, dass er sie kaum noch verstehen könne. Darauf brach das Gespräch ab. Ich sage dir, die Frau ist mit den Nerven am Ende. Sie macht sich große Sorgen. Die Davesta wird zum Ende des Monats die Gehaltszahlungen einstellen und Friedrich selber hat auch noch nichts geschickt. Die Ersparnisse der Familie werden bald aufgebraucht sein. Daher sucht sie dringend eine Arbeitsstelle."

Udo fuhr sich mit der Hand über die Augen. „Warum gehst du hinter meinem Rücken zu Friedrichs Frau, Inge?"

„Weil ich wissen wollte, wie sie mit dem ungewissen Schicksal ihres Mannes fertig wird und wie ich ihr in ihrer Situation helfen könnte."

„Das haut mir fast die Beine unterm Hintern weg! Dass sie sich überhaupt mit dir eingelassen hat! Friedrich hat ihr natürlich erzählt, wie ich reagiert habe, als ich von dem Absturz unserer Wertpapiere erfahren habe."

„Darüber hat sie kein Wort verloren, sie hat jetzt andere Sorgen. Sie hat erzählt, dass sie sich andauernd bewirbt, aber nur Absagen kriegt. Udo, deine Sekretärin hat doch gekündigt. Stell Frau Friedrich als deine Sekretärin ein. Sie ist gelernte Bürokauffrau, sie kann alles, was mit Büroarbeiten zusammenhängt."

„Nein, das geht nicht! Das kannst du von mir schlechterdings nicht verlangen! Wie soll ich denn dieser Frau gegenübertreten? Das würde mich eine Überwindung kosten, mit der ich vollkommen überfordert wäre. Das kann ich nicht! Das ist ausgeschlossen! Du kommst vielleicht auf Ideen!" Er schüttelte fassungslos den Kopf. „Ausgerechnet diese Frau!"

„Du hast viel an dieser Frau gutzumachen, Udo. Die Ängste, die sie ausgestanden hat, als sie erfuhr, dass ihr Mann gekidnappt worden ist! Das muss furchtbar für sie und die Kinder gewesen sein! Es gehört sich, ihr wenigstens auf diese Weise eine Hilfe zu sein."

„Nein! Das werde ich niemals tun! Ich kann der Frau nicht unbefangen gegenübertreten!"

Inge verschränkte die Arme und schob die Lippen vor. „Gut, Udo. Wenn du der Frau keine Chance geben willst, verlasse ich dich noch heute und für immer."

„Das darf nicht dein letztes Wort sein! Du darfst mich nicht verlassen! Im nächsten Jahr sind die Bürgermeisterwahlen. Ich will wieder antreten. Wie stehe ich denn da, wenn meine Frau mich verlassen hat! Ich brauche deine Hilfe und Unterstützung dabei. Sonst heißt der nächste Bürgermeister Glaser."

„Du kannst auf meine Unterstützung nur zählen, wenn du Frau Friedrich einstellst. Sie braucht dringend das Geld. Der Ernährer der Familie ist auf unbestimmte Zeit weggefallen. Ihr habt das zu verantworten. Also, tu was für die Frau. Sie tut mir unendlich leid."

Udo bemerkte eine ungewohnte Kälte in ihren Augen und Hass.

„Frau Friedrich will in die Schweiz fahren, um ihn zu suchen. Ihr Mann soll sich in Zürich aufhalten. Von dort aus hat er jedenfalls angerufen. Er ist laut Polizeiauskunft dort noch nicht polizeilich gemeldet. Die Hintergrundgeräusche ließen darauf schließen, dass er aus einer belebten Halle aus angerufen hat, von einem großen Bahnhof oder einem Flughafen."

Udo ließ einen schweren Seufzer vernehmen. „Das bringt mich vielleicht in eine Situation! Ausgerechnet die Frau von Friedrich, der mir so viele schlaflose Nächte und nur Ärger beschert hat, in meinem Büro! Die hat mir noch gefehlt!" Er ließ seinen Blick zu dem offenen Koffer gleiten. „Du unterstützt mich im Wahlkampf im nächsten Jahr?"

„Vorausgesetzt, du tust etwas für Frau Friedrich."

Udo seufzte, ließ sich in den Sessel fallen und verbarg den Kopf in den Händen. Nach einigen Minuten hob er die Stirn: „Dann sage der Frau, dass sie sich bei mir bewerben soll."

Inge dachte bei sich, dass aufgeschoben nicht aufgehoben heißt. Fürs Erste hatte sie aber einen respektablen Erfolg erzielt, der Frau Friedrich bis auf weiteres über die Runden helfen würde. Sie beschloss, wieder nach Hause zurückzukehren, aber ihren Schlafplatz in das Gästezimmer zu verlegen, denn ihren Mann konnte sie auch weiterhin nicht mehr neben sich ertragen.

Das Telefon klingelte. Inge nahm den Hörer ab. Das Gespräch dauerte eine gute halbe Stunde.

„Ilona war am Apparat", berichtete Inge nach dem Telefonat. „Tobias ist aus dem Krankenhaus entlassen worden. Das linke Auge konnten die Ärzte nicht mehr retten. Er ist auf diesem Auge definitiv erblindet. Aber auch das andere Auge ist verletzt worden und hat nicht mehr die volle Sehkraft. Nur noch achtunddreißig Prozent Sehkraft hat er insgesamt auf beiden Augen. Jetzt liegt er zuhause bei Ilona herum, macht nichts mehr und lässt sich bemitleiden."

„Das sind ja schöne Geschichten", knurrte Udo.

„Ich sage ihr: Schmeiß den Kerl endlich raus! Aber sie kommt nicht los von ihm."

„Mit achtunddreißig Prozent Sehkraft kann man nicht mehr allzu viel anfangen", meinte Udo trocken. „Wahrscheinlich hat er vor, sich von Ilona aushalten zu lassen."

„Das wäre ja noch schöner."

„Ob er unter diesen Voraussetzungen als Techniker oder Hausmeister in dem zukünftigen Bad arbeiten kann, ist jedenfalls sehr fraglich", äußerte Udo.

Inge begann, den Koffer auszupacken. Udo folgte mechanisch mit den Augen ihren Bewegungen.

Er dachte an Glaser, seinen Widersacher, der zuverlässig seine Spur verfolgte wie ein Fährtenhund. Und Glaser war der geborene Fährtenhund. Für seine persönlichen Karriereambitionen war ihm jedes Mittel recht. Dass bei Glaser der Verdacht entstanden war, die Vorstandsvorsitzenden der Davesta hätten noch kurz vor Eröffnung des Insolvenzverfahrens Gelder der Bank beiseite geschafft, um der Stadt, vertreten durch ihn, den Bürgermeister, zum Nachteil anderer Gläubiger ungerechtfertigte Vorteile zu verschaffen, war kein Geschenk. Denn auch er, Udo, hatte sich womöglich dabei strafbar gemacht, weil er die Gelder entgegengenommen hatte. Dieser Eindruck konnte tatsächlich entstanden sein. Schon dieser Umstand würde ausreichen, ihn in Misskredit zu bringen, vielleicht sogar vor Gericht zu zerren. Es konnte ihn darüber hinaus auch das Bürgermeisteramt kosten. Dafür brauchte er nicht erst die nächste Wahl abzuwarten. Dass er damit der Stadt nur einen Gefallen habe tun wollen, konnte ihn nicht entschuldigen. Hätte er sich doch bloß nicht dazu überreden lassen, dieser Entführung seinen Segen zu geben! Was hatte das alles für ungeahnte Folgen! Inge hatte Recht. Die Entführung war ein großer Fehler. Und jetzt kriselte auch noch seine Ehe. Seine Tochter war an einen Tagedieb geraten, dem im Milieu anderthalb Augen ausgeschlagen worden waren.

Der Bau des Bades durfte unter diesen Misshelligkeiten aber nicht leiden. Er musste kontinuierlich weitergeführt werden.

35

Es war gegen achtzehn Uhr dreißig, als sich ein Anrufer in der Vorstandsetage der Davesta-Bank meldete. Er gab an, er habe von der Entführung ihres Mitarbeiters vor einigen Wochen gehört und am heutigen Abend eine interessante Beobachtung gemacht. Er sei Jagdpächter und habe von seinem Hochsitz aus gesehen, wie ein Mann zwischen den Bäumen herumgelaufen sei, als suche er etwas Bestimmtes. Schließlich sei er an einer Stelle stehengeblieben und habe dann im Waldboden nach etwas gegraben, wobei er sich immer wieder verstohlen nach allen Seiten umgesehen habe. Mit dem Fernrohr habe er, der Jagdpächter, erkennen können, dass es ein Sack war, den der Mann ausgrub. Vielleicht handele es sich ja um einen Teil des Lösegeldes aus der Entführung. Die Vorstandsvorsitzenden sollten am besten jetzt gleich zu der Stelle kommen. Er könne sie ihnen zeigen. Wahrscheinlich liege der größte Teil des Lösegeldes noch im Waldboden. Der Mann habe den Sack zu seinem Auto geschleppt, das am Waldrand geparkt war, und sei damit weggefahren. Polizeibeamte seien schon vor Ort eingetroffen. Die Stelle sei sehr versteckt, befinde sich mitten im Wald, und sei daher schwer zu finden. Deshalb erklärte sich der Jagdpächter bereit, auch sie dorthin zu bringen. Sie sollten am Ortsausgang von Hasserodt in Richtung Pfarring auf ihn warten. Er würde ihnen den Weg weisen. Endlich schien Bewegung in die Sache zu kommen.

In dieser Nacht waren auch der Stadtkämmerer Glaser und sein Cousin, der Bestattungsunternehmer, auf der Landstraße unterwegs. Bei dem war wieder mal Not am Mann und er hatte Glaser gebeten, ihm beim Transport eines im Nachbardorf Verstorbenen behilflich zu sein. Glaser wollte auch kommen und mit ihm den Verstorbenen von zuhause abholen, machte aber zur Bedingung, dass der Cousin ihn mit seinem Auto von zuhause abholte und in der Nacht auch wieder zurückbrachte. Er war ängstlich geworden nach den letzten gefährlichen Vorkommnissen in dieser einsamen waldreichen Gegend. Der Cousin sagte zu, holte ihn ab und versprach, ihn in der Nacht auch wieder nach Hause zu bringen.

Nachdem sie die Leiche gewaschen, eingekleidet und in den Sarg gelegt hatten, bereitete die Frau seines Cousins noch ein kleines Abendbrot für die Familie zu. Danach bat der Cousin ihn, noch die Steuererklärung für ihn zu erledigen. Glaser machte auch das, und es war schon weit nach Mitternacht, als sie aufbrachen.

Auf der Landstraße war so gut wie kein Verkehr. Sie waren schon zehn Minuten gefahren, als der Cousin sagte: „Reinhard, schau mal, da drüben rechts. Siehst du den hellen Schein? Da scheint ein Feuer im Wald zu sein."

„Jetzt, um diese Zeit?" Glaser schaute ebenfalls dort hin. „Ganz ungewöhnlich! Was sich hier nachts immer an Gesindel so herumtreibt! Da siehst du`s! Meine Abneigung, hier noch spät in der Nacht allein durch den Wald zu brummen, ist nicht von ungefähr. Ich bin auch nicht furchtsamer als andere."

Der Cousin fuhr darauf langsamer und steuerte den Wagen direkt auf den geheimnisvollen Schein zu, der sich als heller Kreis am schwarzen Himmel abzeichnete.

„Wie schnell kann es dabei zu einem Waldbrand kommen", bemerkte der Cousin.

„Sollten wir nicht besser die Feuerwehr rufen?", fragte Glaser.

„Und wenn es bloß irgendwelche Halbstarken sind, die da `ne Party feiern? Vielleicht sogar mit Zustimmung des Revierförsters?" Der Cousin fuhr seinen Wagen auf den Randstreifen, hielt an und starrte auf den Feuerschein, der an diesem Platz direkt über ihnen stand. „Du, das Feuer scheint gar nicht so weit weg zu sein. Lass uns doch mal nachsehen!"

Aber Glaser wollte es nicht. „Eberhard, das ist mir zu gefährlich! Hier treibt sich übles Pack herum. Nach dem, was ich erlebt habe in dieser Gegend, kann ich nicht mir dir gehen. Da musst du alleine gehen." Er hoffte, dass der Cousin von seinem Vorhaben Abstand nehmen würde. Aber der stieg aus, marschierte entschlossen in den Wald und war gleich darauf verschwunden.

Glaser fürchtete die ganze Zeit, er und der Cousin könnten überfallen, zusammengeschlagen und ausgeraubt werden. Zitternd vor Ungeduld wartete er auf dessen Rückkehr. Die Zeit kam ihm unendlich lang vor. Warum begab der Cousin sich in Gefahr?

Dann endlich kam er zurück. „Komm mal mit, Reinhard. Da hat jemand etwas verbrannt. Das sieht komisch aus. Es ist niemand mehr da."

Widerwillig stieg Glaser aus und folgte dem Cousin. Der schritt rasch auf dem Waldweg voran. Glaser hielt sich dicht hinter ihm.

Nach etwa zehn Minuten wurde die Luft heiß und trocken. Erstickende Hitze schlug ihnen entgegen. Das Feuer war noch in vollem Gange.

„Geh nicht so nah dran!", warnte Glaser den Cousin, „sonst brennst du auch gleich!"

„Guck mal genau hin!", flüsterte der Cousin. „Das sieht aus, als läge hier ein menschlicher Körper in den Flammen." Er umkreiste das Feuer und wiederholte: „Das ist ein menschlicher Körper, der hier verbrennt. Die ganze Körperhaltung, die angezogenen Arme und Beine. Ich kenne Brandtote, die ich bestattet habe. Die lagen auch so da, Arme und Beine angezogen. Das sind die Muskeln, die sich unter der Hitze zusammenziehen."

Glaser lief eine Gänsehaut über den Rücken. Er hatte das Gefühl, dass ihm bei diesem Anblick irgendjemand da draußen sagen wollte: „Sieh genau hin! Das wird auch dir bald geschehen!" Ängstlich sah er sich um, aber erblickte nur nächtliche Finsternis. Außer dem Knistern des Feuers war nichts zu hören. „Eberhard, lass uns sofort die Feuerwehr und die Polizei holen. Das sieht nach einem Gewaltverbrechen aus. Hier sollte einer beseitigt werden."

Beide entfernten sich im Laufschritt. Glaser rief von seinem Handy aus die Feuerwehr an. In der Zwischenzeit blieben sie im Auto sitzen und warteten.

Kurze Zeit später raste ein Löschzug der städtischen Feuerwehr heran. Sein blaues Flackern war ein beeindruckendes Feuerwerk am finsteren Nachthimmel und schon von weitem sichtbar. Eine gespenstische Szene!

Der Cousin blinkte mit den Auto-Scheinwerfern, der Löschzug hielt neben ihnen an. Einer der Feuerwehrleute sprang heraus und der Cousin wies ihm die Richtung durch den Wald. Der Löschzug setzte sich wieder in Bewegung und bog in den Waldweg ein, den die beiden zuvor entlanggelaufen waren.

Glaser und der Cousin folgten ihm zu Fuß in großer Eile. Hinter ihnen wurde es sehr hell: Die Scheinwerfer eines Polizeiautos, das ihnen folgte.

Auch die Feuerwehrleute waren nach dem ersten Augenschein der Ansicht, dass hier ein menschlicher Körper in Flammen stand. Es roch nach verbranntem Fleisch und Benzin. Um nicht Spuren zu vernichten, spritzten die Feuerwehrmänner nur Löschpulver ins Feuer. Das dauerte zwar länger als das übliche Löschverfahren, brachte aber eine zusätzliche böse Überraschung zutage. Es stellte sich heraus, dass nicht nur eine Person hier verbrannt worden war, sondern zwei. Die Täter hatten die Körper mit Benzin übergossen und dann angezündet.

Weitere Polizeiautos kamen zu der Stelle. Glaser und der Cousin hielten sich im Hintergrund, sahen von weitem zu, um nicht Spuren zu verwischen. Als das Feuer gelöscht war, begannen die Mitarbeiter der Spurensicherung mit der Arbeit.

Der Cousin, ein kühler Kopf und tüchtiger Geschäftsmann und Unternehmer, bot sich an, zwei Zinksärge aus seinem Magazin zu holen, die Leichen zu bergen und zur vorübergehenden Aufbewahrung ins Krankenhaus zu fahren.

Die beiden Männer traten also wieder die Rückfahrt an. Mit den Särgen fuhren sie zur Feuerstelle zurück, zogen sich die Schutzhandschuhe an und legten die verkohlten Überreste der Leichen in die Särge. Glaser wunderte sich über sich selbst. Er hätte nie gedacht, dass er so über sich hinauswachsen könnte.

Auf dem Weg in die Innenstadt kamen ihnen viele Fahrzeuge auf der Landstraße entgegen, so, als hätte sich das Verbrechen in allen Winkeln im Nu herumgesprochen und alle hätten es plötzlich eilig, zu der Mordstelle zu kommen. Es war mittlerweile schon morgens halb sieben.

Glaser, zwar todmüde und erschöpft, bezwang sich trotz der abenteuerlichen Nacht, nach kurzer Dusche und Wäschewechsel sofort in sein Büro zu fahren. Der Bürgermeister war noch nicht anwesend. Daher rief er bei ihm zuhause an und informierte ihn über die nächtlichen Ereignisse. Der Bürgermeister war bestürzt und wollte sich gleich mit dem Polizeikommissariat in Verbindung setzen, um etwas über die Identität der Opfer in Erfahrung zu bringen.

Er erfuhr, dass in der letzten Nacht zwei Vermisstenmeldungen bei der Polizei eingegangen waren. Die besorgten Ehefrauen der beiden Vorstandsvorsitzenden der Davesta-Bank Petermann und Aschrott hätten gegen zwei Uhr nachts bei der Polizei angerufen und gemeldet, dass ihre Ehemänner nicht nach Hause gekommen seien. Dass es manchmal sehr spät wurde, war keine Seltenheit bei den Bankenchefs, aber nie war es vorgekommen, dass sie nach ein Uhr nachts immer noch nicht zuhause waren. Ob es sich bei den Toten um die beiden leitenden Angestellten der Davesta handelte, mussten die gerichtsmedizinischen Untersuchungen ergeben.

36

Der „Hasserodt Kurier" erschien am nächsten Morgen zwei Stunden später als sonst, dafür aber mit einer Nachricht, die die ganze Stadt in Aufruhr versetzte.

Förster Bachmann stürmte aufgeregt ins Arbeitszimmer seines Kollegen Mardhorst. „Hast du heute schon die Zeitung gelesen, Dirk?"

„Nein!", antwortete Mardhorst ruhig. „Ist der Vesuv ausgebrochen? Geh den pyroklastischen Strömen aus dem Weg, Peter! Die sind gefährlich!"

„Jetzt lies das mal!" Bachmann warf die aufgeschlagene Zeitung auf Dirks Schreibtisch und tippte ein paarmal hektisch auf die fett gedruckte Schlagzeile: Feuer in einem Waldgebiet bei Hasserodt - Zwei Leichen entdeckt.

Dirk beugte sich über den Artikel. Dort stand zu lesen: Zwei Autofahrer bemerkten gestern gegen null Uhr dreißig ein Feuer im Wald nördlich von Hasserodt und riefen die Feuerwehr. Die entdeckte beim Löschen des Feuers zwei bis zur Unkenntlichkeit verkohlte Leichen. Die Polizei geht von einem Doppelmord aus und ermittelt in alle Richtungen. Seit gestern Nacht werden zwei leitende Mitarbeiter der Davesta-Bank vermisst. Nach Angaben der Polizei handelt es sich höchstwahrscheinlich bei ihnen um die beiden Toten. Ein Auto, das einem der Opfer gehören soll, stand in einem Waldstück in der Nähe des Tatortes. Das Auto des zweiten Opfers stand am

Ortsausgang nach Pfarring. Beide wurden zur Spurensicherung beschlagnahmt. Eine Großfahndung ist eingeleitet. Zeugen, denen in dieser Nacht irgendetwas Verdächtiges vor der Davesta-Bank oder auf der Landstraße in Richtung Pfarring aufgefallen ist, sollen sich bei der Polizei melden.

„Stell dir vor, Dirk! Ein Mörder hier in der Gegend!"

Dirk faltete die Zeitung zusammen, legte sie Bachmann hin, erhob sich und sagte: „Einen Kaffee gefällig auf den Schreck?"

Bachmann nickte abwesend, setzte sich an den Schreibtisch und überflog den Artikel aufs Neue. Darauf sah er lange und gedankenvoll aus dem Fenster. Da war schon einiges in ihrem Revier zusammengekommen in letzter Zeit: erst die Entführung und dann noch dieser Fund der beiden verbrannten Leichen. „Die Todesursache werden sie nicht mehr feststellen können. Die Körper müssen total zusammengeschnurrt sein. Die waren sicher nach dem Feuer so klein wie die Körper von Kindern."

Dirk stellte zwei Tassen auf den Schreibtisch und goss Kaffee ein. Beide nahmen einen Schluck Kaffee.

„Ich kann mir nicht vorstellen, dass es nur ein Täter war", meinte Bachmann. „Es müssen mehrere gewesen sein. Das kann einer alleine gar nicht schaffen." Er ließ seinen Blick auf Mardhorst ruhen. „Ich gehe davon aus, dass die Morde hier in der Umgebung stattgefunden haben.

Wer zwei Leichen verschwinden lassen will, geht ein hohes Risiko ein, dabei entdeckt zu werden."

„Sicher."

„Bestimmt waren es Raubmorde. Von langer Hand vorbereitet."

„Kann schon sein."

Das Wochenende kam. Dirk fuhr in den Forst zum Talgrund. Einige der dort stehenden Hochsitze waren schon in die Jahre gekommen. Zwei von ihnen standen auf einer Anhöhe, direkt am Hang. Darunter dehnte sich eine weite Talwiese. Es war ein malerischer Ort. Man fühlte sich beim Anblick dieses Ortes in die ferne Toskana versetzt.

Dirk prüfte die langen Stützpfeiler der Hochsitze. Sie schienen stabil und sicher, wenn auch bei einigen eine leichte Schrägstellung durch die hier vorherrschenden Westwinde zu sehen war. Sie waren natürlich nicht so windgeschützt wie die anderen Hochsitze, die zwischen den hohen Bäumen standen. Würde einer von ihnen in die Tiefe stürzen, würde das den sofortigen Tod desjenigen bedeuten, der darauf saß. Man stürzte dabei gut zwanzig Meter tief.

Dass Prang Bachmann dieses Revier abtreten wollte, fand Mardhorst beachtlich. Wieso auf einmal diese Vorliebe für Bachmann? Für den unkomplizierten, sorglos und unbekümmert dahinlebenden Peter Bachmann, der nur für seine Mädels lebte? Hatte Prang vor, sie gegeneinander auszuspielen? Einen Keil zwischen sie zu treiben? Um doch noch den Grund für den Abriss der Hütte herauszukriegen? Über Bachmann? Vielleicht beabsichtigte er, Bachmann als seinen Horchposten anzustellen. Er musste sich daher auch vor ihm in Acht nehmen.

Dirk lud die Stämme für den Bau der neuen Hütte ab. Bachmann und zwei der Waldarbeiter, die Herren Kühnau und Straube, erklärten sich bereit, gegen ein nicht zu verachtendes Honorar beim Bau mitzuhelfen. Es gab auch hier nur ein Thema: Der Leichenfund im Wald.

Bachmann holte den „Hasserodt Kurier" aus seinem Wagen und schwenkte ihn in der Luft. „Es steht fest: Die beiden Toten waren wirklich die Chefs der Davesta. DNA-Abgleiche hätten den Beweis erbracht. Die Kriminaltechnik hat ein Haarbüschel und Überreste einer Hand eindeutig zuordnen können. Wie die Kripo von einer der Ehefrauen der Banker erfahren hat, soll sich am Abend, bevor sie starben, ein später Anrufer bei ihnen in der Bank gemeldet haben. Einer der Banker rief an diesem Abend daher noch seine Frau zuhause an, damit sie sich nicht sorgte, wenn es etwas später wurde. Mit dem Anrufer wollten sie sich anscheinend noch abends treffen."

„Wahrscheinlich ihr späterer Mörder", bemerkte Straube.

„Das kann unmöglich auf das Konto eines Einzelnen gehen", sagte Bachmann wieder. „Um zwei erwachsene

Männer zu ermorden, braucht es mehr als nur einen." Er und die anderen zogen die zukünftigen Wände aus entrindeten halbierten Stämmen hoch. Ihre wuchtigen Hammerschläge hallten weithin durch den Forst. Alle trugen dicke Arbeitsjacken, Arbeitshandschuhe und Mützen, denn es war jetzt, Mitte Oktober, schon stürmisch und kalt.

„Wenn ihr mich fragt: Ich glaube, dass die beiden von der Mafia ermordet worden sind. Eisdielen, Restaurants, Parfümerien, die sind in unserer Stadt alle fest in der Hand der sizilianischen Mafia. Das ist ein offenes Geheimnis. Vielleicht ging es um Geldwäsche oder andere schmutzige Geschäfte", meinte Kühnau. „Eine internationale Verschwörung. Irgendein Deal, wo sich zwei Familien in die Quere gekommen sind. Oder sich die einen von den anderen über den Tisch gezogen gefühlt haben."

„Diese Bank kommt einfach nicht aus den Schlagzeilen!", warf Straube dazwischen und hämmerte wie ein Wilder drauflos.

„Vielleicht war es ein Streit unter Jagdpächtern, der aus dem Ruder gelaufen ist, und einer ist durchgedreht", meinte Bachmann.

„Oder die Banker haben erfahren, wer die Entführer waren und haben gedroht, sie bei der Polizei anzuzeigen", sagte Kühnau.

„Vielleicht hat es jemandem nicht gepasst, dass sie sich haben breitschlagen lassen, das Lösegeld zu zahlen", sagte Bachmann.

„Oder die Entführer haben noch mehr Geld von der Bank verlangt und die Banker haben sich geweigert, noch mehr zu zahlen", mutmaßte Straube.

„Der, den sie entführt haben, ist noch nicht wieder aufgetaucht. Er hält sich aus irgendwelchen Gründen versteckt. Der hat bestimmt vor irgendjemandem oder irgendetwas mächtig Angst, sonst hätte er sich längst bei der Polizei gemeldet", bemerkte Kühnau. „Vielleicht haben die Bankbosse dem Entführten die Schuld an seiner Entführung in die Schuhe zugeschoben und er hat Leute auf sie angesetzt."

„Da war noch `ne Rechnung offen", vermutete Bachmann vage. „Haben sie die Todesursache inzwischen rausgekriegt?"

„Bis jetzt ist nichts verlautet worden", antwortete Kühnau. „Man weiß nur, dass die Leichen mit Benzin übergossen worden sind."

„Es kann ein Racheakt gewesen sein. Die Banker sind möglicherweise in eine Falle gelockt und dann hinterrücks ermordet worden", sagte Bachmann. „Merkwürdig, dass keinem aus dem Gasthaus vor dem Ortsschild etwas aufgefallen ist an diesem Abend. Oder „Im Haus vorm Wald". Genau dort gegenüber hat der Mercedes von einem der Banker gestanden."

„Die haben scheinbar auch nichts mitgekriegt", erklärte Straube.

„Angeblich haben sie nichts gehört und gesehen. Jedenfalls sagen sie nichts. Über die eigene Kundschaft spricht man bekanntlich nicht!", sagte Bachmann lachend.

„Die Banker waren dort nicht Kunden. Die doch nicht! In diesem schmuddeligen drittklassigen Tingeltangel? Die dreckigen Typen, die da absteigen! Das ist ein Bordell für Fernfahrer auf der Durchreise. So was Abgegriffenes haben Millionäre nicht nötig", entgegnete Kühnau verächtlich.

„Du scheinst dich ja dort gut auszukennen!", spottete Straube.

Kühnau beachtete ihn gar nicht. „Der Mord kann auch einen ganz anderen Grund gehabt haben. Vielleicht wollten die Banker nur ausstehende Schulden eintreiben und die Schuldner haben sie umgebracht. Denkbar ist auch, dass sie Bonuszahlungen einfordern wollten und dafür sterben mussten."

„Es könnte ein Jagdunfall gewesen sein, der vertuscht werden sollte", meinte Bachmann. „Man nimmt inzwischen an, dass der Fundort nicht der Tatort war, sondern dass die beiden erst nachträglich dorthin geschafft worden sind."

„So ein spektakulärer Kriminalfall direkt vor der Haustür!", sagte Bachmann. „Das ist schon was Außergewöhnliches, richtig gruselig! Der ganze

Landstrich spricht von nichts anderem mehr. Die braven Beerensammler und Pilzsucher trauen sich nicht mehr in den Wald vor lauter Angst, auch ermordet zu werden."

„Das ist natürlich übertrieben", sagte Straube. „Diese Banker stehen alle mit einem Bein im Gefängnis. Es gibt kaum einen, dem nicht schon der Prozess gemacht worden ist. Aber die haben alle clevere Anwälte. Die pauken sie regelmäßig raus und sie gehen alle als freie Männer aus dem Gerichtssaal. Wie es immer so ist: Die Kleinen hängt man, die Großen lässt man laufen."

Mardhorst zahlte ihnen den Lohn für diesen Arbeitstag und verteilte anschließend Pizza und Bier an sie. Zufrieden mit diesem Tag, verzehrten sie das Picknick und versprachen, am nächsten Samstag wiederzukommen. Die neue Hütte hatte an diesem Tag schon große Fortschritte gemacht.

Auch Bachmann fuhr vergnügt nach Hause. Aber während der Fahrt fiel ihm etwas ein, was ihm Unbehagen verursachte. Vor einigen Tagen hatte ihn der Chef beiseite genommen. „Sie brauchen doch Geld, Herr Bachmann?"

Unangenehm berührt davon, bemerkte Bachmann das listige Augenzwinkern Prangs dabei. Und als er mit einem Achselzucken erwiderte: „Wer braucht das nicht?", fragte Prang: „Ist Ihnen nichts aufgefallen? Die Hütte, die Herr Mardhorst abgerissen hat! Ist Ihnen daran nichts aufgefallen?"

Bachmann überlegte. „Nein."

„Die war noch gar nicht baufällig. Sie ist voreilig abgerissen worden, überstürzt, klammheimlich über Nacht."

„Ich kann mich an die Hütte nicht erinnern. Ich war sehr selten dort in der Gegend."

„Aber Sie erinnern sich, dass in der Nähe von Hasserodt ein Mann festgehalten wurde."

„Ja, natürlich! Was hat Herr Mardhorst damit zu tun?"

„Ich habe doch die Uhr des Entführten gefunden, diese teure Uhr, Sie erinnern sich. Zwar einige Kilometer entfernt von der Hütte, aber der Entführte muss hier in der Gegend gewesen sein. Haben Sie beim Aufräumen irgendetwas gefunden, das Ihnen merkwürdig vorkam?"

Bachmann überlegte und schüttelte langsam den Kopf. „Nicht, das ich wüsste." Dann fügte er hinzu: „Falls Sie glauben, dass Herr Mardhorst an der Entführung beteiligt war ... Also, ich traue ihm so etwas nicht zu."

„Die Entführer laufen immer noch frei herum. Die Polizei hat eine Belohnung von fünftausend Euro ausgelobt, die Davesta-Bank noch mal zehntausend. Und vielleicht legen sie nachträglich noch mal fünftausend drauf."

„Dass Herr Mardhorst die Hütte abgerissen hat, beweist noch lange nicht, dass er diesen Bankangestellten dort mal versteckt hat. Das kann auch einen ganz anderen Grund gehabt haben", wandte Bachmann ein.

„Dieser Zusammenhang muss doch jedem auffallen! Die Hütte hatte lauter neue Schlösser! Das alte Ding! Herr Mardhorst rechtfertigt sich damit, dass die alten Schlösser kaputt und verrostet gewesen seien und dass ohne neue Schlösser Landstreicher sich eines Tages in der Hütte eingenistet haben könnten oder angriffslustige Marder oder Waschbären. Wer zur Aufklärung des Verbrechens beiträgt, kriegt eine schöne Belohnung, Herr Bachmann, und", er legte seine Hand auf Bachmanns Unterarm, „noch was im Vertrauen. Ich habe beim Ministerium eine Beförderungsstelle beantragt und es sieht ganz danach aus, dass sie demnächst bewilligt wird. Herr Bachmann, die ist für Sie reserviert. Halten Sie Augen und Ohren offen! Und berichten Sie mir gleich, wenn Ihnen irgendetwas verdächtig vorkommt."

Bachmann erinnerte sich, dass ihm Anfang September während der Kalkaktion tatsächlich etwas Ungewöhnliches aufgefallen war. Während er am Boden auf die Rückkehr des Helikopters mit Mardhorst an Bord wartete, um den Kübel mit Kalk zu befüllen, und mit den Augen dem Heli folgte, bemerkte er vom Boden aus, dass Mardhorst tief über die Bäume flog und auf einmal vom Himmel für einige Minuten ganz verschwand. Bachmann glaubte zunächst, dass Dirk das Kalken zum Auftanken des Helikopters unterbrochen hätte. Aber zum Auftanken musste der Kalkkübel vorher vom Helikopter entfernt werden. Dafür hätte Mardhorst erst zu Bachmanns Platz zurückkehren müssen. Diese ungewöhnliche Pause konnte sich Bachmann nicht erklären, vergaß aber, Mardhorst später danach zu fragen. Prang erzählte er die Episode nicht, weil sie ihm zu nebensächlich erschien. Sie hatte mit der abgerissenen Hütte sicher nichts zu tun.

Bachmann überlegte, was er tun solle. Die monatlichen Unterhaltszahlungen drückten schwer, ohne Zweifel. Aber seinen Kollegen bespitzeln? Er musste die ganze Geschichte noch mal überschlafen. Dirk hatte eine längere Dienstzeit als er durchlaufen. Daher hätte ihm in erster Linie die Beförderungsstelle zugestanden. So ohne weiteres an ihm vorbeiziehen, das ging nicht. Bachmann sah Ärger mit ihm voraus, falls er und nicht Mardhorst die Stelle bekommen würde. Er konnte sich auch nicht vorstellen, dass Dirk ein Kidnapper war. Irgendetwas Verdächtiges? Bis jetzt war Bachmann an Dirk nichts Verdächtiges aufgefallen. Seit einigen Tagen stand ein anderes Auto vor Dirks Haustür, aber kein größeres und neues, sondern ein genauso großes wie vorher und dazu noch gebraucht. Das alte hatte er nicht mehr durch den TÜV gekriegt. Und seine sonstigen Lebensgewohnheiten? Er trug immer noch die alten Sachen und bestellte sich im Dorfgasthaus immer noch das gleiche Bier.

37

Nachdem der Staatsanwalt die Leichen der Bankenchefs zur Bestattung freigegeben hatte, fand die Beerdigung unter großer Anteilnahme der Bevölkerung statt. Die Stellung der beiden Getöteten und die mysteriösen Umstände ihres Todes sorgten überall für Aufsehen. Der tragische Fall bewegte die Gemüter in der Stadt und im ganzen Landkreis. Der Stadtfriedhof war schwarz von Menschen.

Von der städtischen Prominenz waren etliche erschienen, aber der Bürgermeister fehlte. Das fiel auf. Glaser hätte zu gerne einen dieser ernst blickenden, schwarz gekleideten, vornehmen Herren gefragt, wen sie für die Mörder hielten. Sicher hatten sich unter die anwesenden Trauergäste auch einige Kriminalbeamte gemischt, die diskret ihre Augen umherschweifen ließen. Wer konnte ein Interesse daran haben, diese beiden unauffälligen, respektablen Bürger verschwinden zu lassen? Weil sie zu viel wussten? Weil sie jemandem im Wege standen? Weil jemand Angst vor ihnen hatte? Ein simpler Racheakt?

Nach der Trauerfeier ging Glaser in das Büro des Bürgermeisters, eine Kopie des Vergleichs zwischen der Stadt und der Davesta in Händen. Er tippte mit dem Zeigefinger auf das Schreiben. „Hier fehlt die zweite Unterschrift, Udo! Meine!"

Mardhorst blickte verärgert auf. „Ja, und?"

„Weißt du, was das bedeutet? Ohne meine Unterschrift ist der Vergleich unwirksam."

„Was heißt das?"

„Die Zahlung ist ohne Rechtsgrund erfolgt und die Bank kann das Geld, die zehn Millionen, von uns zurückverlangen."

„Dann hole deine Unterschrift noch nach!"

Glaser lachte entrüstet. „Du Ignorant! Ich war bei dem Vergleich nicht dabei, dann unterschreibe ich auch nicht nachträglich. Das wäre ja noch schöner! Ich mache mich doch keiner Urkundenfälschung strafbar!"

Mardhorst stand abrupt vom Schreibtisch auf. „Das Geld ist verbaut, die Anschlussaufträge sind erteilt. Das Fundament für die Halle wird gerade gelegt. Das Geld kann nicht mehr zurückgegeben werden. Der nächste Zuschuss vom Land ist gerade auf unserem Konto eingegangen. Der Bau muss konsequent weitergehen."

„Ich habe mich bei der Bank nach dem Vergleich erkundigt. Er steht nur in unseren Akten. In der Bank hingegen gibt es keine Spur von diesem Vergleich, weder in den Büchern noch in den Bankencomputern", zischte Glaser. „Nirgendwo steht darüber etwas."

„Natürlich nicht, sie haben ihn ja gleich vernichtet", polterte Mardhorst zurück. „Sie wollten keinen Nachweis darüber in ihren Büchern und Computern." Er steckte die Hände in die Hosentaschen und stellte sich mit gestrafftem

Rücken vor Glaser auf. „Wenn sie keinen Nachweis darüber haben, dann können sie das Geld von uns auch nicht mehr zurückverlangen."

„Herzerfrischende Logik!" Glaser tippte sich an die Stirn. „Ich kann es mir einfach nicht vorstellen, dass die Vorstandsvorsitzenden einer großen Bank einen solchen Geistervertrag abgeschlossen haben sollen. Dieses Risiko wäre keiner von ihnen eingegangen." Glasers Wangen sprangen vor Erregung auf und ab und färbten sich mit einem ungesunden Rot. „Über die Ein- und Ausgaben einer Bank ist ordnungsgemäß Buch zu führen, andernfalls machen sich die Banker strafbar. Die Bank weiß also nichts mehr davon, aber was sage ich dem Finanzamt und den anderen Aufsichtsbehörden, wenn die unsere Akten, unser Konto prüfen kommen im nächsten Jahr? Den Eingang der zehn Millionen muss man lückenlos zurückverfolgen können bis zum Anfang. Wo kommen die zehn Millionen Euro her? Ich bin der Stadtkämmerer. Ich trage die Verantwortung dafür, dass die Stadt keine krummen Geschäfte macht. Die merken gleich, dass mit dem Vergleich irgendetwas nicht in Ordnung ist. Die werden nachhaken und dann bin ich es, der in verdammter Erklärungsnot ist. Dann stehe ich da wie Piek Doof. Also, wo kommen die zehn Millionen her?" Glaser starrte Mardhorst unverwandt an.

Udo wandte seinen Blick ab und schwieg eine Weile. Dann murmelte er: „Der Vergleich ist verloren gegangen, sowohl bei der Bank als auch bei uns! Er ist nicht in unseren Akten! Er ist einfach verschwunden. Basta! In der Davesta wird niemand mehr danach fragen, weil die Bank demnächst abgewickelt wird."

„Und diejenigen, die den Vergleich mit dir abgeschlossen haben sollen, sind tot. Willkommener Zufall! Ob das wirklich nur ein Zufall ist? Sie wären die einzigen Zeugen dafür, dass sie den Vergleich niemals mit dir als dem Vertreter der Stadt Hasserodt abgeschlossen haben. Und sie sind nicht im Bett gestorben. Ein weiterer Zufall."

„Ich lasse mir von dir nichts unterstellen!", gab Udo scharf zurück.

„Aber dass es hier merkwürdige Unregelmäßigkeiten gegeben hat, musst du zugeben, mehr als Unregelmäßigkeiten. Zehn Millionen hat die Bank gezahlt, aber offenbar nicht auf der Grundlage eines Vergleichs, sondern weil sie erpresst wurde und sie das Leben ihres Mitarbeiters nicht aufs Spiel setzen wollte."

„Wenn du mir unterstellst, dass ich den Bankberater habe entführen lassen und von der Bank Lösegeld erpresst habe, brauchst du Beweise dafür", sagte Mardhorst ruhig.

„Und wenn du den Vergleich in unseren Akten gegen mich ins Feld führst, führst du ihn auch gegen unsere Stadt ins Feld. Dann hast du zu verantworten, dass die Stadt die zehn Millionen an die Bank oder ihre Nachfolger zurückbezahlen muss. Und das schöne neue Bad, das wir geplant haben und auf das sich schon alle freuen, bleibt eine hässliche Bauruine für lange Zeit. Das wäre ein echter Schandfleck in unserer schönen Stadt. Und daran hast alleine du Schuld! Einen Stadtkämmerer, der die Interessen der Stadt mit Füßen tritt, so einen brauchen wir nicht."

Glasers Gesichtsfarbe wechselte von grün zu gelb und wieder zu grün vor lauter Wut. Es wurmte ihn, dass Mardhorst ihn so dreist und kaltschnäuzig austrickste und ihn damit zum Schweigen bringen, ihm einen Maulkorb anlegen wollte. Wenn ihm auch jetzt die nötigen Antworten ausgingen, hieß das nicht, dass diese undurchsichtige Angelegenheit für ihn zu Ende war. Ob der ominöse Vergleich existierte oder verschwunden war, entschied er allein. Und er wollte Mardhorst zappeln lassen. Verdachtsmomente gegen ihn waren zuhauf vorhanden.

38

Frau Friedrich arbeitete seit einer Woche im Büro des Bürgermeisters Mardhorst als Sekretärin. Um ihr den Wiedereinstieg ins Berufsleben zu erleichtern, half Inge Mardhorst ihr bei der Einarbeitung.

An diesem Vormittag rief Frau Friedrich sie ganz aufgeregt in ihrem Büro an. „Frau Mardhorst, mein Mann hat sich endlich wieder gemeldet. Er hat in der Schweiz von dem Mord an seinen ehemaligen Chefs erfahren. Er ist der Auffassung, dass die Täter in Mafia-Kreisen zu suchen sind. Er hat auch endlich Geld überwiesen, nicht viel, erst mal zweitausend Euro. Er sagte, dass er zurzeit noch nicht mehr überweisen könne, weil die Hotelkosten in der Schweiz so hoch seien. Anscheinend hat er noch keine Wohnung gefunden. Aber ich habe wieder etwas Hoffnung nach diesem Anruf."

Am Nachmittag erschien Inge im Büro ihres Mannes, der sich an diesem Tag auf einer Dienstreise befand. „Schauen Sie mal, Frau Mardhorst", sagte Frau Friedrich. „Diese Plastikkarte habe ich heute Morgen hier im Büro hinter der Tür unter dem Garderobenhaken gefunden. Ihr Mann muss sie verloren haben. Hier ist ein Schlüssel aufgedruckt. Das ist total putzig. Genau so eine graue Schlüsselkarte mit weißem Schlüsselaufdruck besaß mein Mann. Er hat damit immer sein Arbeitszimmer in der Bank aufgeschlossen."

Inge besah sich die Karte. „Die habe ich noch nie bei meinem Mann gesehen. Ich kenne solche Dinger nur aus Hotels." Sie wendete sie ein paarmal hin und her. „Er war gestern auf einer Jagdgesellschaft. Vielleicht hat sie dort jemand verloren, und er hat sie aufgehoben und vergessen, sie dem Eigentümer zurückzugeben. Das sollte er mal schnell nachholen." Sie steckte die Karte in ihre Handtasche.

„Ich wüsste zu gern, ob diese Schlüsselkarte zum Arbeitszimmer meines Mannes gehört hat", sagte Frau Friedrich.

„Das halte ich für völlig unwahrscheinlich. Solche Karten sind zu Tausenden im Umlauf. Wieso sollte ausgerechnet die zu der Tür in der Bank passen. Mein Mann ist ja aus beruflichen Gründen viel unterwegs. Vielleicht hat er nur vergessen, seine letzte Hotel-Schlüsselkarte bei der Abreise an der Rezeption abzugeben. Ich werde ihn gleich danach fragen, wenn er kommt. Jedenfalls muss die Karte wieder zu ihrem Eigentümer zurück. Welchen Eindruck hatten Sie von Ihrem Mann?", fragte Inge darauf unvermittelt. „Und wie kommt er zu der Annahme, die beiden Banker seien von der Mafia ermordet worden?"

„Christian machte wie schon beim letzten Mal einen sehr gestressten Eindruck. Es klang so, als hätte er auch diesmal wieder von einem Flughafen oder Bahnhof aus angerufen. Eine Durchsage kündigte irgendwelche Flüge oder Züge an. Immer so gehetzt klingt seine Stimme. Als würde er von einem Flughafen zum nächsten oder von einem Bahnhof zum nächsten jagen. Ich konnte ihn auch diesmal wieder nur schwer verstehen. Er hat gesagt, er wolle die Bank, bei der er jetzt angefangen hat zu arbeiten, über Telefon nicht nennen, weil er befürchte, seine Telefonate könnten von deutschen Behörden abgehört werden. Ich vermute, dass er bei seinem neuen Arbeitgeber Konten von deutschen Kunden verwaltet, die ihr Geld in der Schweiz angelegt haben, um hier in der Bundesrepublik Steuern zu sparen, also die sogenannten Steuersünder. Vielleicht hat er Angst, die deutschen Finanzbehörden würden ihn der Beihilfe zur Steuerhinterziehung bezichtigen. Er war immer äußerst gewissenhaft und hundert Prozent gesetzestreu. Im Zusammenhang mit dem Mord an seinen ehemaligen Chefs berichtete er, dass die vorgehabt hätten, ins Drogen- und Waffengeschäft einzusteigen, um die Davesta vor der Pleite zu bewahren, als sie in wirtschaftliche Schwierigkeiten geriet. Dabei aber seien sie der Mafia in die Quere gekommen, die diese Art von Geschäften traditionell für sich selbst beansprucht. Die Mafia-Bosse wären früher bei den Bankern der Davesta ein- und ausgegangen und hätten mit ihnen Millionengeschäfte abgeschlossen. Wahrscheinlich ging es dabei um Geldwäsche, bei der die Davesta-Banker mitgeholfen haben sollen. Als die Mafia-Bosse, wie so viele Anleger, bei Wertpapiergeschäften eine Menge Geld verloren, wendete sich das Blatt und Christians Chefs wurden irgendwann zur Zielscheibe der Mafia. Christian vermutet, dass es auch die Mafia war, von der er entführt worden ist, um Lösegeld von der Davesta zu erpressen."

„Sie sollten das alles der Polizei mitteilen!", riet ihr Inge eindringlich. „Das sind ja ganz wichtige Informationen."

„Werde ich auch", sagte Frau Friedrich. „Ich wundere mich nur, warum Christian früher nie über so etwas berichtet hat. Ich habe erst jetzt, bei seinem letzten Gespräch, davon erfahren. Aber es kann natürlich sein, dass er darüber nicht sprechen durfte, weil sie es ihm verboten haben. Es war ein Betriebsgeheimnis, über das die Mitarbeiter Stillschweigen bewahren sollten. Bloß, wenn ich damit zur Polizei gehe, werden sie meinen Mann als Zeugen vernehmen wollen und ich kenne doch seine derzeitige Adresse nicht. Ich weiß nur, dass er sich zurzeit in der Schweiz aufhält, aber die genaue Adresse hat er mir nicht genannt."

„Trotzdem würde ich zur Polizei gehen und erzählen, was er Ihnen gesagt hat."

„Wissen Sie, ich und meine Familie, meine Kinder, machen eine furchtbare Zeit durch. Wir verstehen nicht, warum unser Papa uns einfach im Stich gelassen hat. Warum ist er Hals über Kopf abgereist, ohne sich von uns zu verabschieden? Vor wem hat er Angst? Es sieht ja wie eine Flucht aus. Oder seine Entführer haben seine Freilassung davon abhängig gemacht, dass er danach sofort Deutschland verlässt und ins Ausland geht."

Inge ließ ihre Augen auf Frau Friedrich ruhen. Frau Friedrich war eine gepflegte Erscheinung, trug ein schlichtes, aber modisches Kostüm, eine hellbraune Pagenfrisur und Schuhe mit kleinem Absatz. Außer einem Bernsteinring über dem Ehering trug sie keinerlei Schmuck.

„Und die Kinder. Sie verstehen die Welt nicht mehr. Sie sagen nur ratlos: ´Unser Papa ist einfach abgehauen, durchgebrannt.` Natürlich meinen sie damit nicht, dass ihr Vater mit einer anderen Frau durchgebrannt ist. Das ist völlig abwegig. So kannte ich meinen Mann auch nicht. Aber sie haben eine furchtbare Trauer und Wut darüber, dass er ihnen das angetan hat. Sie einfach im Stich zu lassen. Jetzt sehen sie, dass sich von heute auf morgen alles ändern kann, über Nacht. Die Erfahrung, dass nichts im Leben sicher ist, hat sie maßlos verunsichert. Sie fühlen sich völlig hilflos. Mein Sohn hat wieder mit dem Stottern und dem Bettnässen angefangen, was er schon lange abgelegt hatte. Sein Vater war sein großes Vorbild und ausgerechnet der lässt ihn im Stich. Er ist ein Junge, der eine besonders intensive schulische Förderung braucht. Nicht, dass er dumm wäre, aber er braucht mehr Zeit als andere, um etwas zu begreifen. Er vergisst alles Gelernte sehr schnell wieder und muss sich viel mehr abmühen als andere, um alles mitzukriegen. Er ist leider so gar kein Ziffern- und Buchstabenmensch, eher das Gegenteil. Ich wollte, dass er auf ein gutes Internat kommt, wo er eine intensive Förderung erhält, aber das kann ich vergessen. Er wird wahrscheinlich die Realschule nicht schaffen.“ Frau Friedrichs große braune Augen wanderten ratlos zur Fensterscheibe. „Und unsere Tochter? Sie ist das genaue Gegenteil von unserem Sohn, entschädigt ihre Eltern für alles, was unser Sohn so leidvoll vermissen lässt. Ihr fliegt alles zu. Ins Leistungssportzentrum nach Fürstenhof sollte sie. Ihre Vereinstrainerin hat uns geradezu gedrängt, sie dorthin zu schicken. Aber dafür hätte sie in ein Internat gemusst und wovon soll ich das jetzt bezahlen? Ich kann es nicht."

„Ich werde meinen Mann beauftragen, sich mit den zuständigen Schweizer Behörden in Verbindung zu setzen, damit er den Aufenthaltsort Ihres Mannes herausfindet", sagte Inge energisch. „Er soll herauskriegen, weshalb sich Ihr Mann so merkwürdig verhält und immer nur alles auf die Schnelle macht." Während dieser Worte flog ihr ein Gedanke durch den Kopf, den sie aber sofort wieder fallen ließ. Jedenfalls konnte sie nicht tatenlos zusehen, wie diese Familie litt. Es gehörte sich einfach, dass sie sich um sie kümmerte.

„Am 12. Oktober ist unser Hochzeitstag", bemerkte Frau Friedrich." Sie betrachtete eine Weile abwesend ihren Bernsteinring und drehte ihn ein paarmal versonnen am Ringfinger. „Zu dieser Zeit waren wir immer alle in den Herbstferien in Tirol, die ganze Familie. Dort ist es im Herbst besonders schön. Aber in diesem Jahr ist alles anders. Erst die Entführung meines Mannes und danach sein Verschwinden und nur diese sporadischen Anrufe aus dem Ausland. Ein einziger Albtraum."

„Wenn Sie wollen, begleite ich Sie zur Polizei, Frau Friedrich. Die werden sich mit den Schweizer Behörden in Verbindung setzen und sie um Amtshilfe bitten."

„Nein, nein, lassen Sie nur", sagte Frau Friedrich auf einmal ungehalten. „So hilflos bin ich nicht." Sie schien verärgert, dass sie die Schlüsselkarte nicht ausprobieren konnte.

39

Förster Bachmann gingen die Worte seines Chefs über den Kollegen Mardhorst nicht mehr aus dem Sinn. Ihm fiel ein, dass er dieses graue Plastikkärtchen mit dem weißen Schlüsselaufdruck noch vor kurzer Zeit besessen hatte, aber jetzt war es verschwunden. Er erinnerte sich nur noch, dass er es dort gefunden hatte, wo vorher die abgerissene Hütte stand. Seit der letzten Jagd war es verschwunden. Er hatte ziemlich viel getrunken in dieser Nacht und konnte sich nur noch vage an den Abend erinnern. Wahrscheinlich war es bei der Jagd verlorengegangen. Später fiel ihm ein, es Dirk gegeben zu haben.

Weiterhin kursierten wilde Gerüchte über die Mörder der beiden Bankenchefs. Wieder erschienen die beiden Kommissare Henner und Bittner im Forstamt und befragten alle Forstamts-Mitarbeiter, ob ihnen etwas Verdächtiges in der Zeit um den Mord an den Bankern aufgefallen sei. Aber niemand hatte etwas Ungewöhnliches in dieser Nacht bemerkt.

Dirk berichtete, dass ihm seit einigen Wochen im Forst fremde Kerle auffielen. „Ich vermute, dass es dieselben sind, die nachts mit Motorrädern durch die Wälder rasen, das Wild vertreiben, unerlaubt Feuer im Wald machen, gelagertes Holz stehlen, Wegweiser an Wanderwegen umdrehen, dass sie in die falsche Richtung zeigen, oder gleich ganz unkenntlich machen, und Leitersprossen an Hochsitzen ansägen. Also nichts als Unfug treiben, aber gefährlichen Unfug! Typische Dumme-Jungen-Streiche. Ich nehme mir vor, an Wochenenden, denn dann sind die Spitzbuben meistens unterwegs, mit dem Auto durch den Forst zu patrouillieren und nach ihnen Ausschau zu halten. Die kriege ich schon noch", versicherte Dirk.

Den anderen fiel auf, dass er tatsächlich in den Wäldern mehr als sonst präsent war, um nach dem Rechten zu sehen. Er meinte, das sei der Sicherheit aller Forstleute geschuldet.

„Wann schläfst du eigentlich?", fragte Bachmann.

„Erst dann tief und fest, wenn ich die Bande auf frischer Tat ertappt habe."

Er hatte auf diese Weise ganz nebenbei auch die Jagdgewohnheiten der Försterkollegen im Blick und wusste immer genau, wo und wann sie sich auf den Hochsitzen aufhielten.

„Glaubst du, dass diese Bande auch etwas mit dem Mord an den Bankern zu tun hat?", fragte Bachmann.

„Das ist natürlich nicht ausgeschlossen", meinte Dirk. „Aber das mit den Bankern war für diese Typen eine Schuhnummer zu groß. Es sind wohl nur Halbstarke, die

225

sich irgendwas beweisen wollen. Die wollen Spaß haben und suchen Abenteuer. Der Mord an den Bankern geht auf das Konto von dickeren Fischen. Ich bin mir sicher, dass die Mafia dahintersteckt."

„Dirk, sei vorsichtig! Wenn du mal nachts auf diese Typen stößt, und du stehst ihnen allein gegenüber! Du hast keine Chance gegen eine Übermacht von Schlägern", warnte Bachmann.

Mardhorst lachte verächtlich. „Das kann jeden von uns treffen. Wir Förster sitzen immer allein auf den Hochsitzen und kommen erst nachts heim. Wenn es mal wirklich ernst werden sollte, lege ich meine Knarre auf sie an. Was meinst du, wie schnell die weg sind. Die haben mehr Angst als Vaterlandsliebe." Unbeirrt fuhr Dirk daher fort, die Forststrecken nach den Übeltätern abzufahren, und sein Fernrohr hatte alles im Visier. Er wusste über alles Bescheid.

40

Als der Bauunternehmer Loberg aus seinem schweren Auto ausstieg, vernahm er den Klang eines startenden Motorrades auf der Straße, der ihm bekannt vorkam. Ihm fiel gleich dieses singende Motorengeräusch auf, das ihn an das Fluchtfahrzeug der Verbrecher erinnerte, die ihn vor einigen Wochen spätabends in seinem Büro überfallen hatten. Das war genau das gleiche Geräusch. Loberg verfolgte das Motorrad mit den Augen und meinte zu erkennen, dass es ein älteres Modell ausländischer Herkunft war. Er fragte gleich den Bürgermeister Udo Mardhorst, dem er einen Besuch abstatten wollte, ob er den Motorradfahrer kenne.

„Tobias hat sich zurückgemeldet", antwortete Udo und zündete sich eine Zigarre an. „Er ist kürzlich von der Kripo vernommen worden, weil er mal Türsteher im „Haus vorm Wald" war. Dort ermittelt jetzt die Polizei. Tobias hat ausgesagt, er habe damals beiläufig mitbekommen, dass die beiden Vorstandsvorsitzenden der Davesta in Waffengeschäfte eingestiegen seien, um schnell an Geld zu kommen, und damit auf diesem Gebiet den Mafia-Bossen zu deren Ärger Konkurrenz gemacht hätten. Aber schon vorher habe es Spannungen gegeben zwischen den Davesta-Bankern und den Mafia-Bossen wegen Verlusten bei Wertpapiergeschäften. Letztere hätten diese den Bankern angelastet. Tobias ließ durchblicken, dass durch die Erpressung der Bank verlorengegangenes Geld wiederbeschafft worden sein könnte.

Daraufhin hat es Festnahmen im „Haus vorm Wald" gegeben. Zwei der Betreiber sitzen mittlerweile in Untersuchungshaft. Tobias freut das. Er ist im Streit gegangen und hatte von seinen Chefs dort nicht gerade die beste Meinung."

Mardhorst sah behaglich dem zögernd schwebenden Rauch seiner Zigarre nach und schmunzelte. „Wie ich ihn kenne, ist er ziemlich überzeugend rübergekommen. Ein cleverer Junge."

„Gehört das Motorrad ihm, mit dem er gerade weggefahren ist?", fragte Loberg unvermittelt.

Udo wunderte sich, dass Loberg sich mitten in diesem Thema für etwas so Belangloses interessierte. „Das nehme ich an. Er fährt es schon seit dem Sommer." Schnell kehrte er wieder in seinen vorigen Gedankengang zurück. „Es ist ja in der Stadt bekannt, dass das Gasthaus und das „Haus vorm Wald" in der Hand der Mafia sind."

Loberg, der ihm in einem Sessel gegenübersaß, nahm ebenfalls eine Zigarre und blies den Rauch in kurzen nervösen Bewegungen von sich.

„Die Kripo hat auch die Mädels befragt", fuhr Udo fort. „Tobias weiß das, weil er mit einer von ihnen immer noch hin und wieder telefoniert. Die aber haben Angst, gegen ihre Chefs auszusagen. Schon früher taten sie das nicht, weil sie von ihnen bedroht wurden. Daher konnte die Polizei in der Vergangenheit nicht gegen die Betreiber vorgehen."

„Schön, dass Tobias das alles der Polizei gesagt hat", sagte Loberg zufrieden.

„Er hat nur auf so eine Gelegenheit gewartet. Die Frauen, die dort gearbeitet haben, wurden schon immer ausgebeutet, sind unterbezahlt, haben keine geregelten Arbeitszeiten. Gegen Freier, die keine Kondome benutzen wollen, wird nicht vorgegangen."

Inge kam aus dem Nebenzimmer. Sie hatte das Gespräch zwischen Loberg und ihrem Mann mit angehört, begrüßte Loberg kühl und setzte sich in einen Sessel.

„Glaser hat mir allen Ernstes nahegelegt, bei der nächsten Bürgermeisterwahl nicht mehr anzutreten und am besten gleich morgen vom Bürgermeisteramt zurückzutreten, und zwar aus persönlichen Gründen", berichtete Udo bissig.

„Weil er selber Bürgermeister werden will", ergänzte Inge.

„Er hält mich für Friedrichs Entführer und unterstellt mir auch noch den Mord an den beiden Bankern. Er hat hinter meinem Rücken bei der Davesta angerufen und herausgefunden, dass in den Unterlagen der Bank kein Vergleich über die Zahlung von zehn Millionen Euro zu finden ist. Deshalb hätte ich die Banker ermorden lassen, damit sie später nicht behaupten könnten, sie hätten einen solchen Vergleich nie abgeschlossen. Er sei frei erfunden, und ich hätte Urkundenfälschung begangen. Ich muss schon sagen, dass ich ihm zu seinem kriminalistischen Scharfsinn gratuliere."

„Das sind nur Spekulationen, keine Beweise. Udo, lass dich nicht beiseiteschieben! Tritt nicht zurück! Das würde die Gerüchteküche erst richtig anheizen."

„Zurücktreten? Niemals!", bekräftigte Udo.

„In deinem Dienstzimmer hat Frau Friedrich zufällig eine Plastikkarte gefunden mit einem aufgedruckten

Schlüssel. Sie sagte, ihr Mann hätte auch eine solche Karte besessen, die der Bank gehörte. Wo hast du denn diese Schlüsselkarte her?", fragte Inge, holte ihre Handtasche und zog daraus die Schlüsselkarte hervor.

„Ich kann mich nicht daran erinnern", antwortete Udo, besah sich die Karte näher und drehte sie ein paarmal um. Er überlegte eine Weile. „Doch! Ich glaube, ich habe sie nach der Jagd im Gasthaus beim Umtrunk vom Boden aufgehoben. Einem der Jäger muss sie aus der Brieftasche gefallen sein. Aber dann habe ich vergessen, sie abzugeben und sie wohl gedankenlos eingesteckt. Ich muss bei Gelegenheit fragen, wem sie gehört und sie zurückgeben." Er nahm die Karte und steckte sie ein.

„Ilona hat mich angerufen. Tobias` rechtes Auge, auf dem noch Sehkraft ist, hat sich entzündet. Sie ist sehr beunruhigt, dass es ebenfalls vollständig erblinden könnte", erzählte Inge.

„Seit wann hat er denn ein verletztes Auge?", fragte Loberg aufmerksam.

„Seit Anfang September, wenn ich mich recht erinnere", sagte Inge.

„Er hat von einem anderen einen Schlag aufs Auge gekriegt und nur noch etwa ein Drittel seiner ursprünglichen Sehkraft", fügte Udo hinzu.

„Na, so was!", ereiferte sich Loberg. „Wie ist denn das passiert?"

„Nach seiner Darstellung wollte er einen Gast nicht in die Kneipe seines Chefs reinlassen oder ihn rausschmeißen. Das habe ich schon wieder vergessen. Da muss es wohl zur Schlägerei gekommen sein", antwortete Udo. „Eine Operation brachte keine Besserung. Das linke Auge ist vollständig erblindet."

„Das ist ja bitter!", meinte Loberg. „Hoffentlich hat ihm sein Chef ein ordentliches Schmerzensgeld gezahlt."

„Ach, wo", sagte Udo. „Das ist Berufsrisiko. Dafür gibt`s nichts extra."

Loberg aber glaubte nicht an die Geschichte von dem gewalttätigen Gast in der Kneipe und dem Rausschmiss durch Tobias. Er vermutete, dass Tobias einer der Räuber war, der ihn in seinem Büro zusammen mit einem Komplizen überfallen hatte. Der eigentümlich singende Motor des Fluchtfahrzeugs, das Auge, das er beim Überfall mit dem Schlüssel getroffen hatte, der Zeitpunkt der Verletzung, das passte alles zusammen. Wenn der eine Tobias war, wer war dann sein Komplize?

„Glaser möchte zu gern wissen, wo Friedrich ist", sagte Udo. „Fragen Sie seine Frau, die wird es Ihnen sagen! Jedenfalls wittert er Unrat an allen Fronten, will mir einen Strick drehen."

„Wir sollten uns etwas überlegen, das das Problem endgültig beseitigt", sagte Loberg.

41

Frau Friedrichs Stimme klang sehr aufgeregt, als sie abends bei Inge zuhause anrief, die im Bad gerade ihre Nägel lackierte. Inge rannte mit wedelnden Händen zum Telefon.

„Mein Mann hat uns ein Päckchen aus der Schweiz geschickt. Er hat tatsächlich an unseren Hochzeitstag gedacht. Hat mir eine schöne Bernsteinkette geschenkt, die genau zu meinem Ring aus Bernstein passt und jedem der Kinder eine schicke Schweizer Uhr. Die haben vor lauter Freude einen Luftsprung gemacht. Endlich etwas Tolles von ihrem Vater! Er hat an sie gedacht! Jetzt hoffen sie, dass er uns bald in die Schweiz holt, damit die ganze Familie wieder zusammen ist. Demnächst wird er auch wieder einen größeren Betrag überweisen. Das hat er angekündigt."

Inge freute sich mit ihr.

Am Abend kam Udo von einer späten Sitzung nach Hause. Er ließ sich in einen Sessel fallen. „Jetzt fällt mir ein, wo ich diese Plastikkarte herhabe", sagte er. „Als wir aus dem Gasthaus kamen, waren an den Autos die Scheiben gefroren. Mangels eines Eiskratzers haben wir diese Karte von dem Förster Bachmann ausgeliehen, um die Scheiben freizukratzen. Ich hatte Schwierigkeiten mit dem Motor und habe darüber vergessen, sie ihm zurückzugeben."

„Vielleicht gehört die Karte tatsächlich der Bank, und Herr Bachmann hat sie an der Stelle gefunden, wo Friedrich gewesen ist", sagte Inge.

„Nein, sie hat Bachmann schon immer gehört", widersprach Udo gereizt.

„Dann muss er sie auch zurückbekommen."

Udo erhob sich und rief seinen Bruder an, kurz bei ihm vorbeizuschauen. „Hast du dieses Ding schon mal gesehen?"

Dirk drehte die Karte mit dem weißen aufgedruckten Schlüssel ein paarmal in der Hand. „Nie gesehen."

„Du hast sie dir an dem Jagdabend von deinem Försterkollegen Bachmann geben lassen zum Freikratzen der Autoscheiben. Danach habe ich sie von dir gekriegt."

„Ich kann mich nicht mehr daran erinnern. Warum hast du sie ihm nicht zurückgegeben?"

„Weil ich es schlicht und einfach vergessen habe."

„Was ist denn daran so furchtbar interessant? Wegen so eines banalen Kärtchens hast du mich extra kommen lassen?", fragte Dirk verdrossen.

„So banal ist das Ding gar nicht", zischte Udo mit gedämpfter Stimme, damit seine Frau, die in die Küche gegangen war, es nicht mithörte. „Friedrichs Frau hat diese Schlüsselkarte zufällig in meinem Büro gefunden. Ausgerechnet in meinem Büro! Sie muss mir unbemerkt aus der Brieftasche gerutscht sein. Frau Friedrich glaubt, dass sie ihrem Mann gehört hat und sie die Schlüsselkarte

233

zu seinem Büro in der Davesta ist. Vielleicht hat Bachmann sie tatsächlich im Wald gefunden, da, wo die alte Hütte stand."

Dirk schlug sich klatschend mit der Hand vor die Stirn. „Deine Frau Friedrich kann vieles glauben." Er starrte seinen Bruder vorwurfsvoll an. „Wie kann man bloß so dumm sein und die Frau des Mannes, den wir entführt haben, zu seiner Sekretärin machen? Nur ein falsches Wörtchen, und die Frau begreift, mit wem sie es zu tun hat! Dann hättest du auch gleich direkt zur Polizei gehen können, um uns anzuzeigen. Es ist nur eine Frage der Zeit, bis sie was merkt! Darauf gebe ich dir Brief und Siegel!"

„Ich habe es Inge zuliebe gemacht. Sie hatte Mitleid mit der Frau. Ich konnte ihr den Wunsch nicht abschlagen."

„Wie kommt die Frau Friedrich darauf, dass ausgerechnet diese Karte die Schlüsselkarte ihres Mannes war?"

„Sie meint sie wiedererkannt zu haben."

„Das besagt überhaupt nichts. So wie diese hier sehen Millionen Schlüsselkarten aus. Die hat Bachmann gehört und nicht Friedrich!"

„Wenn Bachmann sie im Wald gefunden hat, weil Friedrich sie in der Nähe der Hütte verloren hat?"

„Das ist aber ein bisschen weit hergeholt! Bachmann wird dieses Kärtchen längst vergessen haben."

„Wenn Bachmann dich trotzdem nach dieser Karte fragen sollte, sage ihm, du hättest sie nicht und wüsstest nicht, wer sie hat. Am Ende landet sie noch auf der Polizeiwache."

Missgestimmt trennten sich die Brüder.

Aber Peter Bachmann erinnerte sich sehr wohl an die Schlüsselkarte und bat Dirk, sie ihm bei Gelegenheit zurückzugeben. „Weißt du, sie ist sehr nützlich für mich. Ich öffne damit von außen die Türen, wenn ich mich mal ausgesperrt habe oder jemand aus meinem Bekanntenkreis draußen vor seiner Wohnungstür steht, und der Schlüssel zur Wohnung ist drinnen."

Dirk machte ein finsteres Gesicht. „Ich glaube, dass ich sie nicht mehr habe."

„Bestimmt hast du sie noch! Die liegt noch irgendwo bei dir rum! Gib sie mir bitte zurück!"

Mardhorst war sich darüber unschlüssig, ob er die Karte Bachmann zurückgeben solle oder nicht. Er hatte nicht den Eindruck, dass der damit gleich zur Polizei laufen würde. „Ich suche danach", murmelte er beiläufig.

Einige Tage später fragte Bachmann erneut nach der Karte. Dass Dirk sie ihm nur ungern zurückgab, fiel ihm auf. Hatte der vielleicht doch etwas zu verbergen? Der Fundort der Karte war dort, wo mal die abgerissene Hütte stand. Prang, ihr Chef, vermutete, dass der Entführte in genau dieser Hütte gefangen gehalten worden war. Und Prang verdächtigte Mardhorst. Bachmann dachte an die Belohnung. Fünfzehn- bis zwanzigtausend Euro, wenn er dazu beitrug, dass Mardhorst als einer der Kidnapper

235

auffliegen würde. Es war schwierig, in dieser heiklen Angelegenheit eine endgültige Entscheidung zu treffen, ohne zu schwanken. Peter fühlte sich mit dieser ganzen Angelegenheit überfordert. Das zehrte an seinen Nerven.

Forstamtsleiter Prang erschien im Keller des Forstamtes. Dort waren gerade Dirk und Peter damit beschäftigt, ihre Jagdwaffen zu reinigen.

Prang legte einen Briefumschlag auf den Werkzeugtisch. „Nächste Woche findet im Veranstaltungshaus in Tronnstadt ein Wochenendseminar zum Thema „Douglasien" statt. Nur ein Kollege kann teilnehmen. Einigen Sie sich, wer von Ihnen hinfahren will." Er eilte darauf wieder in die oberen Stockwerke.

„Dirk, willst du nicht hinfahren?", fragte Bachmann. „Die Unterkunft ist urgemütlich, mit Kamin und Sauna. Und das Essen ist nicht zu verachten."

„Ich weiß", antwortete Mardhorst. „Aber ich muss weiter an der Hütte bauen, ehe strenger Frost kommt. Außerdem will ich nicht, dass so viele lose Fichtenstämme im Forst herumliegen. Diese Bande, die sich hier im Wald herumtreibt, wird damit nur zum Klauen eingeladen. Sind die Stämme aber fest verbaut, sind sie vor dem Diebsgesindel sicher. Also fahr du mal hin."

„Passt mir nicht so gut", erwiderte Bachmann. „Meine Frau ist mit den Kindern übers Wochenende verreist. Da habe ich mal wieder Zeit für meine Mädels. Die habe ich in den letzten Wochen etwas vernachlässigt."

„Peter, für die nächsten Wochen ist Nachtfrost angekündigt. Die Hütte soll fertig sein vorm Winter", widersprach Dirk.

Bachmann griff nach dem Couvert, holte das Schreiben daraus hervor und las es laut vor. „Findet statt von Samstagmorgen bis Sonntagmittag", schloss er den Bericht.

„Dann hast du doch noch genügend Zeit für deine Mädels", sagte Dirk. „Den ganzen Sonntagnachmittag!" Natürlich war es unterhaltsamer, das Wochenende mit hübschen jungen Mädchen zu verbringen, mit ihnen in die Stadt zu fahren und unbekümmert durch die Kneipen zu ziehen, als sich mit dem wirtschaftlichen Nutzen oder Schaden schnell wachsender Nadelgehölze zu beschäftigen. Dirk ahnte, wie schwer Bachmann dieser Verzicht fallen musste.

Bachmann willigte schließlich nach einigem Zögern ein. Sie beugten sich wieder über ihre Gewehre.

42

Es war Sonntagvormittag gegen elf, als Mardhorst seine Baustelle im Wald verließ, um im Forsthaus zwischendurch einen kleinen Imbiss einzunehmen. Das

Sägen und Hämmern in der frischen, kalten Oktoberluft machte hungrig. Er stellte die Kaffeemaschine an.

Da klingelte das Telefon auf seinem Schreibtisch. Er dachte gleich an einem Wildunfall. Unfälle dieser Art kamen in dieser Jahreszeit ziemlich häufig vor, trotz der Warnschilder an den Straßenrändern.

Ein Wanderer meldete sich und teilte atemlos unter Stocken mit, dass ein Hochsitz einen Abhang hinuntergestürzt sei und dass zwei Personen leblos unter den Trümmern lägen. Es sehe so aus, als seien sie tot. Dirk ließ sich die Unfallstelle schildern und begriff sehr schnell, dass es sich bei dem verunglückten Hochsitz um den am Talgrund handelte. Zwei Personen? Spaziergängern war das Besteigen von forstlichen Einrichtungen unter Strafe verboten. Mardhorst erklärte dem Anrufer, dass er sich sofort zur Unfallstelle begeben werde.

Es dauerte nur wenige Minuten, bis Mardhorst dort ankam. Der Hochsitz stand nicht mehr auf der Anhöhe. Auf der Wiese verstreut lagen seine Trümmer. An der Unfallstelle waren schon einige ältere Leute anwesend: die Anrufer, die sie als Erste bemerkt hatten. Sie erklärten, dass sie Polizei und Rettungswagen gerufen hätten.

Zwischen den Trümmern lagen bäuchlings ein Mann und etwa zwei Meter von ihm entfernt eine Frau mit blonden Haaren, beide in Jacken und Jeans. Einer der anwesenden Wanderer berichtete, dass die Körper von den Trümmern übersät gewesen seien, als sie sie auffanden.

Mardhorst wendete behutsam die leblosen Körper. Der Mann im Gras war Bachmann, die Frau neben ihm eine sehr junge Frau, die er nicht kannte. Beide gaben kein Lebenszeichen von sich. Mardhorst fühlte den Puls beider und schüttelte langsam den Kopf. An den unteren Gesichtshälften der leblos Daliegenden klebte eingetrocknetes Blut. Dirk nahm an, dass sie von den einstürzenden Trümmerteilen erschlagen worden waren oder sich bei dem Aufprall aus zwanzig Metern Höhe das Genick gebrochen hatten. Wahrscheinlich war Bachmann am Abend zuvor mit seiner Begleiterin auf den Hochsitz geklettert. Aber er sollte doch auf der Tagung sein! Wieso lag er hier tot im Gras, neben einer seiner Mädels?

Mardhorst rief über Handy seinen Chef an und schilderte ihm in kurzen Worten das Unglücksgeschehen. Prang war nicht am Ort und teilte mit, er werde erst in einigen Stunden zurück sein. „Herr Bachmann sollte doch an diesem Wochenende auf der Tagung sein!", rief Dirk verstört. „Hat die nicht stattgefunden?"

Prang erklärte, dass Bachmann gar nicht zu der Tagung gefahren sei, wegen eines plötzlichen Trauerfalles in seiner Familie. Daher sei er, Prang, in letzter Sekunde für ihn eingesprungen und selbst zur Tagung gefahren, da auch er, Mardhorst, wegen des Hüttenbaues ja nicht habe fahren wollen.

´Hat er doch noch eine schnelle Ausrede gefunden, um sich mit seiner Liebsten ein schönes Wochenende zu

239

machen`, dachte Mardhorst traurig. Aber das Wochenende war nur für kurze Zeit schön gewesen. Der vorgetäuschte Trauerfall, dessentwegen er die Tagung schwänzte, war er dann letztendlich selber.

Während er auf das Eintreffen der Rettungskräfte und der Polizei wartete, suchte Dirk nach Bachmanns Auto. Es stand verlassen auf einem der Waldwege, ziemlich weit entfernt vom Talgrund. Es sah so aus, als hätte Bachmann mit seiner Begleiterin am Samstag noch einen längeren Abendspaziergang gemacht, bevor er mit ihr gemeinsam in den Tod stürzte.

Polizei und Rettungswagen brauchten lange, um den Platz im Wald ausfindig zu machen. Weitere Personen trafen am Schauplatz ein. In kurzer Zeit war die ganze Waldwiese voller Menschen. Wie hatte sich der Unfall bloß so schnell herumgesprochen?

Die Rettungskräfte konnten, wie erwartet, nur noch den Tod der beiden Abgestürzten feststellen. Die Kripo-Beamten Henner und Bittner ließen den Unfallort abriegeln und untersuchten mit ihren Kollegen von der Kriminaltechnik die Stützpfeiler. Es wurde eigens ein Holzsachverständiger aus dem Wochenende geholt, der Kerben und Bruchlinien an den tragenden Pfeilern des Hochsitzes feststellte. Keine natürlichen Brüche, die auf Verschleiß hindeuteten, wie er sagte, sondern dem ersten Anschein nach wohl mit einer Axt angebracht. Das zeige eindeutig der Verlauf der Bruchlinien. „Sehr fachmännisch! Das muss ein Profi gewesen sein, der was von Holzfällen verstand. Die Kerben sind extra so angebracht worden, dass sich der Hochsitz unweigerlich nach vorne neigen musste, dem Tal entgegen. Das war offensichtlich so gewollt! Ein Meisterstück, vom Teufel ausgedacht!", schloss der Sachverständige seinen Bericht.

Es dämmerte bereits, als die zwei Leichenwagen sich langsam auf der Wiese der Unfallstelle näherten. Nachdem die Särge verladen waren und die Leichenwagen sich ebenso langsam und würdevoll über die Wiese entfernten, wie sie gekommen waren, erschien Forstamtsleiter Prang, den Dirk kurz begrüßte und über den Sachverhalt informierte. Die Kripo-Beamten hatten zwischenzeitlich einen Lkw angefordert, auf dem sie die beschlagnahmten Holzpfeiler abtransportieren ließen.

Mittlerweile hatte sich Dunkelheit über die Wiese gesenkt und die Scheinwerfer der Kriminaltechnik irrten umher wie in einem Lehrfilm für angehende Forensiker.

Prang und Mardhorst wurden vernommen. Mardhorst wies auf eine Bande von Jugendlichen hin, die sich hier ab und zu herumtrieben, den Wald als ihren Freizeitpark ansähen und dabei mutwillig Schäden anrichteten. Jugendliche, die auf diese Weise ihren Alltagsfrust abreagieren wollten und dabei Bestätigung, Abenteuer und Spaß suchten. Er gab an, schon früher immer wieder Beschädigungen an Stützpfeilern von Hochsitzen festgestellt zu haben. „Bis jetzt konnte ich das Schlimmste verhindern. Das, was hier passiert ist, war ein Dumme-Jungen-Streich, der zum Albtraum geworden ist."

Prang, der daneben stand, brauste auf. „Das, was hier passiert ist, war doch kein Dumme-Jungen-Streich gelangweilter Jugendlicher! Das war vollendeter Mord! Hier sollte jemand beseitigt werden! Den Mörder müssen Sie ganz schnell finden!", rief er den Kommissaren zu. „Ich gehe davon aus, dass der nächste Hochsitz, der zusammenkracht, vom Mörder schon anvisiert ist. Herr Bachmann hatte, soweit ich weiß, überhaupt keine Feinde. Er war ein allseits beliebter Kollege, über den niemand jemals etwas Schlechtes gesagt hat. Der hat keiner Fliege etwas zuleide getan. Ich bin der Überzeugung, dass mit Herrn Bachmann der Falsche getroffen wurde und dass derjenige, der beseitigt werden sollte, nur aus purem Zufall verschont geblieben ist. Bis der Mörder nicht dingfest gemacht ist, darf keiner mehr auf einen Hochsitz hier im Forst."

Die Kommissare Henner und Bittner bestellten die beiden Förster zur Vernehmung für den nächsten Morgen aufs Kommissariat. Prang hoffte, dass die Fingerabdrücke und die DNA-Spuren an den sichergestellten Pfeilern Dirk Mardhorst als Täter entlarven würden. Bis dahin musste auch er, Prang, den Hochsitzen fernbleiben.

43

Inge sah von ihrem Aktenstudium auf. Sie bereitete sich an diesem Abend auf die nächste Stadtratssitzung vor, in der sie für die Erweiterung der Fußgängerpassage am Markplatz stimmen wollte. Sie beabsichtigte, damit die Geschäftsleute zu unterstützen, die sich alle dafür aussprachen. Das Ergebnis der Abstimmung war höchst ungewiss, weil die Autofahrer unter den Stadträten keinen Umweg fahren wollten und das Projekt daher ablehnten. Während ihrer Überlegungen hörte sie das Haustürschloss knacken. Ihr Mann kam nach Hause.

Im Flur ging das Licht an, Udo hängte Mantel, Schal und Krawatte an der Garderobe ab. „Du lieber Himmel, was habe ich mir heute wieder alles anhören müssen", sagte er seufzend und trat ins Arbeitszimmer seiner Frau.

Inge erhob sich vom Schreibtisch und ließ den Rollladen herunter.

„Irgendwann kam wieder der Satz, statt des Wellnessbades hätten sie lieber ein Fußballstadion gehabt, stell dir vor. Das waren aber natürlich nur Männer, die das gesagt haben. Die Frauen in Saal konterten sofort und verteidigten unter Protest unser zukünftiges Bad. Die Stimmung kippte dann vollends, als sie meine eigene Meinung hörten, mit der ich nicht hinterm Berg hielt: 'Wenn ihr ein eigenes Fußballstadion haben wollt, müsst ihr euch in Zukunft mehr anstrengen! Spieler, die nicht auf

Zack sind, haben kein Stadion verdient!' Das nahmen etliche persönlich, zu persönlich, wie ich meine, und es wurde richtig ungemütlich für mich. Da gab es einige im Saal, die sich ganz schön im Ton vergriffen. Eine richtige Schmutzkampagne war das! Die Leute haben heute keinen Respekt mehr vor Autoritäten."

Inge schwieg eine Weile finster, dann sagte sie ohne Umschweife: „Ich wünsche mir, dass du vor bestimmten Personen auch etwas mehr Respekt an den Tag legen würdest!"

„Wie bitte?", brauste Udo auf. „Ich habe vor allen Leuten die gleiche Achtung, meine Liebe! Da mache ich überhaupt keine Unterschiede."

Inge tat einen energischen Schritt auf ihn zu. „Du hörst sofort auf, an Frau Friedrich herumzunörgeln. Ich verbiete es dir, sie weiterhin zu mobben!"

„Ich habe sie überhaupt nicht gemobbt! Ich habe ihr nur gesagt, dass ihre Arbeitsergebnisse zu wünschen übriglassen", antwortete Udo schmallippig. Er begriff jetzt, worauf sie hinauswollte.

„Sie hat mal gerade erst angefangen! In Wahrheit willst du die Frau aus dem Job graulen. Du hoffst, dass sie von sich aus geht. Sie soll ganz schnell das Handtuch schmeißen! Das ist`s, was du willst! Schäbig ist das von dir! Sehr schäbig, Udo!"

„Sie arbeitet zu unkonzentriert. Zu viele Flüchtigkeitsfehler."

„Das ist kein Wunder! Bei dem Kummer, den sie hat wegen euch!" Inge geriet außer sich vor Wut. Sie schlug die geballte Faust knallend auf die Innenfläche der anderen Hand. „Ich verlange von dir, dass du Frau Friedrich in Zukunft anständig und kollegial behandelst, damit sie keinen Grund hat, sich über dich zu beklagen!"

Udo schwieg eine Weile düster. Darauf sagte er: „Die Frau ist bei mir fehl am Platz! Ich hätte sie schon gar nicht einstellen dürfen. Glaser hat ihr gegenüber bestimmt schon durchblicken lassen, dass er mich verdächtigt, an der Entführung ihres Mannes beteiligt gewesen zu sein. Jetzt, wo er offiziell seine Gegenkandidatur angemeldet hat, ist er dankbar für jede Gelegenheit, die sich ihm bietet, meinen Ruf zu untergraben und mich zu diffamieren, selbst, wenn seine Chancen in der Partei als Kandidat für die Bürgermeisterwahl aufgestellt zu werden, ziemlich gering sind."

Inge ließ sich von ihrer Meinung nicht abbringen. „Frau Friedrich behält ihren Job in deinem Büro. Sie braucht das Geld für sich und die Kinder, solange ihr Mann nicht für die Familie sorgt. Wenn Frau Friedrich von sich aus kündigt, Udo, dann ist zwischen uns beiden endgültig Schluss. Dann heißt es: Goodbye!"

Udo macht eine Miene, als schlucke er etwas furchtbar Bitteres hinunter.

„Wenn Glaser irgendwelche Verdächtigungen über dich verbreitet, schadet er sich nur selbst, solange er die

Beweise schuldig bleibt. Alle werden es nur als eine perfide Intrige ansehen, die dieser blasse schulmeisterliche Mann nötig hat, um auf sich aufmerksam zu machen. Irgendwelche Chancen gegen den smarten Windhund von der Opposition, der sich so lieb und kuschelig gibt, hat er keine. Das sieht man auf den ersten Blick. Ihn im Gegensatz zu dir ins Rennen zu schicken, ist aussichtslos", bemerkte Inge.

Udo starrte missmutig vor sich hin. Was seine Frau ihm sagte, gefiel ihm gar nicht. Frau Friedrich war von Anfang an ein Stachel in seinem Fleisch, den er so schnell wie möglich loswerden wollte. Aber er wollte seine Kandidatur und vor allem seine Ehe nicht aufs Spiel setzen. Daher gab er zähneknirschend nach.

44

Scharf knallten die Schüsse aus den Jagdgewehren und hallten weithin über die herbstliche Waldlichtung. Die drei Männer, die hier, gewaltige Kopfhörer auf den Ohren, schon seit dem frühen Samstagmorgen gemeinsam Schießübungen machten, waren die beiden Jagdpächter Udo Mardhorst und Ulf Loberg sowie der Revierförster Dirk Mardhorst. Zweimal im Monat am Samstag trafen sie sich hier vor den runden Schießscheiben. Anschließend gegen Mittag setzten sie sich in Lobergs dunkelblauen

Mercedes und fuhren zum gemeinsamen Mittagessen in irgendeines der umliegenden Dorfgasthäuser.

An diesem Samstag beabsichtigten sie, nach der Mahlzeit wieder einmal ihre Jagdwaffen auf Vordermann zu bringen. Im Keller des Forsthauses befand sich ein großer Holztisch mit viel Platz zum Auseinandernehmen und Zusammenbauen der Gewehre.

„Ich kann so alt werden wie Methusalem, aber das Zerlegen und Zusammensetzen werde ich nicht mehr lernen. Hilf mir mal, Dirk!", sagte Udo seufzend.

Dirk erhob sich von seinem Stuhl, trat neben seinen Bruder und ergriff dessen Waffe. „Das Erste, was du machst, ist, das Gewehr sichern und das Magazin entfernen. Dann entsicherst du und baust die Kammer aus."

Udo folgte den Anweisungen seines Bruders und schob ihn beiseite. Dirk holte aus dem Kasten neben der Eingangstür drei Flaschen Bier, stellte sie mit den Gläsern vor die Plätze und schenkte ein.

„Das entschädigt für vieles!", sagte Udo erfreut und hob das Glas an die Lippen.

Auch Loberg ergriff das Glas, trank aber nicht. „Wisst ihr, dass an dem Tag, an dem dein zukünftiger Schwiegersohn, Udo, das Lösegeld bei mir abgeliefert hat, ich spätabends in meinem Büro von zwei vermummten Typen überfallen worden bin, die mich ganz brutal mit vorgehaltener Pistole zwangen, den Tresor zu öffnen?"

Udo hielt abrupt mit seiner Arbeit inne. „Tatsächlich?"

Dirk machte eine betroffene Miene und ließ ebenfalls die Arbeit ruhen.

„Die traten verdammt rabiat auf, sage ich euch. Jetzt sagt mir bloß: Woher haben die gewusst, dass ausgerechnet an diesem Abend", er hob seinen fetten weißen Zeigefinger, „so viel Geld in meinem Tresor war, dass sich ein Raubüberfall wirklich gelohnt hätte?" Er richtete seinen Blick auf die beiden anderen Männer am Tisch. „Ist das nicht ein verdammt blöder Zufall?"

Die beiden anderen starrten Loberg wie gelähmt an.

„Meinen achtjährigen Sohn, der unglücklicherweise an diesem Tag bei mir im Büro war, versuchten sie, als Geisel zu nehmen. Er leidet heute noch unter diesem Albtraum. Wir können ihn nicht mehr alleinlassen, ohne dass er durchdreht; weigert sich jede Nacht unter Heulen, im Dunkeln zu schlafen, schreit im Schlaf auf, wird wahrscheinlich von Albträumen gequält. Es hat Spuren bei ihm hinterlassen, kann ich euch sagen."

„Aber das Geld haben sie nicht gekriegt. Das Lösegeld wird zügig auf das Konto unserer Stadt eingezahlt", entgegnete Udo überrascht.

Loberg lachte vergnügt. „Wer zu spät kommt, den bestraft bekanntlich das Leben. Nur zwei Stunden früher und sie hätten die ganzen zehn Millionen seelenruhig einstecken können. Zu spät! Noch rechtzeitig erschienen der Geldtransporter und die Angestellten von der

Anwaltskanzlei." Loberg nickte bedächtig. „Die Räuber haben zwar noch Geld aus meinem Tresor in die Hände gekriegt, aber ich konnte ihnen durch den Stoff ihrer Gangstermasken die Enttäuschung über die mickrige Ausbeute ansehen. Sie hatten mit mehr gerechnet." Er lachte höhnisch.

„Wer kann das gewesen sein?", fragte Udo mehr sich selbst als die anderen.

„Welche, die Kenntnis hatten vom Eingang des Geldes!", sagte Loberg augenzwinkernd.

„Du meinst, jemand von uns?", fragte Udo betroffen.

„Dein zukünftiger Schwiegersohn, hat der nicht seit dieser Zeit ein ausgeschlagenes Auge, Udo?", fragte Loberg listig mit zusammengekniffenen Augen.

„Von einer Schlägerei her", antwortete Udo gleichgültig.

Loberg lachte verschmitzt. „Damit hat er euch höchstwahrscheinlich angelogen. Das mit dem Auge stammt woanders her."

„Woher?", fragte Udo.

„Ich habe mich tapfer zur Wehr gesetzt, an diesem Abend, schon meines Kindes wegen. Es ist mir gelungen, geistesgegenwärtig meinen Schlüsselbund zu grapschen, bevor sie auf mich einschlugen. Den schleuderte ich einem der Verbrecher in den Augenschlitz. Ein Volltreffer! Der Getroffene taumelte, es muss wohl sehr schmerzhaft gewesen sein."

„Tobias?", fragte Udo befremdet.

„Ich bin mir sicher, dass er einer der Räuber ist. Nur er hat davon gewusst und … sein Komplize. Er und sein Komplize wollten sich rechtzeitig die Millionen untern Nagel reißen und sich damit ein schönes Leben machen", sagte Loberg. „Abgehauen sind sie auf einem Motorrad, dessen Motor den gleichen Klang hatte wie der, den ich gehört habe, als Tobias von einem Besuch bei euch abfuhr. Genau der gleiche! Tobias war einer von beiden, aber wer war der andere? Auch einer mit Insiderwissen!" Er richtete sein Gewehr auf Dirk. „Wenn ich rauskriege, wer das war, und das kriege ich raus, hat derjenige welcher nichts zu lachen."

Dirk reagierte prompt. „Falls du mich im Verdacht hast: Ich habe damit überhaupt nichts zu tun. Ich hätte meinen Bruder und auch die anderen niemals hintergangen."

Dirk und Loberg fixierten sich kalt aus schmalen Augenritzen.

„Ich kenne meinen Bruder, Loberg. Er würde so etwas niemals tun. Er hat Frau und drei Kinder. Er würde sie niemals im Stich lassen", bemerkte Udo.

„Zwei hartgesottene Typen! Der Schluss, dass Tobias einer von ihnen war, ist für mich zweifelsfrei. Und dann wäre es vielleicht gar nicht so schwer gewesen! Nebenan steht ein Flugzeug. Damit wäre man schnell über alle Berge", fügte Loberg hinzu.

Dirk lächelte geringschätzig. „Schon ein starkes Stück, was du mir alles zutraust. Da wäre ich selber nicht drauf gekommen!"

Udo nahm seinen Bruder in Schutz. „Ich kenne Dirk von klein auf. So was würde er nicht machen, Loberg. Unsere Familie hat immer zusammengehalten. Und dass Tobias einer der Räuber war, das vermutest du nur. Vielleicht war es nur reiner Zufall, dass die Verbrecher dich ausgerechnet an diesem Abend überfallen haben. Vielleicht haben sie zufällig eine Information aufgeschnappt oder etwas beobachtet. Wir müssen zusammenhalten", fügte Udo eindringlich hinzu.

Loberg ließ sich von seinem Verdacht nicht abbringen. „Ich kriege schon noch raus, wer das war." Von Dirks einfältiger Unschuldsmiene ließ er sich nicht beeindrucken.

Sechster Teil

45

Es war gegen einundzwanzig Uhr, als bei Martina Friedrich das Telefon klingelte. Sie wusste instinktiv, dass es ihr Mann war.

Jeden Abend saß sie bis spät in die Nacht hellwach neben dem Telefon und wartete auf seinen Anruf. Einschlafen konnte sie seit dem Tag seiner Entführung nicht vor zwei oder drei Uhr nachts und dann nur für höchstens drei oder vier Stunden. Ein normaler Nachtschlaf war für sie zum Fremdwort geworden. Sie fragte sich manchmal, wie lange ihr Nervensystem das wohl durchhalten würde, ohne zusammenzubrechen. Es konnte passieren, dass ihre Kinder von heute auf morgen ohne ihre Mutter dastanden.

Christians Stimme klang wie immer aufgeregt und hastig, wie getrieben. Aber er hatte diesmal eine gute Nachricht. Er berichtete, dass er eine neue, bessere Stelle bei einer renommierten Schweizer Bank erhalten habe. Auch habe er eine schöne große Wohnung in Aussicht. Martina fragte ihn nach der Bank. Christian antwortete, er wolle nicht, dass er dort angerufen werde, denn die Stelle sei bisher nur befristet. Er wolle sie nicht aufs Spiel setzen durch Anrufe von privat. Die würden dort nicht gern gesehen. Sie werde aber alles Wichtige bald erfahren, wenn sie in der Schweiz sei. Auch wolle er von der

Vergangenheit nichts mehr wissen, er blicke nach vorn. Was gewesen sei, sei gewesen. Er müsse sich jetzt voll und ganz seiner neuen Aufgabe widmen. Auch die Wohnung sei ein Glückstreffer, es sei schon mehr eine kleine Villa, wunderschön ruhig gelegen mit toller Aussicht über die Stadt Zürich. Allerdings bestünde noch erheblicher Renovierungsbedarf. Der Umzug nach dort würde sich daher noch etwas verzögern. Die alten Herrschaften, die dort gewohnt hätten, hätten lange nicht renoviert und er wolle, dass seine Familie in eine frisch tapezierte Wohnung einziehe. Auch ein kleiner, aber hübscher Garten sei vorhanden. Er freue sich schon darauf, mit seiner Familie sonntags auf der Terrasse zu frühstücken und abends nach der Arbeit bei einem Glas Wein den schönen weiten Blick über die Stadt zu genießen. Es werde bestimmt auch ihr und den Kindern gefallen. Er ließ seiner Frau keine Zeit zu weiteren Nachfragen.

„Aber dann geschah etwas ganz Furchtbares", berichtete sie telefonisch am selben Abend atemlos dem Bürgermeister. „Mein Mann schrie mitten im Gespräch auf einmal laut auf, ganz laut, so: ´Ah, ah!`. Es hörte sich an, als hätte ihm jemand unversehens ein Messer in den Rücken gerammt. Es war schrecklich anzuhören, wie qualvoll es für ihn war. Ich habe geschrien: ´Christian, Christian, was ist los?` Er gab keine Antwort und stöhnte und schrie wie ein verwundetes Tier. Dann hat jemand schnell den Hörer aufgelegt und es war ganz still in der

253

Leitung. Seitdem habe ich von Christian nichts mehr gehört. Ein Angriff aus dem Hinterhalt, so hörte es sich an. Christian war offenbar ganz ahnungslos", erzählte sie völlig aufgelöst und weinend. „Ich habe sofort die Polizei angerufen. Sie haben mir versprochen, gleich die Züricher Kollegen einzuschalten."

„Ich werde mich umgehend nach dem neuesten Stand der Ermittlungen erkundigen", versprach Mardhorst aufgeregt. „Vielleicht war`s ein Raubüberfall." Er wirkte sehr beunruhigt, geradezu aufgewühlt. „Die Schweizer Polizei kann feststellen, von wo aus der Anruf erfolgt ist."

Als sie eine halbe Stunde später ins Büro kam, telefonierte ihr Chef noch mit der Polizei.

„Die Kantonspolizei Zürich hat sofort eine Suche gestartet, aber bis jetzt keinen Verletzten oder Toten im Raum Zürich ermittelt mit der genannten Personenbeschreibung. Die Telefondaten würden noch überprüft. Eine Ortung des Handys sei bislang ergebnislos verlaufen. Jedenfalls ist nichts Außergewöhnliches gemeldet worden. Wenn ich etwas Neues höre, informiere ich Sie sofort", sagte er nach dem Telefonat. Darauf ging er wieder seinen Dienstgeschäften nach.

Martina Friedrich aber kam das alles höchst mysteriös vor. Irgendwas stimmte nicht mit ihrem Mann. Warum wollte er nicht, dass sie ihn anrief? Warum versteckte er sich vor ihr? Warum diese Geheimniskrämerei?

46

Bürgermeister Mardhorst fuhr eine Woche später an einem Samstagmorgen früh in sein Büro. Oben im zweiten Stock des Rathauses hallten Schritte durch den Flur. Mardhorst hielt inne und lauschte. Dass sich jemand hier im Rathaus zu dieser Zeit aufhielt, war sehr ungewöhnlich. Er eilte die breite mittelalterliche Steintreppe hoch.

Zu seiner Verwunderung fand er sein Büro offen vor. Eine Person kniete vor seinem Aktenschrank. „Was hast du in meinem Büro zu suchen? Hinter meinem Rücken?"

Glaser erhob sich abrupt und drehte sich um. Totenbleich war sein Gesicht. Er stellte sich kerzengerade vor Mardhorst auf. Sehr schnell erlangte er seine Fassung zurück. „Mir sind Ungereimtheiten bei der Vergabe des Bauauftrags aufgefallen." Er ging gleich ohne große Umstände zum Gegenangriff über und nutzte geschickt die Verblüffung seines Kontrahenten aus. „Die Auftragsvergabe an den Bauunternehmer Loberg war äußerst fragwürdig. Sie hat andere Bieter in unzulässiger Weise benachteiligt."

„Dummes Geschwätz! Wieso kommst du damit erst jetzt", konterte Mardhorst hitzig. „Wie du weißt, hat der Stadtrat in öffentlicher Sitzung über die Vergabe des Bauauftrags beraten und mit Mehrheit beschlossen, dass der Auftrag an den Bauunternehmer Loberg gehen soll und zwar wegen seiner besonderen Sachkunde in diesem speziellen Fall. Es ist also alles mit rechten Dingen zugegangen."

„Diese Sachkunde hatten auch die anderen Bieter!", entgegnete Glaser unbeirrt.

„Gegen die speziellen Kenntnisse und Fähigkeiten Herrn Lobergs sind vom Stadtrat keine Einwände erhoben worden. Herr Loberg kennt sich aus mit Großbauten bei schwierigen Bodenverhältnissen. Dir ist wahrscheinlich nicht bekannt, dass das Bad auf einem Gelände gebaut wird, unter dem ein unterirdisches Gewässer fließt, was zu Höhlenbildung geführt hat. Es sind also besondere technische Anforderungen und Fachkenntnisse erforderlich, um die Stabilität des Baues zu gewährleisten. Andere Bieter besaßen diese speziellen Fachkenntnisse nicht."

„Du hast dem Bauunternehmer Loberg diesen lukrativen Auftrag unter Missachtung der Ausschreibungspflicht zugeschanzt und ihn gegenüber den anderen Bietern in unzulässiger Weise bevorzugt. Du hast die Stadträte dazu überredet, sich für Herrn Loberg zu entscheiden und nicht für einen anderen. Dabei waren die anderen Bieter fachlich genauso kompetent. Und warum diese Bevorzugung? Weil er dein Jagdfreund ist und du ihm einen Gefallen machen wolltest, aus welchem Gründen auch immer."

„Alles an den Haaren herbeigezogen! Herr Loberg war zudem der einzige Bieter, der gleich mit dem Bau anfangen konnte, die anderen erst sehr viel später. Wir haben schon viel zu viel Zeit durch die archäologischen Ausgrabungen verloren. Alle wollten jetzt, dass es mit dem Bau endlich losging. Mit Jagdfreundschaft hatte das nichts zu tun. Diese Annahme ist eine infame Unterstellung ohne realen Hintergrund. Alle Anbieter, die für solche komplexen Aufträge in Betracht kamen, haben wir damals zur Abgabe eines Angebotes aufgefordert. Zu dieser Art von Wettbewerb waren wir angesichts des komplexen Auftrags und des Auftragswertes auch berechtigt. Es kam überhaupt nur ein beschränkter Kreis von Bauunternehmen in Betracht. Nach sorgfältiger Prüfung blieb nur der Unternehmer Loberg übrig, der als Einziger alle Anforderungen erfüllte."

Glaser wurde immer mutiger. „Es ist mir unverständlich, wo du die Kühnheit hernimmst, dich nach allem, was hier passiert ist, noch mal zur Wahl zu stellen."

Udo geriet außer Kontrolle. Er stürzte sich auf den viel kleineren schmächtigen Stadtkämmerer und knüllte den Kragen seines Jacketts mit beiden Fäusten zusammen.

„Lass mich los! Rühr mich nicht an!", keuchte Glaser atemlos und versuchte, sich aus den Fäusten Mardhorsts zu winden.

Der packte immer fester zu. „Du miese Ratte! Was hast du hier heimlich in meinem Aktenschrank herumzuschnüffeln? Was hast du hier zu suchen am Wochenende?" Er schüttelte den schwachen Mann brutal durch.

„Der Unternehmer Loberg hat sich der Geldwäsche schuldig gemacht! Weil er mit dem Geld aus der Entführung bezahlt wird", zischte Glaser mühsam, aber unerschrocken zwischen den Zähnen hervor. „Ich bin davon überzeugt, dass du mit den Entführern unter einer Decke steckst!"

„Dass ich mit der Entführung irgendetwas zu tun habe, dafür hast du keinerlei Beweise! Erzähle ruhig allen, dass du glaubst, ich wäre an der Entführung beteiligt gewesen! Keiner wird dir Glauben schenken! Sie werden es als das ansehen, was es ist: eine infame Intrige, erfunden nur aus dem Grund, mich vor den Parteifreunden und der Opposition zu diskreditieren. Dir ist jedes Mittel recht, meinen Ruf zu ruinieren und mir zu schaden, wo´s nur geht! Damit du selber nominiert wirst! Jeder wird sofort durchschauen, dass das nur eine ganz schmutzige Lügenkampagne ist, die du erfunden hast, damit man dich überhaupt wahrnimmt. Ich gebe dir Brief und Siegel: Du wirst dir damit nur selber schaden! Du stehst alleine da! Ich prophezeie dir: Gegen den zukünftigen Kandidaten der Opposition hast du nicht den Funken einer Chance und wenn deine Krawatten noch so glänzend leuchten! Dich als Kandidaten aufstellen, heißt für die Partei: Von vornherein verloren haben!"

„Nimm den Mund bloß nicht zu voll! Du fühlst dich doch nur dann stark, wenn eine Frau hinter dir steht!", würgte Glaser verächtlich hervor.

„Wichtigtuer! Angeber!", schrie Mardhorst und schleuderte ihn gegen den Aktenschrank.

Glaser erhob sich vom Boden und boxte Mardhorst ans Kinn. Beide Männer schlugen mit Fäusten aufeinander ein.

„Mir die Entführung anzuhängen, ist nur ein Auswuchs deines kranken Gehirns! Ein Lügenmärchen! Beweise gibt es keine!"

Beide Männer merkten nicht, dass sich die Tür zum Schreibzimmer nebenan leise einen Spaltbreit geöffnet hatte und jemand aus dem Nebenzimmer dieser unanständigen Rauferei unter erwachsenen Männer zusah und schon alles mit angehört hatte.

„Bricht in fremde Arbeitszimmer ein … um in den Unterlagen herumzuspionieren … mit dem Ziel, Ehrenrühriges gegen mich auszugraben. Du mieser hinterhältiger Leisetreter! Über dich gäbe es auch so manches Üble zu berichten, du scheinheiliger Hamster!"

Die Fäuste krachten, beide platzierten ihre Hiebe mit voller Berechnung.

„Raus mit dir aus meinem Büro! Und wehe, du kommst hier noch mal rein, ohne vorher anzuklopfen!", schrie Mardhorst, schleuderte den Stadtkämmerer in Richtung Tür und trat ihn zum Schluss in den Hintern.

Glaser rannte im Laufschritt den Flur entlang und verschwand über die Steintreppe.

Auf der Etage war es totenstill. Im Nebenzimmer aber zitterte Frau Friedrich und wartete, dass ihr Chef jeden

Augenblick die Tür aufreißen und sie in ihrem Schreibbüro entdecken würde. Sie bereute, dass sie der Bitte des Stadtkämmerers nachgegeben hatte, ihm heute früh ausnahmsweise die Amtsschlüssel des Bürgermeisters kurzfristig auszuhändigen. Sie war total verwirrt. Nebenan hörte sie ihren Chef telefonieren, wie es schien, mit seiner Frau. Diesen Umstand nutzte sie, aus dem Schreibzimmer in den Flur zu huschen und unbemerkt auf Zehenspitzen das Rathaus durch den Hintereingang zu verlassen.

Ihr Chef, der Bürgermeister der Stadt Hasserodt, sollte in die Entführung ihres Mannes verwickelt sein? Dieser Gedanke ließ ihr keine Ruhe. Sie musste über den Stadtkämmerer mehr darüber erfahren. Sie hatte das Gefühl, dass der sie auf seine Seite ziehen wollte, um etwas über ihren Chef in Erfahrung zu bringen und begriff, dass sie auf der Hut sein musste, um nicht auf einmal unbeabsichtigt zwischen die Fronten zu geraten. Das hätte das Ende ihres Arbeitsverhältnisses bedeutet, die fristlose Kündigung.

47

Inge und ihre Tochter schauten durch das Autofenster zum Rohbau des Lagunen-Bades hinüber, der große Fortschritte machte. „Das Erdgeschoss haben sie schon

hochgezogen. Es geht voran! Schneller, als ich dachte",
äußerte Inge.

Sie waren am Haus des Ehepaares Mardhorst
angekommen und stiegen aus.

„Alles still in der Wohnung", bemerkte Ilona, während
beide in die Küche gingen, um ein kleines Abendbrot
zuzubereiten.

„Dein Vater ist auf Dienstreise, kommt erst morgen im
Laufe des Tages zurück", sagte Inge und setzte sich an den
Küchentisch.

Ilona nahm ihr gegenüber Platz. Beide aßen schweigend.

„Was macht Tobias? Oder seid ihr nicht mehr
zusammen?", forschte Inge.

„Ehrlich gesagt, mache ich mir zurzeit große Sorgen um
ihn", antwortete Ilona bekümmert. „Er fühlt sich bedroht,
hat gesagt, dass er untertauchen müsse, weil er im Fall der
ermordeten Banker bei der Polizei gegen Leute von der
Mafia ausgesagt hat. Seine früheren Chefs aus dem „Haus
vorm Wald" sind aus der Untersuchungshaft entlassen
worden, weil die Polizei ihnen bis jetzt die Beteiligung an
den Morden nicht nachweisen konnte. Sie wissen natürlich
genau, wem sie die U-Haft zu verdanken haben. Tobias hat
Warnungen erhalten, fürchtet Vergeltungsschläge. Ich
habe seit einer Woche nichts mehr von ihm gehört, weiß
nicht, wo er sich aufhält, kann ihn nicht erreichen, sein
Handy ist immer ausgeschaltet."

„Du solltest dich lieber bald nach einer neuen Liebe umsehen", meinte Inge.

Da klingelte im Flur das Telefon. Inge stand auf und nahm den Hörer ab. Ihre Stimme klang auf einmal panisch. „Und sein Handy lag neben ihm?", hörte Ilona sie sagen. „Ein Pilzsucher hat ihn gefunden!", wiederholte ihre Mutter mechanisch die Worte aus dem Hörer.

Ilona trat neben sie, um besser mithören zu können. Das schien ein nicht alltägliches Telefonat zu sein. Ging es vielleicht um Tobias?

„Na, dann wird er`s auch sein!", sagte Inge niedergeschlagen. „Mein Gott! Das muss Sie ja schrecklich mitnehmen! Nach allem, was Sie schon durchgemacht haben. Es wird ein schwerer Gang für Sie werden! Morgen früh! Ich werde Sie bei meinem Mann entschuldigen, wenn er von der Dienstreise zurückkommt. Schlimmer konnte es nicht mehr kommen! Was soll ich Ihnen jetzt nur sagen? Nur leere Worte fallen mir ein. Elende Hilflosigkeit! Bleiben Sie tapfer und melden Sie sich, wenn sie wieder zurück sind!" Inge legte auf und schlich, das Kinn auf der Brust, an ihren Platz zurück, das Gesicht grau vor Kummer.

„Wer war denn am Telefon?", fragte Ilona ängstlich.

„Frau Friedrich! Die Frau des Mannes, den ihr entführt habt. Er ist tot aufgefunden worden. Die Todesursache steht noch nicht zweifelsfrei fest, ermordet, so, wie es aussieht. Hier in der näheren Umgebung von Hasserodt, in einem abgelegenen Waldstück hat ihn jemand gefunden. Sein Handy lag neben ihm, er muss noch kurz zuvor mit seiner Frau telefoniert haben, die Polizei hat es geortet. Frau Friedrich will den Angriff durchs Telefon sogar mitangehört haben. Sie geht von Mord aus. Die Polizei hat sie aufgefordert, hinzufahren und ihren Mann zu identifizieren! Eine schreckliche Geschichte!" Sie vergaß ihre Tochter und starrte abwesend vor sich hin.

So saß sie eine Zeitlang regungslos, bis ein schleifendes Geräusch am Tisch sie aus ihren Gedanken riss. Sie sah auf. Ilonas Kopf, das Gesicht kalkweiß, die Augen leer und tot, war zur Seite gefallen und hing schlaff über der Schulter. Beim Fallen auf den Boden streifte ihre Hand die volle Teetasse mit vom Tisch, die auf dem Küchenboden zerschellte.

Inge sprang auf. „Ilona, was ist los?" Sie vermutete einen Kreislaufkollaps ihrer Tochter. Mit Mühe zog sie den leblosen Körper Ilonas hoch, setzte ihn auf dem Küchenstuhl ab und musste ihn stützen, sonst wäre er ihr entglitten.

Es dauerte gut zehn Minuten, bis Ilona aus der Ohnmacht erwachte und das Kinn von der Brust hob.

„Du hast mir vielleicht einen Schrecken eingejagt!", sagte Inge mit rauer Stimme. „Was kam denn eben über dich? Der Tod von Herrn Friedrich hat dich wohl um den Verstand gebracht?"

Ilona starrte abwesend vor sich hin und hörte nicht die Worte ihrer Mutter. Sie war gedanklich nicht in der Gegenwart.

Inge empfand keinerlei Mitgefühl mit ihrer Tochter, sondern nur Zorn und Abscheu. Sie verachtete ihre ganze Familie. „Und meine ´Lieben`", sie ließ einen verächtlichen Laut vernehmen, „haben allein daran Schuld! Ohne die Entführung wäre er jetzt höchstwahrscheinlich noch am Leben! Eine gemeine Bande seid ihr! Wer von euch hat auf mich gehört? Ihr wart ja wie besessen von dieser aberwitzigen Idee, den Mann zu kidnappen. Ohne die Entführung wäre das Bad einige Jahre später fertig geworden! Na, wenn schon! Was wäre daran so schlimm gewesen, wenn man der Öffentlichkeit gesagt hätte: ´Wir haben das Geld nach bestem Wissen und Gewissen angelegt und es ohne eigene Schuld bei der Bank verloren`? Das hätte niemandem den Kopf gekostet! Sieh dir an, was ihr angerichtet habt!" Sie schwieg eine Weile und dachte nach. „Wer kann ein Interesse daran gehabt haben, Friedrich umzubringen? Hast du eine Ahnung?", fragte sie.

„Nein!", antwortete Ilona mechanisch.

„Hat er vielleicht jemanden von euch wiedererkannt und damit gedroht, mit seinem Wissen zur Polizei zu gehen?"

„Davon weiß ich nichts!"

„Und warum wurde er hier im Süden von Hasserodt aufgefunden? Ich denke, er war in der Schweiz und hat von dort aus seine Frau angerufen? Aus Zürich, wie mir Frau Friedrich berichtet hat."

„Ich weiß es nicht!", murmelte Ilona abwesend und erhob sich langsam. „Vielleicht war er auf dem Weg zu seiner Familie." Sie wollte gehen.

„Ich fahre dich nach Hause. Deine Nasenspitze gefällt mir nicht. Die sieht aus wie in Mehl getaucht", sagte Inge und stand ebenfalls auf.

Sie setzte ihre Tochter an der Wohnung ab, die Ilona mit Tobias teilte, bis er verschwand.

Der Abend und die darauffolgende Nacht waren für Inge traumatisch. An Schlaf war nicht zu denken. Inge beschlich ein Gefühl großer Sorge, sobald sie an ihre Tochter dachte. Das Verhalten Ilonas bereitete ihr ein unbestimmtes Unbehagen. Schließlich knipste sie entschlossen die Schlafzimmerlampe an und wählte die Nummer ihrer Tochter, ließ es lange läuten, aber Ilona meldete sich nicht. Inge hatte das befürchtet.

Sie warf sich den Wintermantel über, rutschte in ihre Stiefel, setzte sich ins Auto und fuhr mitten in der Nacht zur Wohnung ihrer Tochter. In einem der Zimmer brannte noch Licht.

Auf ihr Klingeln öffnete Ilona aber nicht. Inge klingelte lange. Keine Reaktion. Sie überlegte. Zur Wohnung Ilonas besaß sie keinen Schlüssel. Was war zu tun? Ihr Instinkt sagte ihr, dass irgendetwas hier nicht stimmte. Sie versuchte einen erneuten Kontakt über ihr Handy. Ohne

Erfolg. Konnte der Zusammenbruch ihrer Tochter etwas mit dem Verschwinden ihres Freundes zu tun haben?

Inge lief um das Haus herum. Alles war dunkel, die Straße still und verlassen. Die Wohnung Ilonas lag im ersten Stock. Inge schaute hoch und bemerkte im Licht der gegenüberstehenden Straßenlaterne, dass die Balkontür angelehnt war. Das war sonderbar bei dieser Jahreszeit. In der Nacht bildete sich schon Bodenfrost und überzog die Pfützen mit Eis.

Ohne zu zögern schwang sich Inge beherzt auf den Balkon im Erdgeschoss und kletterte vorsichtig von dessen Brüstung auf den Balkon der Tochter. Sie schob die Balkontür auf, ging in die Wohnung und rief leise Ilonas Namen. Die Wohnung schien leer. Im Badezimmer brannte Licht. Inge sah hinein und wich entsetzt zurück. Panik ergriff sie bei dem Anblick, der sich ihr bot.

Ilona lag leblos, die Augen geschlossen, in der Badewanne, dessen Wasser blutrot gefärbt war. An den Kacheln tropfte Blut herab, der Fußboden war blutverschmiert. Neben der Wanne auf den Fliesen lag ein blutiges Küchenmesser.

´Die wollte sich umbringen!` Inge berührte nichts, rief von ihrem Handy aus den Notarzt und den Rettungswagen. Auf den ersten Blick sah es so aus, als hätte sich Ilona die Pulsadern aufgeschnitten.

Inge stürmte in den Flur, machte Licht und suchte in fieberhafter Eile nach dem Wohnungsschlüssel. Sie fand ihn endlich in einer Schublade der Kommode und öffnete von innen die Wohnungstür. Gleich darauf klingelte es, die Rettungskräfte standen vor der Tür. Inge winkte sie ins Bad.

Ilona gab kein Lebenszeichen von sich. Der Notarzt stellte aber einen schwachen Puls fest. Vielleicht war es noch nicht zu spät. Die Verletzte wurde aus der Wohnung getragen. Inge stieg mit in den Krankenwagen ein, und mit flackerndem Blaulicht ging es ins Krankenhaus.

Ilona wurde in den Operationssaal geschoben. Inge wartete während der stundenlangen Notoperation auf dem Flur und kämpfte verzweifelt gegen den Schlaf, der sie nun - verspätet und am falschen Ort - niederzwingen wollte.

„Ihre Tochter wird auf die Intensivstation gebracht, der Zustand ist kritisch", erfuhr sie. Ilona sei ins künstliche Koma versetzt worden. Man riet Inge, nach Hause zu fahren, man werde sie am nächsten Tag über den Zustand der Tochter informieren. Sie solle gegen Vormittag im Krankenhaus anrufen. Völlig erschöpft, aber in einem plötzlichen Zustand schriller und unnatürlicher Wachheit verließ Inge das Krankenhaus.

„Ich finde partout keine Erklärung für diese Verzweiflungstat", sagte sie ratlos zu ihrem Mann. „Dumm genug, wenn es mit diesem Tobias zusammenhängt. Wie ich sie kenne, wird sie es mir auch nicht sagen. Warum hat sie nicht vorher das Gespräch mit mir gesucht? Ich habe sie gewarnt, aber sie wollte nicht hören. Man macht doch das eigene Leben nicht von einem anderen Menschen abhängig! So eine Inszenierung! Bloß wegen diesem Kerl, der sich in schlechter Gesellschaft befand, weswegen er sich dann auch lieber aus dem Staub gemacht hat!" Inges Schultern sanken herab. „Ich hätte sie in dieser verhängnisvollen Nacht auch nicht alleinlassen dürfen. Ihr plötzlicher Ohnmachtsanfall hätte mir eine Warnung sein müssen. Ich war zu gedankenlos und zu sehr mit der Familie Friedrich beschäftigt."

Udo saß hinter seinem Schreibtisch im Rathaus und starrte seine Frau über einen großen Aktenberg hinweg an. Er schwieg mürrisch. Dann sagte er: „Sie ist erwachsen! Sie muss wissen, was sie tut!"

„Frau Friedrich hat heute angerufen. Der Tote, den sie als ihren Mann identifizieren sollte, war ein Fremder. Die Erleichterung darüber hörte ich aus jedem ihrer Worte", fügte sie nach einer Weile des Schweigens hinzu. „Aber wie kommt das Handy ihres Mannes neben den unbekannten Toten? Und von diesem Handy aus soll ihr Mann sie kurz zuvor noch angerufen haben."

„Vielleicht ist es geraubt worden."

„Friedrich hat sich nach dem Anruf nicht wieder bei seiner Frau gemeldet. Frau Friedrich geht davon aus, dass ihrem Mann mit Sicherheit etwas Schlimmes zugestoßen ist, weil das Telefonat mit ihr so abrupt unter Schreien abbrach. Die Kripo hat außerdem herausgefunden, dass

Friedrich nicht polizeilich in Zürich gemeldet war. Die kontaktierten Banken in Zürich kannten den Namen angeblich auch nicht. Es scheint so, als habe er in der Schweiz keinerlei Spuren hinterlassen. Wie ein Phantom. Nirgendwo ist er eingeliefert worden, kein Krankenhaus kennt seinen Namen, und niemand vermisst ihn in der Schweiz. Das ist ein schlechtes Zeichen!"

Udo brauste auf. „Was kümmert mich, wo dieser Friedrich sich gerade rumtreibt. Das ist nicht mein Problem!"

Seine wachsende Wut merkte Inge ihm deutlich an, die war geradezu ansteckend. „Nein! Natürlich geht euch das nichts an! Natürlich wäre das alles auch passiert ohne die Entführung! Ihr seid unschuldig wie Neugeborene!"

Udo sprang auf und schleuderte seine Hand auf ihren Mund. „Halt die Klappe! Wenn das jemand hört!", zischte er.

Inge riss seine Hand aus ihrem Gesicht, warf sie gewaltsam von sich. Der Stuhl, auf dem sie saß, fiel polternd hinter ihr um. „Den Wahlkampf über bleibe ich noch. Weil ich es versprochen habe. Und dann bin ich weg! Ich will euch alle nicht mehr sehen!" Sie eilte zur Tür und verließ das Rathaus im Laufschritt.

48

Eine beachtliche Gruppe von Männern in dunkelgrüner Jägerkleidung bevölkerte den Hof. Die Jagd war vorüber und die Jäger versammelten sich rings um das Forsthaus zum abschließenden Umtrunk.

Forstamtsleiter Prang hatte gewaltige Mengen kalter Platten und Bier bestellt. Stimmengewirr und lautes Lachen beherrschten die Jagdgesellschaft. Unter den anwesenden Jägern waren natürlich auch der Bauunternehmer Loberg und die Brüder Udo und Dirk Mardhorst. Loberg hörte Dirk zu jemandem sagen, dass er am nächsten Tag noch eine letzte Kalkdüngung fliegen wolle. „Gleich nach dem Neun-Uhr-Frühstück geht's noch mal los."

Am nächsten Tag fuhr der dunkelblaue Mercedes Lobergs kurz vor neun Uhr lautlos wie ein Schatten vor dem Forsthaus vor. Auffallend war, dass an den hinteren Autofenstern schwarze Fensterrollos heruntergezogen waren.

Loberg beobachtete aufmerksam durch die vorderen Wagenfenster die Umgebung rings um das Forsthaus. Der Helikopter stand, wie es schien, abflugbereit draußen vor dem Hangar. Die Tür zum Forsthaus stand offen. Dirk schien mit Aufräumarbeiten vom Abend zuvor beschäftigt zu sein. Als Lobergs Wagen vorfuhr, trat er gerade aus dem Forsthaus.

Loberg stieg langsam aus und lächelte ihm zu. Dirk hielt inne und sah ihm argwöhnisch mit kalten Augen entgegen.

Loberg trat an ihn heran und zog eine Pistole aus der Manteltasche: „Kennst du diese Pistole, Dirk?"

Mardhorst erschrak. Seine Augen flitzten zwischen der Pistole in Lobergs Hand und Lobergs Gesicht hin und her. „Nein!", antwortete er dennoch bestimmt.

„Du bist ein Lügner, Dirk! Du und Tobias, ihr habt mich damit bedroht, als ihr mich in meinem Büro überfallen habt, nachdem Tobias das Lösegeld bei mir abgeliefert hatte. Ihr hofftet auf reiche Beute."

„Ich habe dich nicht überfallen! Diese Waffe habe ich noch nie gesehen!", schrie Dirk zitternd.

„Es ist auch nur eine Schreckschusspistole, aber immerhin. Das konnte ich nicht gleich erkennen, damals in meinem Büro. Auch eine Schreckschusspistole ist bekanntlich eine scharfe Waffe und nicht ganz ungefährlich. Sie hat mir und meinem Sohn jedenfalls einen gehörigen Schrecken eingejagt. Dirk, das hätte ich nicht von dir gedacht! Ihr habt mich sehr enttäuscht! Ich habe geglaubt, dass ich mich auf euch würde verlassen können!" Loberg nickte langsam und bedeutungsvoll nach diesem Satz.

„Ich schwöre dir: Ich war nicht bei dir im Büro, um das Lösegeld zu rauben! Das wäre mir nicht im Traum eingefallen!"

„Nur ihr beide, Tobias und du, kommt für den Raubüberfall in Betracht. Zehn Millionen! Ein schönes Sümmchen! Da habt ihr nicht widerstehen können. Habt euch verabredet und seid zu mir in mein Büro gefahren. Habt euch auf Tobias` Motorrad geschwungen, dem Geld hinterher! Nur schade für euch, dass es schon längst abgeholt worden war! Zwei Stunden früher und ihr wärt Multimillionäre gewesen! Danach war nichts mehr von den zehn Millionen in meinem Tresor! Die Enttäuschung darüber habe ich euch durch eure Gangstermasken angesehen."

„Ich hintergehe meine Freunde nicht!"

„An diesem Abend war ich nicht mehr euer Freund, Dirk! Das hattet ihr beide beschlossen! Genau diese Waffe war`s! Ich hatte sie ja in der Hand. Sie ist genau die gleiche Waffe, mit der ihr mich und meinen Sohn bedroht habt."

Dirks Augen flackerten. „Nein! Diese Waffe habe ich nie gesehen. Wenn du überfallen worden bist, habe ich nichts damit zu tun!"

„Ihr wolltet euch die Summe teilen und dann abschwirren, jeder in eine andere Richtung!"

„Niemals hätte ich meine Frau und die Kinder im Stich gelassen!"

„Tobias hat zugegeben, dass ihr am Abend nach der Geldübergabe zu mir gefahren seid und mich zusammengeschlagen habt. Ich und mein kleiner Sohn mussten danach zur Behandlung ins Krankenhaus."

„Tobias lügt! Ich war nicht dabei!"

„Lügner!"

Auf einmal, wie aus dem Erdboden geschossen, tauchten zwei kräftige junge Männer hinter Lobergs breitem Maurerrücken auf. Da bekam Mardhorst es mit der Angst zu tun und rannte los, in Richtung Helikopter.

„Hinter ihm her! Er darf uns nicht entwischen!", rief Loberg seinen Begleitern zu.

Dirk sprang behände ins Cockpit, warf die Tür hinter sich zu und startete den Motor. Die beiden Begleiter Lobergs versuchten ebenfalls ins Cockpit zu klettern und zerrten an der Tür. Da stieg der Helikopter auf. Die Männer wichen unter dem Lärm der donnernden Rotorblätter zurück und sprangen ab. Sie zogen Maschinengewehre aus ihren Mantelhälften und zielten auf den aufsteigenden Helikopter. Viele Schüsse krachten gegen die metallene Haut des Flugzeugs, schienen aber wie durch ein Wunder daran abzuprallen.

Der Helikopter hatte eine Höhe von etwa zwölf Metern erreicht, drehte sich in der Luft stehend um die eigene Achse, flog in Richtung Wald, sackte plötzlich ab und zerschellte mit einem fürchterlichen Knall an der ersten Reihe hoher Kiefern. Ein ohrenbetäubendes Echo raste donnernd durch den ganzen Wald. Der Hubschrauber zerbarst in tausend Stücke. Seine Einzelteile flogen über die gesamte Waldlichtung. Überall zwischen den Bäumen verstreut lagen seine Trümmer.

Die drei Männer stiegen in den Mercedes und brausten davon.

Als eine Stunde später Jagdgenossen am Forsthaus eintrafen, um nach der gestrigen Jagd bei letzten Aufräumarbeiten Hand anzulegen, fanden sie von Dirk Mardhorst und dem Helikopter nur noch Überreste vor. Einige Metallteile hatten sich regelrecht in den Waldboden gebohrt. Verletzte Äste hingen von den Bäumen herunter. Mehrere Bäume waren auf der Aufprallstelle abgeknickt wie Streichhölzer. Jemand fand einen abgetrennten Finger auf dem Waldboden. Der Förster Dirk Mardhorst hatte aufgehört zu existieren.

Staatsanwaltschaft und Kripo begannen mit den Ermittlungen. Die Jäger wurden von den Kripo-Beamten Henner und Bittner befragt, darunter auch der Bruder des Getöteten, der Bürgermeister Udo Mardhorst. Der aber äußerte seinen Verdacht nicht und zeigte sich nur erschüttert und ahnungslos. Er hatte Angst.

49

„Wer ist der Tote und wie kommt das Handy meines Mannes in seine Hand?", fragte Frau Friedrich die Kripo-Beamten und ließ ihren ratlosen Blick nervös von einem zum anderen springen.

Die Kommissare Henner und Bittner hatten sie für diesen Tag ins Kommissariat gebeten. Sie erwartete daraufhin, dass sie ihr neue Erkenntnisse mitteilen wollten.

„Über die Identität des Toten besteht noch keine endgültige Klarheit. Wir verfolgen aber eine heiße Spur", erklärte Kommissar Henner.

„Liegt keine Vermisstenmeldung vor?"

„Nein!"

„Die Todesursache?"

„Er ist höchstwahrscheinlich mit einer Eisenstange oder einem ähnlichen Gegenstand erschlagen worden. Die Obduktion hat eine tödliche Schädelfraktur ergeben. Gefunden wurde die Leiche in einem abgelegenen Waldstück im Ortsteil Rieth in einem ehemaligen Luftschutzbunker", antwortete Kommissar Bittner. „Sie wurden beim letzten Anruf höchstwahrscheinlich von dort aus angerufen, nicht aus der Schweiz. Wir haben herausgefunden, dass das Handy Ihres Mannes im fraglichen Zeitraum in einem Sendemast in Hasserodt-Rieth eingeloggt war."

„Mein Mann hat immer gesagt, dass er aus Zürich anrufen würde. Ich habe auch während der Telefonate im Hintergrund Durchsagen mitbekommen, in der jemand das Wort ´Zürich` ausrief, über einen Lautsprecher auf dem Flughafen oder einem Bahnhof."

„Auch beim letzten Telefonat?", fragte Kommissar Henner.

Martina überlegte eine Weile. „Ich kann mich nicht mehr genau dran erinnern, ich hörte ja nur auf seine Worte." Sie dachte eine Weile nach. „Vielleicht vermuteten die Mörder aus irgendeinem Grund meinen Mann im Ortsteil Rieth und wollten ihn dort abfangen und umbringen und sind an den Falschen geraten, weil er im Besitz des Handys meines Mannes war."

Kommissar Bittner legte ihr einen Manschettenknopf auf einem beschmutzten Stück Stoff vor. „Das hat ein Förster in seinem Revier gefunden. Kennen Sie diesen Manschettenknopf?"

Frau Friedrich beugte sich über die Fundsache. „Ja!", rief sie mit dem Kopf hochfahrend aus. „Wie schon die Uhr gehört auch dieser Manschettenknopf meinem Mann. Ich habe Christian diese Manschettenknöpfe im ersten Jahr unserer Ehe gekauft für ein wichtiges Bewerbungsgespräch in seiner späteren Bank. Wo hat der gelegen?"

„In einem Waldstück nördlich von Hasserodt", entgegnete Kommissar Bittner.

Martina untersuchte den Manschettenknopf näher. „Großer Gott! Der sieht ja aus, als hätte man ihn meinem Mann mit Gewalt vom Handgelenk gerissen. Den dazugehörenden Ärmel hat man nicht gefunden?" Sie befingerte fassungslos den zerrissenen Stofffetzen mit dem Knopf.

„Nein!", antwortete Kommissar Bittner.

Frau Friedrich erinnerte sich an die Schlüsselkarte, die sie im Büro ihres Chefs gefunden hatte und die möglicherweise auch ihrem Mann gehörte. Sie bedauerte jetzt, dass sie nicht mehr in ihrem Besitz war. „Ich habe mittlerweile die schlimmsten Befürchtungen. Diese Sachen hat man meinem Mann offenbar mit Gewalt entrissen. Er war bestimmt in einen Kampf verwickelt. Wahrscheinlich musste er um sein Leben kämpfen. Und wahrscheinlich ist er jetzt tot. Sie müssen meinen Mann unbedingt finden! Egal, ob tot oder lebendig! Ich muss wissen, was mit ihm geschehen ist. Was ist das für eine Spur, die Sie verfolgen?"

„Unter den Fingernägeln des Toten im Luftschutzbunker haben wir Anhaftungen einer fremden DNA gefunden, die wir jetzt intensiv verfolgen. Der Mann muss sich vehement zur Wehr gesetzt haben, bevor er starb. Wir haben sogar einen Treffer in der DNA-Datenbank. Die Spur des Täters führt zu einem Mann, der vor einiger Zeit wegen gefährlicher Körperverletzung verurteilt worden ist. Nach ihm wird im ganzen Bundesgebiet gefahndet."

Sie sagten Frau Friedrich nicht, dass sie diesem Mann ganz nahe auf den Fersen waren. Ein Informant der Polizei, ein ehemaliger Mithäftling des Gesuchten, hatte sie auf die heiße Spur gebracht. Der Gesuchte sollte im „Haus vorm Wald" als Zuhälter und Rausschmeißer arbeiten.

Frau Friedrich wollte sich ein Bild über den Ort der Gefangenschaft ihres Mannes machen. Alles deutete ja darauf hin, dass er in einem Wald festgehalten worden war: seine Uhr, der Manschettenknopf, die Schlüsselkarte.

Sie verabredete einen Termin mit dem Forstamtsleiter Prang, fuhr zum Forstamt und bat den Förster, ihr Näheres über die Fundorte der Dinge ihres Mannes mitzuteilen. Prang hatte wenig Lust, mit ihr zu den Stellen hinzufahren. Aber als sie ihm unter Tränen sagte, dass es den Anschein habe, dass ihr Mann bei seinem letzten Anruf hinterrücks angegriffen worden sei, sie seitdem nichts mehr von ihm gehört habe, außer, dass sein Handy später neben einem unbekannten männlichen Mordopfer gelegen habe, willigte er schließlich ein, mit ihr zu den Fundorten hinzufahren.

„Ich befürchte, dass mein Mann nicht mehr am Leben ist", sagte Frau Friedrich.

Prang fuhr mit ihr zuerst zu der wiederaufgebauten Hütte. „Hier vor dem Eingang lag der Manschettenknopf."

„Dann ist mein Mann also in dieser Hütte gefangen gehalten worden!", äußerte Martina. „Schließen Sie die Hütte bitte mal auf, damit ich sehen kann, wie er hier unter Todesangst die Tage und Nächte seiner Gefangenschaft hat ertragen müssen."

„Die Hütte, die vorher an diesem Platz stand, wurde abgerissen und diese hier später an ihrer Stelle errichtet. In dieser Hütte hier ist Ihr Mann nicht gewesen."

„Sie ist wohl noch schnell nach der Entführung abgerissen worden, um Spuren zu verwischen", mutmaßte Martina laut.

„Ein Försterkollege hat sie abgerissen, weil sie baufällig war."

Frau Friedrich ließ sich nicht von der Vorstellung abbringen, die alte Hütte sei nur abgerissen worden, um die Entführung ihres Mannes zu vertuschen. „Diesen Förster möchte ich sprechen!"

„Er ist vor einiger Zeit bei einem Flugzeugabsturz ums Leben gekommen. Es gibt auch keinen gesicherten Beweis, dass derjenige, der die Hütte abgerissen hat, irgendetwas mit der Entführung zu tun hat. Das sind nur Spekulationen."

Dann fuhr Förster Prang sie zu dem Parkplatz, auf dem er die teure Uhr des Entführten gefunden hatte.

„Solche wertvollen Sachen verliert man doch nicht bei einem Spaziergang!" Frau Friedrich blickte lange schweigend durch die Autoscheiben auf den leeren Parkplatz. „Wahrscheinlich haben sie meinem Mann bei seinem Fluchtversuch die Uhr und den Manschettenknopf vom Handgelenk gerissen. Ich kenne meinen Mann. Er hat bestimmt gekämpft bis zum letzten Moment. Sich unterkriegen lassen, war nicht seine Art. Ins Ausland verschleppt haben sie ihn. Ich glaube nicht, dass er aus freien Stücken in die Schweiz gefahren ist. Dort ist er ermordet worden. Ich habe es durchs Telefon mit angehört." Sie überlegte wieder eine Weile. „Wie kommt bloß sein Handy hier in die Stadt? Wer hat es ihm weggenommen und hierher gebracht? Welche Rolle spielte dabei der Tote, neben dem es gefunden wurde? Wenn mein Mann vorgehabt hätte, nach Deutschland zurückzukehren, hätte er es mir gesagt. Aber er hatte fest vor, in der Schweiz zu bleiben. Er hatte Zukunftspläne für die Schweiz. Ich nehme an, dass es seinen Entführern sicherer erschien, ihn letztendlich doch noch zu beseitigen, als ihn leben zu lassen. Er hätte ja später plaudern können. Aber wo ist er jetzt? Mit der Unsicherheit leben zu müssen, was mit ihm genau geschehen ist, das ist das Schlimmste, das Nicht-abschließen-Können." Martina stieg aus und ging langsam über den Parkplatz, schaute sich schweigend um. Ob auch die Schlüsselkarte im Büro ihres Chefs von hier stammte? „Ich kenne Leute, die glauben, dass der Bürgermeister Mardhorst in die Entführung meines Mannes verstrickt sein könnte."

Prang verkniff es sich, zu erwähnen, dass der tödlich verunglückte Försterkollege Mardhorsts Bruder war, mit Rücksicht auf Dirks Witwe. Auch sagte er nicht, dass er davon überzeugt war, dass sein ehemaliger Kollege zum Kreis der Entführer zählte.

Mutlos reichte Frau Friedrich dem Forstamtsleiter die Hand und ließ sich von ihm zu ihrem Auto fahren.

Dem Stadtkämmerer Glaser, der immer begierig nach Neuigkeiten im Fall Mardhorst war, berichtete sie von dem Gespräch mit dem Förster Prang. Glaser war elektrisiert. „Der bei dem Flugzeugabsturz tödlich Verunglückte war der Bruder des Bürgermeisters Mardhorst, ein ehemaliger Förster."

„Dann war er es, der die Hütte abgerissen hat, in der mein Mann wahrscheinlich tagelang eingesperrt war", sagte Martina spontan.

„Diesen Förster kannte ich gut. Ich habe ihn oft im Gasthaus meines Schwagers gesehen, wo er nach Feierabend seine zwei, drei Bierchen zu trinken pflegte. Ein unauffälliger, ruhiger Typ, auf den ersten Blick. Es wird gemunkelt, dass der Flugzeugabsturz in Wahrheit gar kein Unfall war, sondern ein Mordanschlag. Kriminaltechniker und Unfallermittler haben beim ersten Augenschein Einschüsse am Tank des Helikopters festgestellt, die sie sich nicht erklären konnten. Ich habe von Anfang an den Verdacht gehabt, dass der Bürgermeister Mardhorst irgendetwas mit der Entführung zu tun haben könnte", entgegnete Glaser. „Zumindest hat er davon gewusst." Er konnte sich gerade noch verkneifen, vor Freude in die Hände zu klatschen.

„Wo ist mein Mann, Herr Mardhorst?" Martina Friedrich stand zitternd und kreidebleich vor ihrem Chef.

Seine Reaktion auf diese Frage war bemerkenswert. Das Gesicht plötzlich knallrot übergossen, dann leichenblass, kam der Ausbruch mit explosionsartiger Lautstärke: „Woher soll ich das wissen? Was habe ich damit zu tun?"

Das gab Frau Friedrich zu denken. Sie drehte sich schweigend um und ging in ihr Schreibzimmer, in der festen Überzeugung, dass ihr Chef tatsächlich mit großer Wahrscheinlichkeit in die Entführung ihres Mannes verstrickt war. Sie wartete den ganzen Tag darauf, dass er ihr nach diesem Vorfall fristlos kündigen würde, aber nichts dergleichen geschah. Der Chef verließ gleich nach seinem Wutausbruch sein Dienstzimmer und blieb tagelang weg. Es hieß, er sei auf Dienstreise.

Siebenter Teil

50

Es war am späten Vormittag des 14. Novembers 2008, einem trüben, nebligen Tag, als der südliche Flügel des im Bau befindlichen Wellnessbades einstürzte. Eine riesige graue Staubwolke stieg über der Baustelle empor, die man noch in großer Entfernung sehen konnte. Polizei und Feuerwehr erreichten nach wenigen Minuten den Unglücksort.

Als die Sicht etwas klarer wurde, stellte man fest, dass einer der Arbeiter fehlte und wohl verschüttet worden war. Eine fieberhafte Suche nach dem Vermissten begann. Schweres Gerät wurde eingesetzt. Der Bauunternehmer Loberg räumte eigenhändig mit bleicher, verzerrter Unglücksmiene eingestürzte Betonteile beiseite, schuftete wie ein Tier, ohne auf Zurufe zu achten, und war für niemanden zu sprechen. Der Schweiß tropfte ihm vom Kinn.

Der Bürgermeister wurde ebenfalls kurze Zeit nach dem Einsturz an der Baustelle gesichtet. Nach einer kurzen Bestandsaufnahme fuhr er nach Hause, um gleich danach in einer ausgewaschenen Jeans wiederzukommen, und sich wie selbstverständlich an der Suche zu beteiligen.

Das Unglück hatte sich in Windeseile herumgesprochen und viele Bürger legten mit Hand an, um den verschütteten Arbeiter zu bergen.

Loberg forderte ächzend die freiwilligen Helfer auf, sich zu entfernen. Sie taten es erst, als auch die Rettungskräfte der Feuerwehr sie dazu aufforderten mit dem Hinweis auf die nicht unerhebliche Gefahr eines weiteren Einsturzes.

Schon machten unter der Hand Gerüchte über die Ursachen dieser Katastrophe die Runde. Pfusch am Bau? Minderwertiges Material? Der poröse Untergrund mit den unterirdischen Höhlen? Mangelhafte Bauaufsicht? Zeitdruck? Vielleicht alles zusammen.

Der Baukran und anderes schweres Gerät wurden eingesetzt. Ein Suchhund kam zum Einsatz. Man horchte gespannt auf Klopfzeichen in den Trümmern. Kein Lebenszeichen.

Die Rettungskräfte der Feuerwehr forderten nun energisch den Bauunternehmer und den Bürgermeister auf, sich im eigenen Interesse aus Sicherheitsgründen von der Unglücksstelle zu entfernen. Udo Mardhorst verließ daraufhin ebenfalls den Unglücksort, wenn auch offensichtlich widerwillig.

Der Bauunternehmer Loberg aber war wie von Sinnen, ließ sich nicht von seiner Mission abbringen und arbeitete sich unbeirrt Meter für Meter durch die Trümmer. Er kehrte seiner Baustelle nur kurzzeitig den Rücken, um sich zur weiteren Suche aus seinem Büro eine Stirnlampe zu holen, denn es wurde schon kurz nach vier Uhr rasch dunkel. Gegen die Warnungen der Einsatzkräfte schien er taub.

Man beschloss, die Rettungsarbeiten nicht eher einzustellen, als bis der Verschüttete gefunden war. Auf dem Baukran wurde eine Lampe befestigt, die ein gespenstisches Licht auf den Trümmerhaufen warf. Die Lichter dutzender Taschenlampen flitzten verzweifelt und orientierungslos hin und her.

Am späten Abend endlich barg man den Verunglückten, aber jede Hilfe kam zu spät. Nachdem seine Leiche abtransportiert und die Unglücksstelle abgeriegelt worden war, verschwanden auch die #Einsatzkräfte. Am nächsten Morgen sollte die polizeiliche Ermittlungsarbeit beginnen.

Am Unglücksort blieb nur der Bauunternehmer Loberg zurück, der mit seiner grellen Stirnlampe wie eine große surrealistische Spinne weiter in den Trümmern herumirrte. Suchte er nach Hinweisen für die Ursache des Unglücks? Es schien ihm keine Ruhe zu lassen. Auch sein Jagdfreund Mardhorst tauchte wieder am Schauplatz auf. Beide schienen irgendetwas in den Trümmern zu suchen, gemeinsam suchten sie eine eng begrenzte Stelle ab.

Der Bürgermeister verließ noch vor Mitternacht die Baustelle und fuhr nach Hause. Wie lange der Bauunternehmer Loberg in dieser Nacht vor Ort blieb, konnte später niemand sagen. Seine Frau rief spät in der Nacht in seinem Büro an, erreichte ihn aber nicht. Dann zog sie sich ihren Mantel an und lief zur Baustelle, aber alles war abgezäunt. Sie rief nach ihm, aber erhielt keine Antwort. Alles war dort totenstill. Wo war ihr Mann?

Am nächsten Morgen, als es heller wurde, trafen die Kommissare Bittner und Henner am Unglücksort in Begleitung zweier Sachverständiger aus dem städtischen Bauamt ein. Die Arbeiter durften nichts anrühren, bevor nicht die Staatsanwaltschaft die Erlaubnis dazu gab. Es mussten Beweise gesichert werden. Unter Aufsicht der Ermittlungsbeamten wurden die Trümmerteile mithilfe des Baukrans nach und nach beiseitegeschafft. Es wurde zielstrebig aufgeräumt.

Auf einmal erscholl ein aufgeregter Ruf aus dem Inneren der Ruine. Die anwesenden Männer eilten herbei und kletterten nacheinander hinunter. Unter einem mächtigen Trümmerteil lag ein Mann, bedeckt von grauem Schutt und Staub. Die Arbeiter erkannten in ihm zweifelsfrei den Bauunternehmer Loberg. Er war tot. Man nahm an, dass er bei der Suche nach der Ursache von einem Betonpfeiler erschlagen worden war.

Die Beamten untersuchten die Stelle genauer. Auf einmal stutzten alle. Hinter dem Toten hing aus einem breiten Mauerspalt eine leblose staubbedeckte Hand heraus. Kommissar Henner streifte Staub und Mörtel rings um die schlaffe bleiche Hand ab. Ein Arm wurde sichtbar, bekleidet mit einem schmutzigen Oberhemdenärmel, an dessen Manschette ein Manschettenknopf mit einem schwarzen Stein hing. Die Beamten erinnerten sich sofort daran, diesen ausgefallenen Manschettenknopf schon gesehen zu haben. Das Gegenstück lag bei ihnen in der Asservatenkammer. Ein Förster hatte es im Wald gefunden.

„Der entführte Bankangestellte?", fragte Kommissar Bittner.

„Sieht ganz danach aus!", antwortete Kommissar Henner trocken.

Der eingemauerte Tote wurde nach und nach aus seinem steinernen Grab befreit und ins Krankenhaus gebracht, um später ins gerichtsmedizinische Institut der nächsten Universitätsstadt überführt zu werden, so wie auch der tote Bauunternehmer.

Die Kommissare erschienen bei Frau Friedrich und baten sie, einen persönlichen Gegenstand aus dem Eigentum ihres Mannes für die Identifizierung durch den DNA-Vergleich herauszusuchen. Sie gab ihnen die Zahnbürste ihres Mannes mit.

Der DNA-Abgleich und der Vergleich der Manschettenknöpfe beseitigten jeden Zweifel. Der Tote im zukünftigen Wellnessbad war das Entführungsopfer Christian Friedrich.

Als seine Frau von zwei Polizisten die schreckliche Nachricht erfuhr, sagte sie ohne große Bewegung: „Ich habe im Grunde damit gerechnet, dass er tot ist. Jetzt habe ich wenigstens die Gewissheit und kann abschließen. So schrecklich die Wahrheit für mich und meine Kinder ist."

51

Inge Mardhorst stellte ihren Wagen vor dem Parkeingang ab. Sie und ihre Tochter stiegen aus und gingen langsam über die gepflegten Kieswege des Stadtparks. Es war mildes Herbstwetter an diesem Tag. Ilona war nach ihrem missglückten Selbstmordversuch wieder zu Hause.

Sobald sich ihnen andere Spaziergänger näherten, verstummten beide und setzten ihre Unterhaltung erst fort, nachdem ein größerer Abstand hergestellt war.

„Weißt du, Mutti", sagte Ilona, „als ich hörte, dass man Friedrichs Handy neben einem Toten gefunden hatte, wusste ich sofort, wer der Tote war. Es konnte ja nur Tobias sein, ich hatte ja mehrere Tage lang nichts mehr von ihm gehört. Diese Nachricht hat mir glatt den Boden unter den Füßen weggezogen. Nach diesem Schock wollte ich nicht mehr weiterleben. Ganz bestimmt war es Loberg, der ihn ermordet hat. Loberg hat geglaubt, dass Tobias und Onkel Dirk ihn am Tage der Geldübergabe in seinem Büro überfallen haben, um ihm das Lösegeld abzuknöpfen. Kurze Zeit später stürzte Onkel Dirk mit dem Heli ab. Das war bestimmt kein Zufall. Er ist nicht verunglückt, sondern von Loberg abgeschossen worden. Loberg hatte einen Racheakt schon vage angekündigt. Papa hat es erzählt. Loberg wollte sich an ihnen für den vermeintlichen Überfall rächen."

„Ich traue es beiden zu, sowohl Onkel Dirk, als auch Tobias. Dein Tobias hätte dich ohne mit der Wimper zu zucken, sitzenlassen und wäre über Nacht mit dem Geld abgerauscht", bemerkte Inge düster. „Wie kam Tobias an Friedrichs Handy? Friedrich war doch in der Schweiz!"

„Friedrich ist nie in der Schweiz gewesen", antwortete Ilona. „Aus Zürich angerufen hat immer nur Tobias, der damit den Eindruck erwecken sollte, dass Friedrich in der Schweiz sei. Er ist dazu extra jedes Mal in die Schweiz gefahren. Tobias benutzte Friedrichs Handy, um keinen Argwohn zu wecken. Alle sollten glauben, dass Friedrich in der Schweiz dabei war, ein neues Leben zu beginnen. Das Handy hatten wir Friedrich während der Entführung natürlich weggenommen und eingesteckt, damit er nicht die Polizei verständigen konnte. Tobias konnte Friedrichs Stimme täuschend echt nachahmen. Frau Friedrich hat offenbar keinen Zweifel daran gehabt, dass der Anrufer ihr Mann war. Das Reisen in die Schweiz hörte erst dann auf, als Tobias wegen der Augenverletzung nicht mehr selber Auto fahren konnte. Er rief Friedrichs Frau deshalb zuletzt aus Hasserodt an, wo ihn Loberg dabei ermordete oder ermorden ließ. Loberg wusste über jede Reise von Tobias im Zusammenhang mit Friedrich Bescheid. Er hatte Kontakte zu Typen aus dem „Haus vorm Wald". Die haben wahrscheinlich die Dreckarbeit für ihn erledigt und

Tobias anschließend im Rieth an einer versteckten Stelle abgelegt."

„Wer hat die Erpresserschreiben geschrieben und das Kündigungsschreiben an die Davesta-Bank? Stammten die von Friedrich selbst?"

„Tobias und Onkel Dirk haben ihn gezwungen, sie zu schreiben." Sie unterbrach ihren Bericht für einige Sekunden, als Spaziergänger vorbeigingen, und fuhr danach mit ihrem Geständnis fort. „Papa und Loberg haben auch Geld und Geschenke an die Familie Friedrich aus der Schweiz schicken lassen. Das sollte die Schweiz-Theorie untermauern. Wichtige persönliche Informationen, die Friedrich und seine Familie betrafen, hat er ihnen preisgegeben, um eher frei zu kommen."

„Ihr habt also wie die Profis im Krimi eine falsche Fährte gelegt!"

„Es sollte der Eindruck entstehen, der Entführte sei noch am Leben. Es war eine Botschaft an die Ermittlungsbehörden, ihn nicht mehr im Raum Hasserodt oder überhaupt in Deutschland zu suchen. Natürlich musste der Kontakt nach Deutschland irgendwann abbrechen. Der ´Schweizer Friedrich` hatte sich dann eben aus dem Staub gemacht."

„Wie ist er gestorben?"

„Friedrich sollte zuerst nach Pfarring gebracht werden, wo Onkel Dirk ihn freilassen wollte. Ja, er hatte das wirklich vor. Aber es kam dann alles anders. Beim Öffnen der Tür gelang es Friedrich, aus der Hütte zu entkommen. Onkel Dirk und Loberg haben ihm auf dem Waldweg nachgesetzt und überwältigt. Es kam zu einem Handgemenge zwischen ihnen und Friedrich, das außer Kontrolle geriet und zu einer Schlägerei ausartete. Friedrich musste unbedingt an der Flucht gehindert werden. Er hatte ja seine Verfolger von Angesicht zu Angesicht gesehen. Nach Onkel Dirks Schilderung lag Friedrich auf einmal bewusstlos am Boden. Onkel Dirk und Loberg wussten daraufhin nicht, was sie mit ihm anfangen sollten. Sie beschlossen, Friedrich zu töten - starke Äste gibt es ja genug im Wald - aus Angst, er würde sie bei der Polizei verpfeifen. Sie hielten das Risiko, ihn freizulassen, für zu hoch. Wer von den beiden ihn erschlug, weiß ich nicht. Sie legten ihn auf Lobergs Baustellenkipper, den Loberg vorher auf einem Parkplatz in der Nähe abgestellt hatte und fuhren mit ihm zur Baustelle des Lagunen-Bades, um ihn da unter Beton zu begraben. Mit einem Einsturz konnte ja keiner rechnen."

„Welche Rolle spielten die beiden ermordeten Banker der Davesta-Bank? Haben sie irgendetwas mit der Entführung zu tun?"

„Indirekt! Papa hatte mit einem fingierten Vertrag den Anschein erwecken wollen, die Bank hätte aus freien Stücken den Verlust aus den Wertpapiergeschäften durch Zahlungen an die Stadt wiedergutgemacht. Er befürchtete, die Banker würden vor der Polizei aussagen, dass es diesen

Vertrag gar nicht gegeben hat und sie niemals freiwillig auch nur einen Cent an die Stadt gezahlt hätten, und nur deshalb die zehn Millionen gezahlt haben, um das Leben ihres Angestellten nicht zu gefährden. Dass sie also in Wahrheit erpresst worden sind. Das hätte alle auffliegen lassen. Loberg hat also die beiden Bankenchefs unter dem Vorwand, er habe beobachtet, wie jemand im Wald nach dem Lösegeld gegraben habe, zu der Stelle gelockt und Onkel Dirk hat sie vom Hochsitz aus erschossen, als sie ahnungslos im Wald eintrafen. Beide haben sie dann mit Benzin übergossen und angezündet. Tobias hat vor der Polizei den Verdacht auf die Mafia lenken wollen. Er begab sich damit in Lebensgefahr. Ich hatte große Angst, dass sich die Mafia-Bosse eines Tages an ihm rächen würden. Tobias besaß zwar eine Schreckschusspistole, aber die hätte ihm nicht viel genützt. Die Mafia verfügt über bessere Waffen."

Inge hatte das Gefühl, in einem schlechten Film mitzuspielen. Um nicht das Gleichgewicht zu verlieren, musste sie sich am Arm ihrer Tochter festhalten. „Dass Friedrich schon lange tot war, wussten also scheinbar alle außer mir und seiner Familie", sagte sie fassungslos.

„Papa und ich wollten es vor dir geheim halten, damit du uns nicht verlässt", rechtfertigte sich Ilona trotzig.

Inge schüttelte den Kopf. „Friedrich, Dirk, Tobias, die beiden Vorstandsvorsitzenden der Davesta-Bank, Loberg, alle tot außer uns dreien. Unfassbar!"

„Loberg ist möglicherweise auf dieselbe Weise erschlagen worden wie er und Onkel Dirk den Bankangestellten Friedrich erschlagen haben, hinterrücks und ohne Skrupel."

„Von einem herabfallenden Trümmerteil ist er erschlagen worden."

„Papa soll sich nach dem Einsturz noch lange an der Unglücksstelle aufgehalten haben. Das haben Anwohner berichtet. Er und Loberg suchten wohl nach Friedrich, um ihn auszuscharren und wegzuschaffen, bevor die Polizei ihn entdeckte. Ebenso gut wie von einer Betonplatte konnte Loberg dabei auch von Papa erschlagen worden sein. Einen Grund hatte er: Rache. Er war davon überzeugt, dass Loberg seinen Bruder auf dem Gewissen hatte."

„Alle tot, außer deinem Vater, dir und mir! Damit kann ich nicht leben. Selbstverständlich werde ich euch verlassen. Aber vorher gehen wir alle zur Polizei und stellen uns. Wenn dein Vater nicht mitgehen will, dann gehen wir beide allein, du und ich", bestimmte Inge.

„Ich gehe mit, aber lass uns bitte noch bis morgen warten. Ich muss erst alles noch mal überdenken", bat Ilona.

52

Spät am Abend kam Udo nach Hause. Er zog seinen Mantel aus und bemerkte gleich die beiden Koffer, die im Flur standen. Er trat ins Wohnzimmer, in dem seine Frau über einer Näharbeit saß. „Willst du verreisen?"

Inge sah auf. „Ja, nachdem wir alle drei, Du, Ilona und ich, uns bei der Polizei selbst angezeigt haben."

„Ich habe Friedrich nicht umgebracht", sagte Udo. „Ich zeige mich nicht selbst an."

„Du bist aber mit schuld an seinem Tod. Du hast die Voraussetzungen dafür geschaffen." Inge stand auf und wanderte ziellos im Zimmer umher. „Belogen habt ihr mich die ganze Zeit! Nach Strich und Faden belogen! Von Anfang an! Ich habe die ganze Zeit geglaubt, Friedrich sei noch am Leben. Dabei war er längst tot. Eingemauert in unserem zukünftigen schönen Bad! Du hast mir vorgegaukelt, ihr hättet Friedrich in der Schweiz zu einer neuen Karriere verholfen. Alles Lüge! Pfui, diese Verbrechen und den Vertrauensbruch werde ich euch nie verzeihen. Und ich will, dass wir dafür bestraft werden. Auch ich! Ich hätte die Sache im Auge behalten müssen, nachdem ich von eurer perfiden Absicht erfuhr. Hätte es mit Sicherheit verhindern können, wenn ich mich rechtzeitig drum gekümmert und es euch schlicht verboten hätte. Aber ich konnte es einfach nicht glauben. Ich bin mit schuld am Tode Friedrichs, und zwar wegen mangelnder

Aufsicht, denn ihr alle seid Kinder. Dafür muss ich bestraft werden."

„Wir wollten dich nicht verlieren."

„Diesen Satz habe ich heute schon mal gehört. Für das, was geschehen ist, gibt es keine Entschuldigung. Wenn du dich nicht mit Ilona und mir stellen willst, ist das deine Entscheidung. Aber dann nenne ich dich einen Feigling, Udo. Und es wird auch nichts daran ändern, dass sie dich verurteilen werden, für die Anstiftung zur Entführung Friedrichs und den Auftragsmord an den beiden Davesta-Bankern und die Urkundenfälschung. Ohne dein Zutun wäre es nie zu dieser Entführung gekommen. Du hast den Auftrag dazu gegeben. Ilona und ich, wir gehen morgen zur Polizei. Ich kann sonst nicht mehr in den Spiegel gucken. Überlege es dir noch mal." Inge setzte sich wieder über ihre Näharbeit.

Udo schwieg und verließ das Zimmer.

Eine halbe Stunde später kam Udo wieder herein. Er hob schweigend sein Jagdgewehr, zielte auf Inges Stirn und drückte ab. Inge sackte blutüberströmt im Sessel zusammen. Darauf drehte Udo das Gewehr um, stemmte es gegen die Wand - der Lauf zeigte ins Zimmer -, drückte ab und schoss sich in den Mund.

Am nächsten Morgen läutete Ilona an der Tür ihrer Eltern. Sie öffneten nicht. Das wunderte sie, weil die Autos beider vor dem Hause standen. Auch ans Telefon ging niemand. Schließlich rief sie die Polizei.

Das Ehepaar Mardhorst war tot.

Um ihren Vater tat es ihr nicht leid. „Aber warum musste er meine Mutter mit in den Tod reißen?" Sie berichtete der Polizei von der Entführung und dem Mord an den Bankern.

Bis zu ihrem Prozess blieb sie auf freiem Fuß. Sie erhielt am Ende eine Freiheitsstrafe von einem Jahr und vier Monaten. Nach vorzeitiger Entlassung wegen guter Führung zog sie weg und eröffnete in einer anderen Stadt eine Praxis für Physiotherapie.

Der Frage, ob im Falle des Forstarbeiters Rapp ein Fremdverschulden vorlag, wurde vonseiten der Kripo nicht sweiter nachgegangen. Man ging davon aus, dass Herr Rapp von der herabstürzenden Buche erschlagen worden war. Im Todesfall Bachmann und seiner Begleiterin suchte man nach der Bande, die die Hochsitze angesägt haben könnte. Man fand sie nicht. Für den Forstamtsleiter Prang stand fest, dass der Förster Dirk Mardhorst den Hochsitz angesägt hatte, um ihn, Prang, zu ermorden.

Den Mörder von Tobias verurteilte man wegen Totschlags zu neun Jahren Freiheitsstrafe. Seine DNA-Spuren an der Leiche Tobias` hatten ihn überführt. Man ging von einem Auftragsmord aus. Als Auftraggeber vermutete man den Bauunternehmer Loberg.

Den oder die Mörder Dirk Mardhorsts fand man dagegen nicht.

Der Bau des geplanten Wellnessbades wurde eingestellt. An seiner Stelle errichtete die Stadt ein Sportstadion. Nichts sollte mehr an das unglückselige Wellnessbad und seine Initiatoren erinnern.

Der Nachfolger von Bürgermeister Mardhorst wurde der Stadtkämmerer Glaser.